U0469545

传奇编年史
THE LEGENDARY CHRONICLE

传奇编年
THE LEGENDARY CHRON

传奇编年史
THE LEGENDARY CHRONICLE

传奇编年
THE LEGENDARY CHRO

传奇编年史
THE LEGENDARY CHRONICLE

传奇编年
THE LEGENDARY CHR

# 攻沙

传奇编年史
THE LEGENDARY CHRONICLE

贰

泛东流/著

上海文艺出版社

# 目 录

第一章　乾坤一掷之大火轮术 …………………………………… 1
第二章　不能让坏人没了报应 …………………………………… 5
第三章　引雷，狐女 ……………………………………………… 9
第四章　我来做这个主 …………………………………………… 12
第五章　镜花水月，烛照天下 …………………………………… 16
第六章　乾坤一掷之雷动九天 …………………………………… 20
第七章　玩儿大了 ………………………………………………… 24
第八章　三天，梦魇 ……………………………………………… 27
第九章　一池，一河，一山，一脊 ……………………………… 31
第一〇章　富家翁 ………………………………………………… 35
第一一章　下雨天留客 …………………………………………… 39
第一二章　天留人不留 …………………………………………… 43
第一三章　用意不用形，得鱼而忘筌 …………………………… 47
第一四章　何求美人折 …………………………………………… 51
第一五章　游某人，孙大娘 ……………………………………… 55
第一六章　"玩"游戏 …………………………………………… 58
第一七章　鸭子上架，独一道术 ………………………………… 62
第一八章　铁匠，药庐 …………………………………………… 66
第一九章　千手猜拳圣像 ………………………………………… 70
第二〇章　聪明人是聪明死的 …………………………………… 73
第二一章　绝世游戏 ……………………………………………… 77
第二二章　大家来生蛋 …………………………………………… 80
第二三章　可医可不医 …………………………………………… 84

| 第二四章 | 吓死狗狗了 | 88 |
| --- | --- | --- |
| 第二五章 | 何妨以不了了之 | 92 |
| 第二六章 | 守护 | 96 |
| 第二七章 | 最接近神的人 | 100 |
| 第二八章 | 下的不是棋，是桃子 | 104 |
| 第二九章 | 狗与兽道 | 110 |
| 第三〇章 | 照本宣科 | 114 |
| 第三一章 | "快把身边的人吃掉" | 118 |
| 第三二章 | 有人在找你们 | 122 |
| 第三三章 | 说人话会死全村人 | 125 |
| 第三四章 | 捕快进村 | 129 |
| 第三五章 | 人屠子何孟尝 | 133 |
| 第三六章 | 永世此生，绝迹小石 | 137 |
| 第三七章 | 一人屠一城，满城留一人 | 141 |
| 第三八章 | 九子鬼母，且听风吟 | 145 |
| 第三九章 | 白衣当世，万马齐喑 | 149 |
| 第四〇章 | 卧虎藏龙遗人村 | 153 |
| 第四一章 | 君王妃，公子无忌 | 157 |
| 第四二章 | 通识球 | 162 |
| 第四三章 | 危险逼近 | 166 |
| 第四四章 | 深受打击的游某人 | 170 |
| 第四五章 | 绢帛、虎狼药、小九 | 174 |
| 第四六章 | 只身出村 | 178 |
| 第四七章 | 扪虱谈人生 | 182 |
| 第四八章 | 惨烈血战场 | 186 |
| 第四九章 | 次序，小白 | 190 |
| 第五〇章 | 我一开始就知道 | 195 |
| 第五一章 | 乾坤一掷之烽烟相望 | 199 |
| 第五二章 | 一骑当千的小九 | 203 |
| 第五三章 | 风雨如晦，鸡鸣不已 | 207 |
| 第五四章 | 莲花刀光，割喉示威 | 211 |
| 第五五章 | 逃离险境 | 215 |

| 第五六章 | 迪迪的心慌 | 219 |
| 第五七章 | "我不想变成阿金纳" | 224 |
| 第五八章 | 与迪迪会合 | 228 |
| 第五九章 | 急中生智 | 233 |
| 第六〇章 | 那一掷的风情 | 237 |
| 第六一章 | 我不要，我还要 | 242 |
| 第六二章 | 开山，悬浮 | 246 |
| 第六三章 | 鼎石 | 250 |
| 第六四章 | 断龙 | 253 |
| 第六五章 | 山海错 | 259 |
| 第六六章 | 误入宝藏，山腹钟乳 | 264 |
| 第六七章 | 池中惬意山中笑 | 269 |
| 第六八章 | 挖出的心脏 | 273 |
| 第六九章 | 遗失的心脏 | 277 |
| 第七〇章 | 龙鳞柱，赶上了 | 282 |
| 第七一章 | 恍如一梦，药香满庐 | 287 |

# 第一章　乾坤一掷之大火轮术

"救人!"

犹豫只是一瞬间,叶萧连动摇都没有出现,当即下了决定。

他,不可能坐视人被当作"两脚羊",去作为血祭的祭品。

因为,他也是人!

这是底线,没有商量。

"嗖嗖嗖",神龙道书翻开,书页翻动如狂风在吹,数十张符纸飞了出来。

其中一张激射而出,落向黑暗翻滚、虹魔教徒踏出的方向。

符纸在半空中燃尽化作飞灰,小九手持双匕跃出。

"杀!"

叶萧大吼一声,半点儿不担心声音传出惊动了虹魔营地里的敌人。

他一进入黑暗范围,远处虹魔教徒们的振臂高呼声就被隔绝得很彻底,丝毫都听不到了。

以此类推,是不是黑暗当中的声音,也一样传不出去?

叶萧不敢确定,但他敢赌!

小道士到现在都不知道有多少个人坑,里面有多少人,哪怕这些人跟他素不相识,他还是赌了。

有些事,不能忍。

小九倒抱着双臂,借着在空中出现下落的势头,狠狠地向着黑暗翻滚处扎了下去。

那里,虹魔教徒刚刚踏出黑暗,眼睛才适应了光暗变化能视物,入眼就是一个小骷髅扑上来,长长的骨质匕首闪着森森冷光。

"杀!"

虹魔教徒锯齿长刀来不及挥出,竟然当机立断地松手让其落地,在这等距离下,长兵器一点儿用处都没有。

长刀还没有来得及落到地上,他两个拳头就捣了出去,以伤换伤,同归于尽。

看到这个虹魔教徒的瞬间应对，叶萧瞳孔骤缩，心知这是虹魔教中的精英战士，非常不好对付。

小道士连忙将心神收敛，把注意力全都放在从神龙道书中飞出的数十张符上，连看都不再看那边战况一眼。

数十张符纸全是火符，是叶萧这段时间所有的存货。

它们飞起，洋洋洒洒，错落不一地落下来，好像是一场秋风过后飘零的落叶，谁能阻止其落叶归根？

当它们落到齐胸高的地方时，一只手忽然伸了过来。

叶萧的手！

手化残影，一抹而过，成环成圈，一兜之间，数十张符纸如有生命般，被这一只手兜成了排列整齐的一个环圈——纯由火符组成的环圈，飞速旋转。

"噌！"

飞旋火符组成的环圈有车轮大小，正中间忽有一点儿火苗迸发出来，飞速膨胀。

火苗颜色纯青，好像是精纯到极致的火力在爆发。

整个火符环圈瞬间不稳，一股无比暴烈的气息在涌动，在躁狂，犹如铅云摧城的天象里，滚滚怒雷要发出吼叫前的那一个刹那。

小道士面沉如水，右手缩回到极致，深吸一口气，并指成剑，轰然穿出。

剑指、手臂，尽数穿入火符环圈，点破了纯青火苗，遥遥地指向了虹魔教徒。

"轰！"

轰然巨响，每一张火符都开始燃烧，旋转速度数倍、数十倍地暴涨，在叶萧面前不再是一个旋转着的火符环圈，赫然是一个巨大的火轮，烈烈呼啸。

"轰！"

又是一声轰鸣声，火轮激射而出，直冲虹魔教徒而去。

叶萧一个踉跄，面色泛青，有冷汗汩汩而出，仿佛自身是泉，周身毛孔是泉眼，正在泉涌。

即便如此，纵然额前刘海儿被汗水沾湿贴在眼前，他还是竭力地向前望去。

"乾坤一掷，大火轮术，能行吗？"

小道士不知道，时间仿佛都在这一刻放慢，他的目光紧随着火轮在空中呼啸而过，看到大火轮扭曲了空气，烤焦了地面，听到怒火一般的爆燃声音。

惊怒之下，叶萧终于施展出了他的第一次乾坤一掷，名为大火轮术！

对面，小九一对长匕首扎入虹魔教徒双肩，刺破皮甲，刺入肌肉，卡在里面一时不得出；虹魔教徒怒吼出声，双拳如擂鼓轰然而出。

小九松开两把长匕首，任由其插在虹魔教徒肩膀上，小小的身躯蜷在一起，用两臂接下了虹魔教徒双拳。

"咔嚓"一声，在拳臂碰撞瞬间，小九浑身扭动，两条胳膊错位脱臼，在拳力下飞出，它本身借力倒飞，落地翻滚，抓起最近的一条胳膊瞬间接回肩膀。

一次碰撞，虹魔教徒身受两刀，小九失去一臂。

然后——

大火轮，呼啸而至！

"吼！"

虹魔教徒张大嘴巴吼叫着，满脸被火光映照得通红，热浪卷曲了他所剩无几的毛发，没有兵器在手的他只能又是一拳捣出。

下一刻，"轰"一声巨响，大火轮滚滚而过，将虹魔教徒吞没。

同一时间，数十张火符一起燃尽，爆开，形成一个大火球炸碎，火光四溅，热浪升腾，照亮了整片区域，炽热温度仿佛一下子进入了沙漠的正午。

"啊呸！"

叶萧在大火球爆炸的瞬间就趴下了，这会儿爬起来，"呸呸"有声，嘴里吐出来的全是泥土。

他脸上焦黑一片，好像刚从火堆里掏出来的山药蛋。

"小九！"

叶萧先担忧地叫了一声，等看到小九从地上爬起来，走向自己掉落的另外一条胳膊时，顿时放下心来，另外一个念头浮出脑海：

"他死了没有？"

小道士有些期待，有些忐忑，有些兴奋，向着爆炸的那片焦黑处望去。

那里烟尘滚滚渐散，他先是看到了虹魔教徒的脚，稳稳地立着；再看到虹魔教徒的腿，站得笔直不晃；接着是腰粗如水桶，叶萧的目光继续上移，然后……就没有然后了。

虹魔教徒的下半身还在原处，上半身早已不翼而飞，小道士目光扫过，看到方圆数丈范围内，皮甲碎片半截胳膊什么的到处都是。

大火轮术正中，火球爆炸中心，虹魔教徒粉身碎骨！

"厉害！"

叶萧不敢置信地看向自己双手，纵然体内力量仿若淘空，两只手都在颤抖，可落在他眼中，还是觉得那么的可爱。

"这是我做的？"

他扭头左望，小九接上胳膊，重重地点头，它是不会说话，不然一定是：别瞅了，是你，就是你。

"真好。"

叶萧信了，满足了，一握拳头，蹦起三尺高。

有这一手乾坤一掷之大火轮术，他终于不再只是辅助或看客，而是有了一锤定音的能力，这能不令人激动吗？

就在此时，一个声音传来：

"救……救命啊……"

"呃？"

叶萧摸着后脑勺，讪讪然有些不好意思，光顾着兴奋却忘记救人了，紧接着，他面露狐疑之色，喃喃自语：

"这声音，怎么这么耳熟呢？"

## 第二章　不能让坏人没了报应

"等等。"

"不会是……"

叶萧狐疑之色愈浓，循着声音望去，落到某处"人坑"上。

那处"人坑"只能看到脑袋最上面的顶门，一处斗笠中空，乱糟糟鸟窝头发顽强地长出来。

"沈凡！"

叶萧吃惊得嘴巴都可以塞进去一个拳头。

这货真是无处不在啊，先是在告示墙，再是面摊，接着到林间小屋，后来从树上掉下来，这下更好，窝进了猪头人的人坑里面去当了"两脚羊"。

"神一样的大叔啊。"

小道士想归想，还是走了过去，在小九的帮助下先把沈凡给拽了上来。

当然，他不会承认自家是有意跟拔萝卜一样拽着头发往上提的，他早就看这鸟窝头不顺眼了。

"疼疼疼，轻点儿，掉毛了……"

沈凡叽叽喳喳的，一出人坑就活蹦乱跳地收拾他的鸟窝头，颇有些头可断发型不可乱的架势，一边收拾着，一边不忘热情地打着招呼："小兄弟，好巧啊。"

"你怎么在这里？"

……巧个头，叶萧担忧地望了下外面，没接沈凡的话茬儿。

黑暗依旧翻滚，虽然被大火轮术冲散了不少，好歹依然笼罩着，没有暴露在虹魔营地那批人的视力范围内。

真是不幸中的万幸了。

在小道士的指挥下，小九一个个地把人坑中的"两脚羊"救了出来，连上沈凡一起，合计十七个人。

看清楚人数，叶萧脸色阴沉下来，施展乾坤一掷之大火轮术成功的喜悦一扫而空。

"他们怎么敢?"

小道士似乎是对沈凡在说话,但更像是在发泄着不满,"那些猪头人竟然要用十七个活人血祭他们的教主!"

有另外一个疑问梗在胸口,他不用问也知道答案。

为什么,十七个人被当成"两脚羊",此处却有三十个以上的人坑,其他的坑难道是摆设吗?

里面的人呢?

叶萧没有问出口,答案却已经在心中扎根,旋即有怒火噌噌而起,喷薄欲出。

"他们有什么不敢的?"沈凡终于舍得把手从脑袋上放下来,吊儿郎当地说,"一群想要恢复荣光,再占沙巴克城,重燃虹魔神坛的圣火,再开神洞沟通魔神的猪头,有什么不敢做?"

叶萧撇了撇嘴,深呼吸了数下,冷静下来道:"攻沙?凭他们?"

"比奇王国是我们人类的王国,玛法大陆是我们人族的大陆,攻沙,更是我们自己人的战争。他们?做梦!"

"别人可不这么想。"沈凡拍拍手,满脸懒洋洋的神色,转身挥手道,"哥先走了,你接着忙,不用管我。"

"等下。"

沈凡披风被拽得紧紧的,无奈回头,看到叶萧刚刚严肃阴沉的神色一扫而空,笑嘻嘻地跟捡到了钱一样。

"你想干吗?"沈凡下意识地捂着钱袋子。

"没什么。"

叶萧接着笑,右手举起来在沈凡面前搓着手指,道:"小道士是穷道士,'乾坤一掷'费钱哪,我最近画的所有火符全烧了才够用一次的。"

"对了。"

沈凡一拍额头,竖起大拇指道:"没想到你这么快就能领悟'乾坤一掷',啧啧啧,好厉害,刚刚那招叫什么来着?大火轮术吗?好名字,好名字!"

叶萧一阵无语,对这货的无耻服气了。

大火轮术的名字哪里好了?不知道他素来取名无能吗?

一边夸赞着,沈凡一边不着痕迹地想要将叶萧拽住他披风的手拿开,却没成功。

"好吧,说,你想要什么?"

斗笠男怪大叔知道插科打诨飙耻度也没用了，这回叶萧都不跟他玩儿，反正不给好处不让走就是了。

"我这算救你一命不？"

"……算。"

"剩下的十六个人跟你算难友不？"

"……勉强算。"

"难友也是友吧？我跟他们可不认识。"

"……还有这说法？哎哟，别扯，就这一件披风，算算算。"

"那好，你欠我十七条人命，还钱。"

叶萧一只手摊开伸到沈凡面前，指尖都要戳进他鼻眼里了。

"要钱没有……"

沈凡梗着脖子刚要叫嚷，叶萧接口道："给货也行。"

"嗯？"

沈凡浮夸的表演立刻收起来，问道："你想要什么？"

"符！"

叶萧一脸严肃，沉着声音道："很多很多符。"

"你想干吗？"

"杀猪！"

叶萧咬着牙，吐字掷地有声："沈哥，我跟你说过，不能让好人没了好下场，这是我爷爷的话。"

"嗯，然后呢？"

"现在我要说我的话：不能让坏人没了报应。以人为血祭，将人视为'两脚羊'，猪头人这么做都没有报应，那么谁不能学着做？

"用神龙帝国的话来说就是：此风不可涨。"

沈凡竖起大拇指，大声道："豪气！"

他不确定地又问道："你确定要用十七条人命的人情，换大量的符？错过这次，符对你来说不算什么，怎么说你也是一个道士，慢慢画就有了。

"这个人情，可是很值钱的！"

沈凡话一出口，无论是内容还是神情，全都令人玩味，一直懒洋洋的目光中，难得出现认真与审视的意味，紧紧地盯着叶萧看。

小道士"呸"的一声，道："沈哥你别勾引我，我怕会忍受不住诱惑……"

"……怎么样？"

"杀人夺宝！"

"……那当我没说过。"

沈凡立刻就怂了，他眼角余光瞄到小九把两把长匕首捡了回来，听到叶萧说"杀人夺宝"，小九的目光就没有离开过他的下三路。

"沈哥。"

叶萧很认真地说道："我贪钱，好吃，还懒做，不过有些东西是不卖的，有些事情还是要做的。"

"好！"

沈凡不再废话，披风一抖，从中掏出很厚一沓符箓，直接推到小道士怀里。

"这是……"

叶萧没想到他这么干脆，本以为还要再飙耻度抖机灵折腾个百八十回合，拿到厚厚一沓符箓，一时间都有些反应不过来："……什么符？"

他低头专心翻看符箓，发现这么厚一沓至少有数百张那么多的符箓，每一张都不是用朱砂画的，而是呈现出紫色，皆是紫符。

上面符文扭曲如雷电，好像随时可能破纸而出，将人电成跟沈凡一样的鸟窝头。

关键是，竟然全是同一种符。

"他有意的吧？"

# 第三章　引雷，狐女

"这是引雷符？"

叶萧心中怀疑沈凡是不是故意的，不然谁会在身上准备这么厚厚一沓几百张一模一样的符箓，简直就像是专门为他施展"乾坤一掷"准备的一样。

"不是普通的引雷符。"

沈凡伸手进怀里挠着痒痒，一脸享受模样，懒洋洋地回答道。

叶萧心里一阵硌硬，好在这货是伸手进怀里挠，要是跟海贼哨兵一样伸手进裤裆里挠，小道士很怀疑他会不会一张引雷符先招呼了这位。

"喏。"

沈凡嘟着嘴巴一努嘴，向着小九方向去，口中道："小兄弟，你以为哥怎么会落到这些猪头人手上的？还不是跑出来跟那个翘家的小狐狸交易。"

叶萧循着他所指方向望去，心里知道沈凡指的肯定不是小九，第一时间锁定了小九身边最后一个搭救上来的人。

那是一个十几岁小女孩模样，身形极其娇小玲珑，是那种可以搂在怀中溺爱、抱在膝上宠爱、放在肩膀上晒爱的类型。

她头发乌黑中泛着淡淡的红光，有一对毛茸茸的火红色耳朵，皮肤白皙得跟透明似的。

"好可爱的女孩子。"

叶萧在心里赞了一声，尤其是在看到女孩子精致中带着俏皮的五官时。

"等等，怎么有些眼熟……"

小道士越看越觉得眼熟，沈凡口中的小狐狸，怎么那么像当日在下关城外的那个。

沈凡可不知道这些，还在继续道："小狐狸是狐月岛上的，翘家出来的时候偷了家里一堆引雷符，她们狐月神殿里祭司做这种符可是绝学。"

"怎么说？"

叶萧嘴里问着，眼中看到灵狐族少女活动了一下手脚，冲着他这边走了过来。

"当年她们跟着山海主,很是学了点儿手段,其中就有'魔道'传下来的引雷符绘法,具体的我也不知道,反正威力比普通的引雷符要大不少就是了。

"好不容易有便宜货收,再危险哥也得来不是,没承想就撞猪头人手里了。"

沈凡抱怨声音着实不小,小狐狸过来时听得清清楚楚。

她白了沈凡一眼,走到叶萧面前行礼:"谢谢道士哥哥救命之恩,第二次了哦。无以为报,我……"

"咦,你们认识?"沈凡插口,"还有,你想以身相许?"

说着,他上下打量,似乎在判断小丫头长大了没有。

"哼。"

小狐狸别过头,拿后脑勺招呼沈凡,冲着叶萧道:"小妹这里还有一些引雷符,既然道士哥哥你需要,就全都拿去吧。"

"哗啦"一下,她又掏出一沓引雷符,数量不比沈凡手中的少。

"你竟然还有存货……"

沈凡眼睛都要瞪出来了,吃惊不小。

小狐狸将引雷符塞到叶萧手里面,俏皮一笑:"道士哥哥,我们还会再见的,很快。"

然后对着沈凡她立马儿变了脸,掉头就走,哼哼有声:"死奸商,别让本姑娘再看到你。"

她来得快,去得也快,其他被困的人还昏昏沉沉闹不清楚情况呢,小狐狸就蹦蹦跳跳地离去了。

叶萧左右手各拿着一沓引雷符,一脸茫然。

"这什么情况?"

他都还没有回过味儿来呢,小狐狸就自说自话地走得远远的了。

"你把人家小姑娘怎么了?"叶萧狐疑地看着沈凡,心想:该不是这怪大叔的本质暴露了吧?

"喂喂喂,"沈凡跳脚,"你这是什么眼神儿,哥不是那种人。"

他耸耸肩膀,一副理所当然的样子道:"哥只是用收破烂的价钱收了符,再用高价卖给了她一身衣服,钱货相抵,一分不差。"

叶萧眨了眨眼睛,顿时就理解了小姑娘的心情。

传承自"魔道"的引雷符却用破烂符价钱收,一看就是路边货的衣服却用比奇城最流行款式价格卖,价格估摸着正好卡在对方的全部家当上,这么来钱还以货相抵,人家不恨他就奇了怪了。

摇了摇头,叶萧不打算理会沈凡那点儿破事,望着灵狐族少女的背影问道:"沈哥,她叫什么名字?"

"不知道。"沈凡头摇得如拨浪鼓,"灵狐族少女的名字向来是秘密。"

"那就算了。"

叶萧脑子里闪着"真的还会相见吗"的念头,边将两沓引雷符全都放进神龙道书当中。

说来神龙道书也是奇特,无论放什么,菜谱也好,无名道书也好,平日里画的符,还有这么大堆引雷符竟然一样能安放进去,实用得一塌糊涂。

"沈哥,这些人……"

叶萧一指那些终于弄清楚了自己情况的"两脚羊",看着他们惊慌失措仿若无头苍蝇,不由得皱了皱眉头。

"我来解决。

"正好准备再去收些货,少几个搬运工,瞧,赶上了。"

沈凡嬉皮笑脸地说着,上前一阵忽悠,那些人一个个感激流涕,好像这奸商不是让他们当搬运工,而是去迎娶比奇城中的少女一样。

……这忽悠神功,服气了。

叶萧在心里写了个"服"字,又放下一件心事,冲着沈凡挥手告别,带着小九就往黑暗中奔去。

"他们之中,会有龅牙冲的妹子吗?"

叶萧不知道,他也没有什么可以交代的,摇着头,转身所走的方向跟沈凡一行人截然相反。

一个直冲虹魔营地去,一个背道而驰远离。

十几个呼吸过去,虹魔营地篝火熊熊,有祭司起舞,有教徒狂呼,重新出现在叶萧的视野里。

## 第四章　我来做这个主

"我的心，找回我的心。"

虹魔营地外，叶萧还没回到自己原本猫着的位置，就听到天地间有闷雷滚滚在回响。

他抬头望去，只见年轻祭司浑身颤抖着，似乎随时都可能瘫软到地上去，仿佛承受到了极限。

在年轻祭司身后的空中，庞大虚影张开双臂，恍若夜幕环抱，周遭充斥着浓郁的血腥气味，好像来到了屠宰场一样。

"孩儿们，山海主的宝藏，在那里，一直在那里，现在可以取了！"

"时机到了，去打败所有的敌人，取回我的心脏。"

阿金纳在咆哮，虚影晃动着金符万丈光芒，似乎只要稍稍大一点儿的风就会将它吹得散去。

下方，是狂热的虹魔教徒，老祭司带头匍匐倒地。

"恭送我的主，我的神！"

老祭司虔诚地叩首，虹魔教徒们振臂高呼：

"阿金纳……阿金纳……阿金纳……"

"轰！"

天地间一声轰鸣，连带着老祭司在内，甚至远在百丈外的叶萧全都站立不稳。

阿金纳的庞大虚影消散，同一时间年轻祭司软倒在地上，巨大的篝火骤然熄灭，天地间一片黑暗，只有老祭司的怒吼声传来：

"古尔多，'两脚羊'怎么没有送来？"

"我主阿金纳消耗了额外的力量，神谕也没有能交代完成，全是你的错，下次血祭奉献我主的人选，就是你了。"

老祭司的吼叫声在黑夜中远远地传出来，引得叶萧嘴角一弯，险些没笑出声来。

"你就怪那个古尔多去吧，最好亲自去下面拉着他血祭，我没有意见。"

"现在……"

小道士扭头，望向以同样姿态趴伏在旁边的护法小骷髅。

无边黑暗中，小九眼睛中闪烁着的灵光愈发地醒目，它点了点头，无声无息地站起，消失在夜幕当中。

它的手上，倒拖着一柄跟它身量完全不匹配的锯齿钢刀，粉身碎骨在乾坤一掷之大火轮术下古尔多的钢刀。

"成不成，就看现在了。"

叶萧冷冷一笑，望向漆黑一片的虹魔营地，心想："就是这次让你们逃过一劫，下一次，我也要杀光你们这些猪头。"

"给小爷等着。"

小道士心里放着狠话，直起腰来，缓缓倒退，向着来时的方向，选了另外一条路掉头远去。

他没有再看虹魔营地一眼，也没有去关注小九那边的成败，脚步渐快。

叶萧又跑出百丈，远远地听到"当"的一声，脑海中浮现出锯齿钢刀翻转着砸在地上发出的响动，兴许还会插到了某个倒霉的虹魔教徒身上。

他的脚步，不由得为之一顿。

小道士的耳朵竖起来，旋即听到"哗啦啦"如同沸腾的躁动声音从虹魔营地方向传来，隐隐地还有老祭司气急败坏的怒吼声音：

"追！"

叶萧满意地一笑，继续向前，身影没入远方的夜色里。

夜色渐渐地淡了，哪怕天上乌云密布，也没有那种漆黑浓郁到伸手不见五指，仿佛就差一层膜的等待、朝阳就将喷薄而出一般。

漫长的夜，即将过去。

两三里路，再加了"神行符"在小道士脚下，用不了太长的时间就走完了。

他没有去往海贼营地，更没有出现在击杀刀疤脸并将其沉入的地方，而是选了一处距离不远不近的高地，正好可以俯瞰海贼营地的所在。

周遭静悄悄的，似乎感受到天上密布的阴云在沉沉地压下来，无论是鸟儿还是虫儿，全都噤若寒蝉，一声不吭，让林间的夜，愈发地沉寂。

海贼没有察觉，虹魔教徒没有发现，这片天地间生活的其他生灵，却隐隐地感觉到了有什么正在酝酿，即将爆发。

一如叶萧的怒火。

"如果我没有去，那十七个人中沈凡这个鬼鬼祟祟的家伙就算完了，其他十六个岂不是全都要被当作'两脚羊',献祭给阿金纳?

"类似的事情,又发生过多少次?

"是不是没有我的布局,海贼们和虹魔教徒会相安无事,各取所需?

"那些死在海贼手中的无辜者,献祭给阿金纳的普通人,又有谁会拿眼皮子夹他们一下?

"他们的痛苦,他们的悲哀,他们的不甘愿,又有谁听?谁给他们做主?"

叶萧沉静地坐在那里,少年的浮华好像在这一刻消失得一干二净。

"没人听,我来听;没人做主,我来做这个主。"

他自语出声,在寂静的夜里,声如洪钟。

"快了。"

叶萧看看左前方,海贼营地残留的篝火放着红光,好像深夜海中的灯塔;他望向右前方,一条火把组成的长龙蜿蜒而来,沿着的路线分明是他和小九走过的路。

小道士闭上眼睛,手上掐着印诀,通过心血相连,联系着稍稍远一些后方看着迪迪的小人符们:"叫醒他……叫醒他……叫醒他……"

这种心血相连,传递不了太多信息,这还是在他对"一点灵光即是符"的领悟渐深情况下,新近才能做到的事情。

"过来……过来……过来……"

"呼——"

传递完消息,叶萧长出一口气,睁开了眼睛。

至于小人符们能不能领悟到他的意思,适时地将迪迪叫过来,他并没有太大的把握,也不是很在意。

毕竟只是两手准备罢了。

"干了再说,其他的,就顾不得那么多了。"

叶萧望向夜的山林间,看着火龙渐近,听着海贼营地的躁动,他们似乎察觉到了什么。

随着双方越靠越近,一种名为使命感的东西,无声无息地落在小道士的肩膀上,沉入心中,化作很久以前老道士说过的一句话:

"虽千万人,吾往矣。"

当时不理解,现在他懂了。

后果,危险……诸如此类的含义,有些时候并不是那么重要。

终于,火龙停于海贼营地不远处,咆哮声霍然炸开,仿佛要掀翻这片山林。

终于，散开的火光靠近了海贼营地，一切喧嚣声沉寂下来，化作沉默的对峙。

叶萧缓缓地闭上了眼睛，身边是穿林而来的小九。

小九绕了一个大圈子，还是赶在最关键的时刻，护卫在了小道士的身旁。

"你说，他们会打起来吗？"

叶萧一边问着，一边打开了神龙道书。

## 第五章　镜花水月，烛照天下

"会！"

小九很想大声地回答，然而不能够，它只能默默地点头，却不指望叶萧会看到。

叶萧也不需要回答。

他保持着闭着眼睛的状态，神龙道书打开在面前，两大沓的"引雷符"握在手上，一张不剩地握在手上。

这些引雷符的确绘制得很精良，尤其是这样不下千张叠在一起，散发出淡淡的紫光，如水般流淌爬满了叶萧的手和脸，将其映照得犹如天上雷神一般。

远方，海贼营地方向，对峙在继续。

叶萧睁开了眼睛，盘坐在地上，面前是神龙道书，引雷符被他细心地分成两沓，整整齐齐地码在上面。

他望着海贼营地方向，脑海中却浮现出之前对小九的交代。

小道士让小九拿着名叫古尔多的虹魔祭司兵器，在夜色当中选个合适的空隙，将其扔进了虹魔营地。

有没有伤到人，并不重要。

只要让猪头人们知道有人在惦记着他们，在袭击他们，以至于他们能够第一时间发现营地外，一路延伸到海贼营地的痕迹，这就足够了。

虹魔教徒们会循着痕迹找过来，会找到没有被处理掉的猪头人痕迹，于是顺理成章地发现海贼营地，然后是……

叶萧的呼吸急促了起来，竭力地望向海贼营地方向，那里安静如故，对峙在继续。

"王倬。"

"老祭司！"

叶萧想不到这两个存在会如何反应，不知道他们什么时候有反应，最可怕的本就在于等待，在于未知。

好在，他是一个道士。

叶萧手掌一翻，一杆朱笔、两张黄纸入手，笔走龙蛇，符纸颤动，这是小道士就他体内的力量引入符纸当中，使其蜕变之故。

与他之前任何一次画符不同的是，这一回他是将两张符纸叠加在一起，执笔用力，力透纸背，朱砂溢纸而出，浸染了下面的符纸。

一笔画就，中间没有停顿，没有破墨，符纸之上的朱砂符文一如印上去的清晰。

叶萧松了口气，将叠在一起的两张黄纸托在掌心，一口气轻轻地呼了出去。

符纸飘动，上下分离，上者清晰，下者朦胧。

"小九，麻烦你再跑一趟，我要看到那边的情况，才能把握住最好的时机。"

叶萧如是说着，小九全无反对，干干脆脆地一步站到他面前伸出额头。

小道士一笑，夸奖道："真聪明。"

同时，他将朱砂痕迹清晰的上层符纸贴到了小九额头上。

"去吧。"

叶萧一声令下，小九转身就走，不出三五步，它的身后又传来叶萧不放心的叮咛："记得，离远一点儿，不要什么都往上冲。"

小九的身形顿了顿，随即越走越快，悄无声息地在林间穿行，慢慢靠近海贼营地。

小道士并没有等太久，约莫十个呼吸的时间，他就感受到心血相连处，自家护法传来的颤动。

它到了。

"来吧，让我看看。"

叶萧将一直捏在手中那张朦胧一些的，原本叠在下面的符纸以"抛"字诀释放了出去。

半空中，飞扬的符纸燃烧殆尽，一面镜光浮现出来，恍若是收集了千年月华的铜镜，清晰中带着清冷味道，上面渐渐地有人的轮廓浮现出来。

"镜花水月，烛照天下。"

叶萧默念着这张符的名字，凝神向镜光中望去。

"希望无名符书里面学来的这个符能有效果，虽然初学乍练，不可能达到里面说的极限能足不出户、烛照天地的恐怖，只要能让我捕捉到战机也是好的。"

战机他没捕捉到，小道士只是看到了王倬，看到了白袍老祭司。

两个人面对面地站着，王倬若无其事地削着木雕，老祭司双手笼在袖子里，似乎都在开口说着什么。

镜光不住地晃动，从王倬和老祭司身上移开，扫过全场。

模糊的光影当中，叶萧看到了海贼们一个个磨刀霍霍，严阵以待；看到了虹魔教徒振臂高呼，疯狂而不畏死。

冲突明明一触即发，中间却隔着王倬和老祭司两个人，就好像一座大坝，拦住了怒江流。

头上贴着"镜花水月，烛照天下"符箓的小九，明显也知道了问题关键何在了，脑袋不再乱晃，镜光锁定在王倬和老祭司就不动了。

叶萧看得火大，恨不得下场代替他们二人。

"王倬，你还等什么，骂他个阿金纳去死。"

"喂，老祭司你没看到王倬看不起你吗？还在雕刻，快，打掉他的无面木雕。"

小道士是心下紧张外加穷极无聊，一个人在那瞎扯淡，自己给自己解闷。

王倬和老祭司何等人物，对峙这么久都没有打起来，后面怕是够呛了。

栽赃嫁祸，祸水东引，驱虎吞狼，黄雀在后……这些都算不上太了不得的计谋，双方只要沉下心来，彼此沟通一下，第一时间打不起来就很难了。

"要不，就这样吧……"

叶萧踟蹰着，屁股缓缓离开地面，准备动手了。

"反正我这是阳谋，只要双方汇聚在一起，我就算赚到了，虽然达不成最好的效果，总比干瞪眼儿强。"

小道士眼看就要站起来了，手都伸向了叠得好好的引雷符，恰在这个节骨眼儿上，异变突生。

镜光忽然在剧烈地晃动，感觉就好像小九被人拿着脑袋，从这边晃到那边，再狠狠地甩回来，顿时吸引了叶萧的注意。

"咦？"

他望向镜光中景象，眼睛瞬间瞪圆，脸上露出不敢置信之色，终于明白小九为什么将脑袋晃得跟拨浪鼓似的了。

小九分明是感受到了叶萧心思，又发现场中情况出现变化，连忙提醒呢。

场中情况是变化了，变化之大、之奇、之诡异，吓得小道士一屁股坐回了地上，生出了揉眼睛的冲动。

不仅是冲动，他真做了。

叶萧揉了揉眼睛再看，发现他眼睛没花，也不是梦幻之心蘑菇的幻觉影响，这才喜形于色，差点儿没蹦起来。

时间倒退回一个呼吸前……

王倬雕刻无面木雕的动作停了下来，皱了皱眉头，说了一句什么；

老祭司勃然大怒，一巴掌拍出去，落在了王倬手上的木雕……

"隆隆。"

恰在此时，积蓄了许久的一声轰鸣炸响，有雨水倾泻而下。

小道士哆嗦了一下，抬头望了眼天，很想解释一声：

"我真的什么都没有做……"

## 第六章　乾坤一掷之雷动九天

无面木雕落地，雨水倾盆而下，闪电划破天际，滚滚怒雷炸响……

这一切，齐齐发生在顷刻之间。

木雕沾满了泥水，污浊不堪，没有五官的脸朝上，污水在上面流淌，看上去像极了一个人在扭曲，在怒吼。

老祭司又不是叶萧，他可没有隐身将海贼营地连带着王倬帐篷都逛一遍的经历，盛怒之下拍掉木雕，在他看来跟喝酒时扫落杯子差不多，就是表达个愤怒罢了。

他似乎不觉得不对，王倬也没有表现出任何不对。

这位海贼首领优雅地笑着，任凭雨水顺着他的头发、他的八字胡流淌下来，摊开手仿佛在说着什么，有意无意地上前一步。

就是一步，双方的距离骤然拉近。

老祭司隐隐察觉到不妥，开口欲喊，眼前王倬一头的小辫子"啪啪啪"有声地全部飞散开来，一头乌发倒竖而起，冲天飞扬。

绑着小辫子的王倬如果说是优雅，那么这个时候的模样便是癫狂。

几乎在同一时间，有寒光一闪，铁钩撕裂空气冲着老祭司的喉咙划来，呼啸之声如鬼哭，王倬脸上表情扭曲如无面木雕。

首领都动手和被动手了，海贼们、虹魔教徒们，还有得选择吗？

在一道道闪电划破天际，一声声惊雷炸响空中，王倬与老祭司、海贼们与虹魔教徒厮杀在一起。

"好！"

叶萧喜笑颜开，眼前情况，正是他预想当中有可能出现的各种情况里，最好的那一种。

尤其是王倬和老祭司的表现，简直跟他自娱自乐时瞎编的一模一样，在真正发生的那一刻，连叶萧自个儿都被吓到了。

这才有一声惊雷在耳边，他的第一反应竟然是跟老天爷解释一下，这真不是他干的。

"小九，快离开那里。"

叶萧霍地长身而起，在心里呼唤了一下自家护法，让它赶紧撤离后，所有的心神都沉静了下来，沉入手上每一个动作当中。

"哈！"

他吐气开始，一脚抬起又重重地落下，脚边的神龙道书被震得弹起。

在神龙道书弹起未落之际，叶萧又是一脚伸出去踢在道书下面，一震。

"哗啦"，犹如瞬间入秋，有漫天黄叶飞；又似误入花丛，有万千蝴蝶舞；恍若夏夜行于野，惊起萤火繁星璀璨无数……

漫天飞舞，如叶，似蝶，全是一张张的引雷符冲天而起，洋洋洒洒而下。

"乾、坤！"

乾坤一掷，先有乾坤，后有一掷。

叶萧深吸一口气，沉浸在如悟道一样的状态中，双手扬起融入对"双符境界"只差临门一脚的感悟，在身前飞快地挥动着。

他的五指比起小人符还要灵活，每一刹那，他每一根手指的每一处指肚都在抹过一张张引雷符。

两臂幻化残影无数，叶萧在这一瞬间，好像有一千只手臂同时在挥舞；十根指头幻化万千，每一张引雷符后面都有它们的影子在抹过，在调整，在驱使……

一个刹那过去，叶萧手臂残影归一，身躯有一个巨大的紫色环圈在呼啸旋转，每一转动，皆有雷霆轰鸣之声炸响，仿佛天上之雷尽数汇聚在掌中，任凭他捏圆搓扁。

紫色雷霆环圈的最中央，有一处闪电的光出现，犹如近千张的引雷符在呼啸旋转时彼此摩擦，引来了天外的雷电。

这处电光褪去了一切紫，显得有些亮白，有的剧烈地颤动着，极度地不稳定，随时可能炸开，将周遭一切尽数抹杀得干干净净。

"一……掷！"

叶萧面如金纸，汗水刚刚沁出来就"咻"的一声蒸发，头发一根根地岔开、倒竖而起，浑身衣物膨开，犹如充气……

在这个时候，小道士的身体力量仿佛也积蓄满了雷电，像极了吹满气的皮球。

引雷符在"乾坤一掷"手法下形成的呼啸雷霆环圈之外，在以叶萧为中心方圆十丈的地方，每一块土壤都粉碎成无数的沙砾悬浮在低空，每一片落叶都在解离成叶脉同时飞起，连一些细碎些的石头都浮空起来。

十丈方圆，雷霆为域。

十丈之外，小九赶了回来，想要前进一步都不能。

它的灵觉告诉它，只要在这个时候，进入叶萧为中心的十丈方圆一步，立刻就是粉身碎骨的下场。

叶萧甚至都没察觉到自家护法的回归，他觉得浑身每一根毛发都在竖起，每一寸皮肤都在皲裂。

以"乾坤一掷"符法为媒介，在这个时间点上，他就是近千张引雷符，几乎要引下九天上积蓄了多时的所有雷电。

"嗨！"

"哈！"

叶萧呼哈着，胸膛膨起到极限，又伏到凹陷，连同所能调动的所有力气，他并指成剑将手臂缩回到身边，再轰然穿出。

整个动作下来，浑然没有在虹魔营地附近那一次的游刃有余，每一寸移动都如滞满了泥沙的大河，磅礴却又沉重。

"轰！"

一声轰鸣，叶萧眼前一花，面前的雷霆环圈中千张引雷符尽燃，以眼睛不能捕捉的速度，向着海贼与虹魔教徒火拼处飞掠了过去。

经行处，大地被犁出深深的痕迹，树木被连根拔起，不管是犁出的泥土还是倒下的树木，亦或是这个范围内的蛇虫鼠蚁，一切的一切，都被这无形的力量影响，无不飘飞而起。

以叶萧所在为起点，海贼营地外为终点，整条路径上的一切都是悬浮着，飘飞着的，诡异到了极致，又美丽到了极致。

"行吗？"

叶萧身上有电弧"噼里啪啦"地激射出来，又湮灭下去，一寸寸头发在成灰，整个人悬浮而起，脚不沾地。

这些情况他浑若不觉，体内电流穿过一瞬间带来的伤痛他完全感受不到，只是死死地盯着千张引雷符，在"乾坤一掷"下化作的巨型雷电球滚滚碾轧而去。

"乾坤一掷，雷动九天。"

雷，动于地，惊于天，滚滚而过，狂雷天降。

在叶萧期待着，忐忑地望过去的时候，王倬也好，老祭司也罢，同时脸色大变，不约而同地做出了同样的举动。

王倬任凭老祭司一个猪鼻鬼母幻象打在胸前，老祭司用肩膀接下了王倬一记铁钩。

双方同时吐出一口鲜血，反方向弹飞出去。

"谁？"

"是谁？"

王倬和老祭司的厉喝声响起，隐隐地惊慌潜伏。

其余海贼与虹魔教徒不是没有发现滚滚而来的巨型雷电球，只是互相纠缠着，一时间既弄不清楚情况，也分不开。

下一刻，"轰"一声洞穿了天地……

## 第七章　玩儿大了

"噗……"

叶萧一口鲜血喷出来，支撑他悬浮在空中的力量霍然消散，他重重地坠落下去，不及落地，小九带出一抹白色影子，适时地出现在身旁，将他接住。

身边，全是沙砾如雨落下，是叶片在空中粉碎，是石头激射四方……

从小道士身边开始，一路延伸到海贼营地之外，随着那一声洞穿天地的巨响，沿路悬浮飘飞着的一切落地。

这一幕，徐徐而过，好像有一只无形的大手在拨乱反正，落在眼中震撼到了极致，叶萧怔怔地看着，一时间忘却了伤势，呆住了。

在海贼营地外，巨型雷电球以不可阻挡之势轰然而入，在恣意炸开，化作无数道电鞭抽打四方，电光、雷声、火光、惨叫声……充斥着一切。

"呼！"

叶萧吐出一口气，往地上啐了一口，回应了王倬和老祭司的喝问："是你爷爷我。"

紧接着，小道士脸色大变，猛地想起了什么不好的事情一般，手忙脚乱地一手捂胸，一手捂耳，发现不够用，急忙抓取一张符纸揉成球塞进了耳中。

他本想连小九的一起塞上，奈何它没有耳朵……没有耳朵……没有耳朵……

小道士刚做好准备，海贼营地外幸存的海贼与虹魔教徒们心有余悸，又庆幸不死时，异变突生。

海贼营地的正上空，原本铅云密布而显得漆黑如墨的地方，蓦然间变成紫色一片，不住地弥漫着，成为笼罩整片天地区域的巨大漩涡。

这样的光影、这样的威势，自然引得海贼们和虹魔教徒们不知所措，引颈观看。

两个凄厉的吼声，混杂在一起，从海贼营地处爆发了出来："不管你是何方神圣，我记住你了！"

王倬如是说。

虹魔教老祭司也如是说。

凄厉之声轰然回荡，好像有生命一般盘旋着，似要找到这一切的始作俑者，将其中蕴含的愤恨宣泄出去。

"我不是什么神圣，我只是一个小道士。"

叶萧轻描淡写地说道，随即脸色一变，哆嗦了一下，大叫出声："小九，扶着我，快退后。"

小九向来听话，也没问为什么，拽着他就往后走。

"再退后。

"接着退。

"还是不保险，退后退后。"

叶萧心急如焚，短短时间里，暴退数十丈。

他很想再往后一些来着，可惜没来得及。

小道士刚勉强站稳，扶着小九，抬头一看，天上浓郁的紫色漩涡通体一颤，"轰隆隆隆……隆隆隆"，回荡不息的雷声响彻天地，无数道粗如水桶的雷柱倾泻而下，仿佛一个巨大的牢笼将整个海贼营地笼罩。

"嘶……"

叶萧瞪大眼睛，抽着凉气，咽着唾沫，心跳加快，沉默半晌，吐出四个字来：

"玩儿大了。"

是玩儿得大了。

有那么一瞬间，小道士看到海贼营地被夷为平地，看到无论是海贼们还是虹魔教徒们全都飘飞起来，在半空中就分崩离析了。

整片大地好像被来回犁了数遍，地都被削去了一尺。

引雷符引雷符，乾坤一掷之雷动九天，其根本到底是近千张的引雷符，最大的威能当然是引来雷霆了。

巨型雷霆球滚过，未必有杀伤多少人，引动的雷霆才是真正杀招。

只是二者之间有间隔，还不短，不是双方厮杀纠缠分不开，不是他们反应迟钝没有明白凶险，造不成如此效果；不是乾坤一掷能将低级符箓威能汇聚，并且一次性引出的神妙，不是叶萧不自量力地一次性引发千张符箓，造不成如此效果；不是恰巧遇到雷暴天气，封魔谷上空积蓄了不知道多少雷霆，以至于被一次性引动宣泄而下，造不成如此效果……

理由有很多，不可复制性也有很多，让叶萧再施展一百次的乾坤一掷之雷动九天，也不会有一次能导致眼前威能的十分之一。

但是——

结果就在眼前。

叶萧都被镇住了，以至于一个个小人符探头探脑地出来，后面是迪迪大踏步地冲过来，他都没有察觉；他的眼睛、他的鼻孔、他的耳中、他的嘴里，有鲜血汩汩而出，好像一口口泉眼一样，他没有察觉；他的右手焦黑一片，哧哧作响，无数肌肉撕裂，不少皮肤崩开，剧痛能让人昏厥，他也没有察觉……

小道士彻底地震撼了，为他一击造成的威能而震惊着，不能言语，不能动作，眼前回荡着还是九天怒雷，耳中轰鸣的还是雷声隆隆，一直到他无力地滑落下来，连小九都搀扶不住，他才稍稍回过神儿来。

"哥！"

迪迪大踏步而来，适时地一把将叶萧搀扶住，顶着牛角的脑袋探过来，一脸担忧之色，"哥，你是俺亲哥，你别吓俺。"

牛魔人都快哭了，叶萧现在的样子简直惨不忍睹。

他弄不明白，不就是睡了一觉嘛，怎么什么都不一样了。

叶萧这会儿也回过神儿来，浑身都疼，翻着白眼，苦笑道："玩儿欢脱了。"

迪迪很想搀扶着小道士坐下，偏偏惊雷并着暴雨肆虐天地，目之所及的所有地方尽是泥泞一片，竟连坐一下的地方都没有。

雨，前所未有地大，引雷符引下的不仅仅是雷，似乎还将可以持续片刻的暴风雨集中在顷刻之间引落。

天地间仿若有一个无形的巨人，用手掌捧起雨云，揉捏成一盆水，"哗啦"一下倒下去。

倾盆暴雨之下，冲刷了一切痕迹，泄尽了一切雨水的乌云散得干干净净，再不能遮挡东边喷薄而出的一轮朝阳。

暖洋洋的晨辉披洒在身，叶萧忽然觉得所有的力气都被抽取干净，眼皮重如铁幕，沉沉地合上。

"走，我们赶紧走。"

他疲惫地闭上眼睛，不去想王倬死了没有，老祭司死了没有，海贼活下几个，虹魔教徒又剩下几只，只想赶紧走，远远地离开这里。

"去遗人村。"

最后的话音落下，叶萧眼前一黑，耳中依稀还能听到迪迪的喊声，却是那么的遥远，好像能远到天边去……

# 第八章　三天，梦魇

一转眼，三天的时间过去，当日"乾坤一掷之雷动九天"的雷暴轰鸣之声，犹如还在耳边。

在这三天里，叶萧时而苏醒，时而昏迷，全身上下都不能动弹，一动就能直接昏迷过去。

迪迪砍了一些老藤条，做了一把藤椅出来，再将其牢牢地绑在身后，小道士就绑在藤椅上，随着牛魔人往遗人村方向奔去。

"颠了点儿。

"又慢了点儿。

"看着点儿路，有树杈。

"我饿了。"

每当清醒时候——虽然这样的时候不多——叶萧仗着病人身份，那叫一个衣来伸手、饭来张口，将迪迪支使得团团转，只恨爹娘少生了两条腿和两只手。

"哥，你是俺亲哥。"

迪迪停了下来，打开地图看了看，松了口气，觉得曙光就在眼前了，遗人村已经不远了。

叶萧难得清醒过来，坐在他后背藤椅上，凑过来看了一眼地图，问道："怎么啦？有事说事。"

"哥，俺想跟你商量商量。"

迪迪小心地背着小道士，向着林外走去，一边走一边回头说话。

"做饭免谈，我手不能动；分行李可以，反正咱俩也没行李。"

叶萧百无聊赖地扯着淡，这三天惨是惨了点儿，但没有了海贼在屁股后面追的危急，一开始还挺惬意，后来重伤在身什么都不能做，他有种闲出毛病来的感觉。

不知不觉中，小道士已经适应了这种危险与机遇并存的冒险生活了。

迪迪挠着头，道："不是不是，是……"

"是什么？"

"哥，能不能把那些小人符拿出来，让俺用鞋底揍他们一顿？"

"呃，为什么？"

"因为……"

迪迪开始一把鼻涕一把眼泪地控诉，敢情当日小人符受叶萧命令叫醒牛魔人，竟然还用了不少非常手段。

据说迪迪醒来时候，鼻孔里面插着狗尾巴草，闻着还有一股子尿臊味道，不知道是他自个儿的还是叶萧放过的存货；嘴巴里呜呜不出声来，牛魔人拿手扒拉开一看，发现是黄泥堵在嘴巴上，满口都是，吐了一路都没吐干净……

"哈哈哈……"

叶萧笑得眼泪都要出来了，打趣道："迪迪，是因为你睡着就跟死了一样，不这样叫，不醒，不关它们的事好不？"

"哥，你是俺亲哥，护犊子不是这么护的……"

迪迪不断地叫屈。

"那一夜啊……"

叶萧的心思抽离出来，想起那漫长的一夜，从隐身独自外出的新鲜刺激，潜入海贼营地的紧张危险，到窥探虹魔教祭祀的怒火攻心，最后布局出手的漫天雷鸣……

明明好像就在昨天，又似很久很久以前。

想着想着，叶萧意识渐渐模糊，一如过去三天一样，毫无征兆地昏睡了过去。

有轻微的鼾声在响起，睡梦中小道士的眉头紧紧地皱着，不知道是又陷入了危机四伏，还是在暴怒中要给猪头人一个教训……

迪迪还在喋喋不休地抱怨着，好久没有回音，扭头一看，发现叶萧早已沉沉地睡过去了。

昏睡当中的叶萧不自觉地蜷成一团，五官和神情愈发地稚嫩，没有了平日里的张牙舞爪，仿佛是一个小少年在阳光中酣然入梦。

迪迪闭上了嘴巴，放轻了脚步，神经大条如他，眉宇间也都是担忧之色，喃喃自语："哥，你真是俺亲哥，要好起来啊，不然俺可怎么办？"

"沙沙沙……"

脚踩着落叶如毯，除去"沙沙"有声外，简直如踏在云端，扑鼻都是树木芬芳，林间寂静，偶尔鸟语虫鸣，犹如耳畔低语，不注意去听呢，到处都有，细心聆听，则又悄然无声。

在迪迪宽厚的背上，窝在编织的厚厚的藤椅上，叶萧意识模糊，恍惚间似是又回到了很小很小还是婴儿时候，老道士带着他乘一叶扁舟在平静的大海上飘然远去。

大海是母亲温暖的怀抱，扁舟就是襁褓，老道士负责挤眉弄眼地逗趣，手忙脚乱地喂食……

睡梦中，小道士的眉头舒展开来，刚要露出安心的笑容，梦境却突变。

大海退潮般散去，扁舟直沉入最深的海底，老道士栽入水里无影无踪，叶萧刚要大叫，"嘭"，扁舟砸在海底最深的地方，四分五裂。

小道士茫然地站起来，看到四周一片焦土，空气中弥漫着焦臭的味道，好像刚刚被雷火洗礼过一遍又一遍。

"等等，这里难道是……"

叶萧悚然一惊，想到一个可能，极目向着焦土四面望去。

"这地形……果然是吗……"

小道士目光聚焦，落到一片犹自冒着青烟的残骸处，依稀还能分辨出这里原本应当是一个营地模样。

——海贼营地。

"这是做梦吧？"

叶萧反应过来，这当然是做梦，他都离开那个地方不知道多远距离了，时间更是过去了三天。

他还在纠结着是拿着冒烟的石头给自己脑门上来一下，还是寻个水塘把脑袋摁进去溺一溺，好从梦里醒来呢。

"滚……滚开……"

"你们这些畜生，不认识我是谁吗？快滚！"

"啊……"

惨叫声划破了寂静，叶萧一惊之下，循声望去，只见一个穿着白袍的老头子连滚带爬地闯入他视线。

"是他！"

小道士本能地就要摸向神龙道书，不承想摸了一个空，这才猛地反应过来，是在做梦呢。

平时声音含含糊糊，一拔高就如女人般高且尖，刚刚的喊声叶萧听着就觉得耳熟，一看到人就认出来了。

"虹魔教，老祭司。"

叶萧凝神望过去，看到老祭司翻滚着，挣扎着，从身后扑出来一头比猪婆龙小上两号的身影，用粗壮的腿脚踩住老祭司，锋利的牙齿开始在他身上撕咬。

"大蜥蜴！"

小道士本能地开始找退路。

"奇怪，这些大蜥蜴不都是虹魔教饲养的吗？在下关城时差点儿没把整个城给吃穷喽，怎么他们跟海贼拼命时候没有叫出来？"

大蜥蜴本来就是虹魔教战士的坐骑和伙伴，叶萧这会儿回想起来，越想越觉得当日的情况不对。

眼前的情况就更不对了。

老祭司在虹魔教里面地位明显很高，这一拨虹魔教徒更是以他为首，怎么可能指挥不动大蜥蜴，反而被它们撕咬呢？

叶萧疑惑的这段时间里，老祭司惨叫声衰弱下来，渐无声息，越来越多的大蜥蜴聚拢过来，埋头啃食，偶尔抬起头来，蜥蜴脑袋落入小道士眼中，尽是满脸血污的模样。

"呼——"

他长长地吐出口气，别过头不忍心看。

虽然双方分属敌对，老祭司行为更是犯了叶萧的大忌，可看到他落到这样下场，小道士还是觉得有些硌硬。

"嘭！"

突然——

一声轻微的闷响声传来，叶萧本能地扭头一看，旋即瞳孔骤缩。

有一条手臂，从焦土中破出，高高地举起，手臂末端，铁钩狰狞，寒光闪烁……

## 第九章　一池，一河，一山，一脊

"啊！"

叶萧惊醒过来，猛地在藤椅上坐直，汗如雨下。

"哥，你是俺亲哥，俺胆子小，经不住吓。"

迪迪扭过头来，一脸苦相，一条腿抱着使劲儿揉，龇牙咧嘴。

身前不远处，一块西瓜大小的石头还在滚动着，上面纹路扭曲，如在嘲笑迪迪走路不长眼睛。

不用看，刚刚被叶萧一吓，迪迪肯定是一脚踢到石头上了。

龇牙咧嘴归龇牙咧嘴，迪迪顾不上疼，满脸都是担忧神色，问道："哥，你没事吧？"

叶萧擦了把汗，摇头道："没事，就是做了一个噩梦。"

"我也做了。"

迪迪大声应和着。

"嗯？"小道士还沉浸在那个噩梦里，脑子有点儿转不过来了，疑问道，"你也做噩梦了？"

"对。"

迪迪用力地点头，不堪回首模样，"饿梦，非常饿的梦。"

"非常饿……非常饿……"

叶萧喃喃重复几遍，才反应过来，给气乐了，一巴掌拍到牛魔人脑袋上，"你个吃货。"

三天过去了，至少他现在勉强活动一下的力气是有了。

这会儿小道士坐在藤椅上，藤椅又在迪迪背上，完全抹平了双方身高差，打起来别提多顺手了。

不用说是病人，就是完好时候叶萧那点儿力气，对迪迪来说也跟搔痒痒差不多，全不在乎。

他憨厚地摸着脑袋，笑容满面地向前走。

只要叶萧醒了他就开心了。

小道士也在笑，拍在迪迪脑袋上的手没有收回，顺势揉了揉，不自觉地挺直了胸膛，冷汗什么的早没了，胸中豪气顿生：

"管它是不是梦，管你们是死还是活。

"我们兄弟，怕得谁来？

"死了就死了，干净；没死那就回头再拍死，一回生两回熟的事。"

一路走来一路说笑，叶萧这回清醒的时间，远远超过前几天，要不还是浑身乏力，时不时抽痛起来脸色惨白，几乎跟往日没什么两样了。

"哗啦"一声响，迪迪拨开拦路的蔓藤，眼前豁然开朗。

"哥。"

迪迪的声音有些抖，有些欢畅，两个人近在咫尺，他的叫声却如吼叫一般洪亮。

"嗯？"

叶萧刚要扭头，迪迪就已经将藤椅从背上卸了下来，扶着他站了起来。

"你看！"

不需要迪迪说，小道士已经在看了，前方恢宏的景象如万象奔腾一般，闯入他的视野……

山脉蜿蜒，在大片沼泽地上拔地而起，突兀雄奇，仿佛是一条巨龙飞累了，暂时落下来，匍匐安睡。

山脉之巅如同龙之脊背，陡峭而高耸，狰狞中带着桀骜，恍若一把长刀横亘在那里，遥指长空。

龙脊之末，有一座高山拱起地表，半山青翠，半山皑皑白雪，更高处有水光潋滟，连接天穹，分不清楚是天光还是水光在闪耀。

叶萧和迪迪看得出神的时候，天上有一头雪白的鹰隼飞过，似乎把他们当成了猎物，一个俯冲飞来。

越来越低，越来越近，风拂乱了两个人的头发，张开的鹰爪虬结有力，好像要将他们叼起来，抓向九天之上。

迪迪手按虎鲨刀，叶萧一把按在他手背上。

鹰与人，愈发地近了。

"出来吧，小九。"

叶萧声音有些无力，不知何时夹在两指间的护法符向斜上方激射出去。

他力气不够，护法符飞出不到两丈高就无力地坠落下来，几乎在同一时间，鹰隼俯冲到极致，上半身后仰，鹰爪抓向他们头部。

——近在咫尺。

护法符燃起，小九凭空浮现，从空中坠落下来，正好落在鹰隼背上。

鹰隼惊慌失措，翅膀"啪啪"扇动，地上有飞沙走石，这些叶萧都视如不见，缓缓地闭上了眼睛。

眼前暗了下来，只有代表着本命护法的光点在心中闪烁着灵光。

"我想上去看看。"

叶萧在心里说着。

鹰隼背上原本只是本能抓住鹰羽不被甩落下去的小九，眼中忽然有光在闪动。

它飞快地调整姿势，纤细的骨头架子好像长在雪白鹰隼后背上了一样，任凭起伏翻转，稳稳地抓着不放。

一声鹰啸，直冲云霄。

雪白鹰隼早就将两个猎物抛于脑后了，霍然拔高，越飞越高，在叶萧眼中变成一个小黑点，在盘旋，在扶摇，仿佛要飞到最高的地方，去看看天是否有尽头。

恍惚中，借着与自家护法的神秘联系，叶萧仿佛化身成那头雪白的鹰隼，用它的眼睛在看着世界。

面前是拔地而起的高山，体态雄浑，山巅横断，有皑皑白雪覆盖，终年不化。

最顶处，一切水光之源，有天池一泓，仿佛遗世独立、卓尔不群的美丽女子，将艳光融入水光，恣意地挥洒着美态，融入天地间每一寸角落。

雪白鹰隼啸声不绝，回旋不断，越拔越高。

叶萧看到一泓将天光与水光尽数怀抱的天池，并不是一潭死水，而是玉带般地满溢，流淌而出成河。

玉带河从高山之巅流淌下来，沿着龙脊山脉一路奔涌，在隆隆水声之中，闷雷滚滚般直向天边去。

火山沉寂，雪山矗立，有天池静谧，好像在等待着什么；玉带河在龙脊山上奔涌，犹如天上银河，偶然坠落凡间，傲气依然，不肯在平地流淌。

万千气象，尽在这一池，一河，一山，一脊中。

"呼——"

叶萧长长地呼出一口气，露出满足之色，在心中说道："小九，回来吧。"

心声方出，雪白鹰隼背上，小九长身而起，双手握持着小臂长短的骨匕首，血珠顺着锋刃滴落，落在鹰隼雪白的羽毛上，好像一颗颗玛瑙珠子滚落玉盘。

怪不得鹰声如要突破了天际，敢情小九是用这样粗暴的方式固定在它背上的。

在血珠顺着羽毛滑落，在狂风中横飞百丈，落入天池的同时，小九两腿一蹬，两臂紧紧地贴在身子上，脑袋朝下从雪白鹰隼身上一跃而下。

"呼呼呼呼……"

狂风在呼啸，所谓罡风，连钢铁都能吹散。

急速坠落中，整片大地，无尽沼泽，犹如狂奔般地向着眼前冲来，景象轰然变化，似要全部挤进眼睛里。

叶萧身子摇晃了一下，勉强靠在迪迪的身上站稳，心神从小九身上抽离了回来。

他抬头，看到：

小九流星般划破，陨石般坠落，在半空中一阵模糊，凭空不见；雪白鹰隼骤然解脱，一个盘旋中长啸着飞过天池上空，"隆隆"一声巨响，水花朝天分开，一头庞然大物从天池中探出头来，一口将鹰隼叼落……

## 第一〇章　富家翁

"那是什么？"

迪迪嘴巴张得自家拳头都能塞进去。

"不知道……"

叶萧咽了口唾沫，勉强将嘴巴给闭上了，刚才那一幕太过震撼，现在还在他脑子里一遍遍地回放着。

那一瞬间，一个庞大的黑影从天池中蹿起来，一口将雪白鹰隼叼走，再以更重的势头重重地砸入水中，溅起的水花冲上天空，化作水雾弥漫不散。

"总不能是那滴血……"

叶萧激灵地打了一个寒战，不敢相信区区一点儿血融入那么大的天池里面，竟然还能引出如此巨兽。

恢宏气象景致，神秘莫测天池，惊鸿一瞥巨兽，再配上"隆隆"雷声，骤然暗下来的天穹，短短时间内给他们两个的震撼之大，不能言述。

"哥，你说俺们加起来够不够那怪物塞牙缝儿的？"

迪迪有些忐忑地问道。

叶萧头摇得如拨浪鼓，老老实实地回答："估摸够呛。"

两人对视一眼，齐刷刷地点头，意思很明确，坚决不靠近天池一步。

万一流个鼻血什么的，引出那头怪物怎么办？

"那座流淌着玉带河的山脉应该就是龅牙冲说的龙脊山了。"

"有天池的火山叫什么来着？"

叶萧一时想不起来，便用天池火山来代替，结合刚刚空中所见，道："迪迪，咱还真得往那边去，遗人村就在龙脊山脚下，天池火山边上。"

"咱们小心点儿，别往天池那地儿凑就是了。"

叶萧拼命摇了几下头，以他此刻的身体状况，都要给摇晕菜了，才将刚刚那个怪物的身影从脑子里摇出去。

抬头一看，只见乌云密布，密密麻麻，厚厚实实，好像一块沉沉的铅块压在天幕上，随时可能坠落下来，将下面的一切肆虐成渣。

"这潦水沼泽什么情况？"

叶萧郁闷了，"动不动就是暴雨，还有完没完了？"

这么厚的铅云，怎么看都不像是会被风给吹散或者吹到其他地方的样子，早晚就是轰隆隆一声巨响，比起"雷动九天"那天还大的雨水瓢泼而下。

小道士很是自觉地爬上藤椅窝着，示意迪迪背上，一窝回藤椅被迪迪背起来，叶萧就觉得昏昏沉沉的，一阵恶寒，仿佛雨水还没有下来，寒气就已经侵入了骨髓。

"去遗人村，下雨前要赶到。"

交代完这句话，叶萧脑袋一歪，陷入了半昏迷半清醒的状态，耳中能听到迪迪在叫什么，依稀能感受到四周的景物在飞速地退后，能知道天色渐暗风乍起，空气中一片湿润……想要回应一句，或者彻底睁开眼睛，便不能够了。

叶萧还记得以鹰隼为凭，用"小九"为眼的时候，他看到有一处村落在龙脊山下，想来除了遗人村外，也没别的可能。

想要避过这场暴雨，遗人村就是最好的选择。

"要是再淋场透雨，我不会就嗝屁了吧？"

叶萧迷迷糊糊地自嘲着，忽然觉得身体被摇晃来摇晃去，跟地震了一样。

他勉强睁开眼睛一看，入眼就是迪迪焦急担忧的脸。

"怎么了？"

叶萧说话，声音出奇地小，嘴唇分外干燥，要不是迪迪凑得近，怕是想听到都难。

"好像……到了……"

迪迪声音也有点儿小，不太确定的样子。

叶萧四下一看，明白了过来。

时近傍晚，又有暴风雨酝酿将下未下，附近昏暗不明，依稀可以看到一个村庄轮廓，然而既无灯火，亦无人声，连鸡鸣犬吠都没有，恍如一个死村。

这样的天象，这样的情况，要走进去的确是需要一点儿勇气，怎么看都不像是一个活人住的地方。

小道士也有些犹豫了，正在此时，一个摇摇晃晃的身影忽然出现。

"有人！"

"快跟上。"

叶萧眼睛一亮，迪迪自觉地将他背起来，向着那个身影走了过去。

近了一看，那是一个有钱模样的中年人，吃得滚圆滚圆的，完全分不出哪里是肩哪里是胸什么地方是腰，一个层层叠叠的桶状下来，华丽的锦缎衣服都要收束不起来，让人怀疑肥肉随时都会把衣服给撑开。

他手上提着一个灯笼，里面火苗很小，非得凑近了才有足够亮光，勉强能照个几尺距离，跟摆设差不多。

别看富家男子胖得走路摇摇晃晃的，速度竟然不慢，迪迪背着叶萧注意看路仔细平稳的情况下，一时竟然没能追上。

片刻工夫，叶萧和迪迪跟着这个富家男子，来到一处院落外。

院落占地颇大，几进院子，只是在晦暗天色下竟然一点儿火光没有，不见堂皇，反而有些森森然的感觉。

前有富家男子，后有叶萧等人，他们刚一靠近，这个院落人家的看门狗就开始吠了起来。

"汪汪汪……汪汪汪……"

其声凄厉，锁链连响，一条足足有小牛犊子般大小的黑背扑了出来，狂吠不止。

富家男子吓了一跳，手上灯笼差点儿扔出去，火光晃动下，他正好看到了迪迪背着叶萧过来了。

"你们是谁？跟着老夫干吗？"

富家男子第一反应竟然是双手抱胸，弄得叶萧和迪迪一阵无语，嘴边的话又给咽了下去。

这种事情向来是叶萧出头，现在他也苏醒了，迪迪继续做他的锯嘴葫芦。

小道士强打着精神看了下环境，尤其在那条狂吠的狗身上多看了两眼，眼珠子一转，道："这位老丈，我们兄弟可不是跟着你，只是恰巧同走一条路罢了。"

"胡说。"

富家男子看没危险，满是肥肉的胳膊一甩，没甩出气势来，倒是将一身肥肉甩出了个波浪起伏。

"这条道除了此间，哪里都不通，同什么路？"

叶萧恍恍惚惚的，倒没有注意到这点，不过他也不怯场，眼看暴雨就要下来了，先找个避雨的地方才是真，他睁着眼睛说起瞎话来：

"老丈你有所不知，我们兄弟跟此间主人颇有几分关系，前来做客的，这不就同路了嘛。"

迪迪默默地听着，心下佩服，这瞎话说得叫一个顺溜，半点儿不见心虚。

叶萧心里却在想："这条狗都快叫成狂犬病样子了，明显跟这个胖老头不熟，混过去再说，里面也不像有人的样子，不然早就出来看情况了。

"管他的，忽悠过去，先有个屋檐避雨，明日雨停了再做计较……"

小道士想得正美呢，富家男子神色古怪，上下打量他们二人几眼，又回头瞅了几眼院子，确定没错了，满脸狐疑地道："颇有几分关系？我怎么不记得跟你们有什么关系？"

# 第一一章　下雨天留客

"呃？"

叶萧眨了眨眼睛，停下从迪迪背上下来的动作，发现好像有什么不对。

他小心翼翼地问道："不知道此间……"

富家翁好像想明白了，大吼出声："这是我家！"

"嘶。"

叶萧和迪迪齐齐倒抽一口凉气，牙疼。

这是撞上正主儿了。

"不应该啊……"

叶萧将目光投向那条叫唤得厉害的黑背大狗。

富家翁也被叫得烦躁了，一脚踢开院门，冲着那条立起来比他还要高的黑背大狗提脚就踹，踹得大狗"呜呜呜"地窜回了窝里面不敢冒头。

"再叫，再叫接着饿你两天。

"腌臜货这么能吃，吃得比老夫还要多，养你就不是养狗，分明是养祖宗。"

富家男子破口大骂，叶萧一头冷汗。

他算是听明白了，黑背大狗叫成那样不是当富家男子是陌生人，分明就是给饿惨了。

尴尬有没有？

这冒充关系冒充到正主儿身上，连迪迪神经这么大条的人都有些受不住了，拿眼神示意叶萧咱是不是先闪了。

小道士经过这一尴尬，出了一身冷汗，人反倒精神了许多，脑子也灵活了，顺利地从迪迪身上下来，偷偷地在他后背上戳了两下。

二人那叫一个默契，不约而同地举步。

那头，富家男子发泄完了怒气，这才想起来还有两个外人在呢，扭头正要轰人，一看，整个人都傻了。

叶萧和迪迪勾肩搭背，说说笑笑，全不将自己当外人，这会儿都越过他，向着院子里头去了。

"喂喂喂……"

"停下，停下！"

富家男子大急，从未见过如此无耻之人，都戳穿还敢往里走。

"隆隆……"

老天爷似乎都看不下去，惊雷炸响，在乌云当中亮晃晃地穿过，给一片晦暗当中带来难得的亮光。

等富家男子追上去的时候，叶萧和迪迪两个人已经找到了堂屋，寻了两把靠椅坐了下来，手指头在旁边桌子上敲动着，意思是客人都落座了，怎么还不上茶？

"你们……"

富家男子胸膛起伏，眼睛瞪圆，想要赶人吧，上门是客又有些磨不开脸，气呼呼站了半天，竟然一声不吭掉头就走。

他刚一走，迪迪紧绷着、挺得笔直的腰杆就垮了下来，满脸通红地凑过来说道："哥，咱这样是不是不太好……"

叶萧挠挠头，厚着脸皮道："不管了，先赖一晚上再说，一来避雨，二来借着由头，看能不能弄清楚这遗人村的情况。"

"哦。"

迪迪憨憨地应了一声，有个说得过去的理由，他顿时就心安理得了，就是这么容易说服。

没过一会儿，富家男子进来了，白白胖胖的手上拿着一个托盘，扔到迪迪和叶萧两个人中间的桌子上，难为他动作如此粗暴，托盘上面的两盏茶竟然没有洒出来。

叶萧笑容满面地站起来，脸上那叫一个阳光灿烂，客气地道："怎么敢劳烦老丈亲自动手，这种事情让下人来就好了嘛。"

"惭愧，惭愧，不敢当啊！"

他还说话呢，迪迪渴极了，咕噜噜也不嫌烫将茶一饮而尽。

富家男子拿眼皮夹他，冷哼一声，意思再明显不过了：这还叫惭愧，还叫不敢当？那要不惭愧，敢当了，是不是连茶盏都要嚼碎咽肚子里？

叶萧脸皮厚度历练出来了，浑不当一回事，开始跟富家男子聊天，说椅子好，酸枝的；书画好，留白有意境；身材好，富态有福气嘛；连那条狗都是好的，饿几天叫起来还中气十足……

有一句没一句地聊着，富家男子脸没有那么黑了，还算是有来有往没冷场。

小道士这么一番表演，旁边迪迪都看傻眼了，第一次知道原来聊天也是一种能力，叶萧这就叫会聊天，愣是把冰雪都给聊融化了。

整个过程中，外面"隆隆隆"雷声不绝，电光无孔不入，映照得堂屋里面时而亮如白昼，时而暗如深夜。

三个人的脸在这种情况下，有时候清晰得可以看见脸上汗毛，有时候又鬼影子般什么都看不见，气氛要多诡异就有多诡异。

迪迪没法插口，什么酸枝木书画留白的东西他不懂，富态有中气啥的他脸皮不够厚说不出口，闷闷地在那腹诽富家男子为富不仁死抠门，连个灯火都不知道点一下。

其实叶萧也在肚子里骂来着，只是他知道第一目的是什么，轻咳两声，回到正题："我们兄弟跟老丈真是一见如故，这凄风冷雨的天气，幸好有老丈收留，我们能在这里避个雨，过一夜，感激不尽。"

小道士说着就要站起来行礼。

这番话说得可艺术了，不是请求留宿，而是越过这一步直接感谢起来。

他算是看出来了，这富家男子抠归抠，连自家大狗的伙食都能克扣，黑灯瞎火聊天也不嫌寒碜，却有一点好，爱面子，磨不去情面。

不然他们厚着脸皮往里面钻的时候，也不能混到那口茶水不是？早被人家拿大扫帚轰出去了。

"停！"

富家男子动作利索，完全看不出肥肥胖胖三百多斤的分量，一个闪身直蹿到堂屋门口，不受叶萧的礼。

"呃？"

叶萧眨眨眼睛，有点儿弄不清楚情况。

不就是避雨留宿吗？

多大点儿事！

富家男子站在门边上，叹口气道："两位小兄弟有所不知了，我们遗人村有一些规矩……"

叶萧和迪迪静静地听着富家男子往下说。

原来，遗人村虽然只是一个小村子，却有自己的规矩，其中最重要的一条就是不留宿外人。

白日里往来没关系，村里不会赶人，可要是想要留宿，那不成。

// 41 //

除非得到村长允许，能在村子里定居的人，才能在遗人村过夜。

"这是祖上传下来的规矩，三代了，规矩不可废，两位小兄弟，对不住了。"

富家男子一拱手，做了一个"请"的姿势，道："趁着还没下雨，小兄弟不如趁早出了村子，寻个地方避雨吧。"

叶萧摸着下巴，问道："老丈，不知贵村的村长是……?"

"正是鄙人！"

富家男子抬头挺胸，一脸骄傲。

这是瞌睡遇到枕头了……叶萧眼中顿时冒出了亮光来，正要说话，"轰隆"声响，惊雷炸开乌云，有大雨瓢泼而下，密密麻麻的雨水仿佛要将大地洞穿出无数的窟窿眼儿来。

"嘿嘿，老丈你看，雨下大了，老话说得好：下雨天留客，我们兄弟却之不恭，只好留下来了。"

这番话一说，无论是富家男子还是迪迪全都是目瞪口呆，不为暴雨，为小道士那再大十倍的雨也打不穿的脸皮震惊了……

# 第一二章　天留人不留

"你……你……你……"

村长肥肉波浪了半天，终于缓过气来，估摸着是觉得如此厚脸皮的人无法沟通，至少不能当着面沟通，不然能气死，索性来了个拂袖而去。

堂屋当中，就剩下迪迪和叶萧二人。

迪迪擦了把汗，不是憋闷的，纯粹是尴尬和羞愧的。

叶萧好整以暇地端着茶开始品，明明是几个铜板一大斤的劣质茶叶，他却生生品出了几根金条一两的上等茗茶的架势来。

"哥。"迪迪凑过来，有些担心地问道，"咱们怎么办？"

"凉拌。"

叶萧放下茶盏，有些无奈地道："见招拆招吧，这遗人村我们是一定要留下的。

"那位老丈是村长，我们只要能忽悠得他开口同意，那么一切就迎刃而解了。"

迪迪点了点头，不过看他满脸愁容的样子，想也知道他心里觉得这盘算不太可能了。

二人正在说话呢，一阵"扑哧扑哧"的声音夹杂在风雨声中传来。

叶萧刚听到声音，扭头往门外看去，一眼就看到一道黑色闪电一蹿而入，向着他直扑而来。

"我去。"

小道士本能后仰，险些连人带椅子一起倒下，好在关键时刻看清楚"黑色闪电"本尊，强行止住了动作。

那是一条黑背大狗。

正是还没进门时候他们看到的那条，可怜兮兮的给饿了几天的家伙。

它这回没有呜呜叫唤，不是不想，而是不能够，它嘴巴上被塞入一个薄薄的盒子，别说叫唤了，舌头都捋不直。

黑背大狗一脸可怜相地两只爪子扒在叶萧膝盖上，脑袋直往前凑。

"唉……"

叶萧叹息一声，没的选择了，伸手接下薄盒子。

木头的，严丝合缝，看外观就知道里面能容纳一张名刺之类的纸片就差不离了。

黑背大狗嘴巴得到解放，粗糙的大舌头伸出来直喘气，一抖毛，整个堂屋都湿了。

叶萧和迪迪躲避不及，惨遭屋中暴雨，跟一条狗又实在没法计较，只能捏着鼻子认了。

"汪汪！"

黑背大狗叫唤两声，又在两个人的身上嗅了嗅，便算是认识了，掉头往雨里冲去。

叶萧目送它的背影消失在风雨中，暗暗默哀。这可怜的狗儿，吃不上饭，还得被当作信使用淋个湿透。

"哥，这是……？"

迪迪抹干净脸上的水，好奇地问道。

叶萧一脸晦气地回道："不用看也知道，这遗人村村长脸皮薄，估摸着心脏也不太好，不好当面跟我们说，怕气出个好歹来，写个信来表示拒绝。

"这样我们就算不要脸了，赖过今天晚上，明天还是得卷铺盖滚蛋。"

迪迪听完，脸上晦气一点儿都不比小道士少。

他们本来目的就不是单纯避雨，只是想办法在遗人村留下来，说是为了山海秘的线索也好，为了给叶萧治疗伤病也罢，这都不是一天两天的事，可目前连留下都做不到，其他就更不用提了。

"咔"，叶萧打开木盒子，里面果然是一张纸，纸上有一行字。

如果是其他就算了，可关系到小道士能不能留下来，修养也好，治疗也罢，迪迪前所未有地紧张，硕大的牛头挤过来看纸上的字。

墨迹淋漓，一看就是刚写的，一行大字龙飞凤舞，写得极其潦草，文不加点，一气呵成，好像在借此宣泄着不满：

"下雨天留客天留人不留。"

十个字意思清清楚楚，看得迪迪心直往下沉。

叶萧拨开迪迪的脑袋，这才看清楚纸上写的话，默默地在心里面念了一遍，露出若有所思之色。

等他回过神儿来，小道士发现迪迪都开始搬椅子了，一手两把靠背椅子，提起来就往门那边去。

"迪迪，你做什么呢?"

叶萧一头雾水地问道。

"堵门啊!"

迪迪理所当然地应着，两手提着四把椅子就像提着四根稻草似的毫不费力，一边说话一边将堂屋的门堵了个严严实实。

"不让留就不让留，今天晚上好歹熬过去，俺先把门给他堵上。"

迪迪吐口唾沫在两只蒲扇大手上，一阵搓，一边搓着手一边东张西望，看那样子是还要再找点儿其他东西，将门堵得更严实一些。

他憨憨地道："俺就不要脸了，反正今天哥你不能再淋雨了，不然万一有个什么……"

迪迪说不下去了，不用回头叶萧也能知道他眼眶肯定是红的。

小道士感动归感动，还是赶紧叫停，对满脸疑惑的迪迪说道："别整这些没用的，弄回去吧，这事交给我就行了。"

"呃?"

迪迪摸着后脑勺，不明白这事还能怎么做，不过他听叶萧的话听习惯了，弄不懂就弄不懂，不妨碍他三下五除二地将所有家具归位，然后屁颠屁颠地凑到小道士边上，一脸好奇宝宝的样子。

叶萧将写着逐客内容的纸片捏在指尖，拿手指一下下地弹着，纸质不错，猎猎脆响，口中道："迪迪你看，老丈人不错啊，同意咱们留下来了。

"他可是村长，一口唾沫一口钉，说了话不能不算。"

迪迪脑袋上的呆毛都要弯曲成问号模样了，揉着眼睛抢过纸片一阵看，都要看出一朵花儿来了，还是没看出哪里有留客的意思。

他不解地问道："哥，俺读书少，你别骗俺。"

"你说下雨是天留客，老丈就回'天留人不留'，这不就是'下雨天留客，天留人不留'嘛。"

"他都说不留了……"

迪迪觉得自己的智商受到了侮辱，这么简单的话能看不明白吗?

"嘿嘿，嘿嘿……"

叶萧直乐，一边探手去拿平日里画符用的符笔，一边笑道："原本我还想不到办法留下，光死皮赖脸也没用，得老丈松口才行。

"没想到老丈这么热情，这个盛情难却，咱们只好留下来，在遗人村住个十天半个月的再说。"

迪迪有想拿手背试试看叶萧是不是发烧烧糊涂了的冲动,只是还没来得及做,小道士这头就拿着符笔,在纸片上点了几下。

"你看,这不就留客了吗?"

迪迪在纸上一看,"啊哈",咧开嘴巴傻乐。

"还真是。"

## 第一三章　用意不用形，得鱼而忘筌

村长留下的纸片摊开放在桌面上，叶萧和迪迪二人围着，一个得意洋洋，一个傻乐一脸。

小道士符笔点了几下，纸片上的字立刻就是不同意思：

"下雨天，留客天，留人不？留！"

一个字不改，几个句读下去，意思全变。

迪迪翻来覆去地读了几遍，嘴巴都乐歪了。

这能留下来而且不用强行堵门，做无奈举动，唯有惊叹不已。

要不是叶萧就是在他眼皮底下，往纸片上加了几个符号罢了，迪迪简直不敢相信前后纸片是同样的字，且一个笔画都没有改动。意思截然不同嘛。

"哥，你怎么想到的？啧啧啧，这脑子怎么长的？"

迪迪乐完了，忍不住伸手摸了摸叶萧的头，一脸好奇，好想摸出个所以然来。

"啪"，叶萧身体不好归不好，打掉禄山之爪的力气还是有的，没好气地道："憨货，没听过男人头女人腰，摸不得吗？"

牛魔人讪讪然地收回手，腹诽道："你还不是整天摸我的头……对了，还有小九的，不过它算是男人呢，还是女人呢？"

迪迪陷入沉思当中，连刚才的问题都给忘掉了。

他忘了，叶萧没有忘。

小道士眼中露出缅怀之色，沉浸在回忆当中道："老爷子曾经说过……"

他这个开场白一出来，迪迪立刻竖起耳朵来，这憨货发现老道士说的话全都不一般。

"爷爷，再给张符纸，画错了。"

小小道士脸上通红，手上捏着一张画废了的符纸。

老道士鼻头通红，身后藏了一个酒葫芦，自从发生了酒缸里撒尿事件后，他就只用葫芦喝酒，原因是小道士生怕某个宝贝伸进去葫芦口就卡住，不敢往里面撒尿。

"符纸啊……"老道士打着饱嗝,酒气四溢,摇头道,"……没了。"

小小道士诧异,"不是刚买了一刀吗?"

"换酒喝了。"

"……"

小小道士还在为老道士的不着调震惊中,便见到老道士拿过废符纸,随手添加两笔,扔回来道:"行了,可以用了。"

"……这也行……"

小小道士拿着符纸,一脸茫然。

符纸上闪着灵光,明显是成了,只是上面图案怎么看都跟道书上的标准模板不一样呢?

老道士灌着酒,含混不清地道:"这世上,说话会有假,写字有错别,画图有写意……奶奶的,女子竟然还有化装……

"但是,有样东西不会骗人。"

老道士拿手指点了点小小道士的眉心处,酒劲儿上来一头栽倒,话刚说完就鼾声如雷,泼水都醒不了:

"用意不用形,得鱼而忘筌。"

"什么意思?"

迪迪牛眼睛里都是茫然。

"我也不知道。"

小道士两手一摊,耸着肩膀道:"我就知道,不是一板一眼才是对、才是行,可以调整,可以变化,唯独不能拘泥!"

"就像……这个!"

叶萧拿起纸片,在迪迪面前扬了扬。

"哦。"迪迪貌似有些懂了,又好像什么都没懂,本能地接过小道士塞到他手里的纸片。

等他反应过来,忙问道:"哥,给俺干吗?"

"贴门口!"

叶萧把椅子一排,调整了个姿势舒服地躺了上去,三个字出口时意识已经有点儿模糊了。

他太累了。

小道士觉得现在的自己就像是刚刚出生的婴儿，一点点儿事情便枯竭了精力，只想着能终日酣睡。

他马上睡着了。

朦胧中，叶萧听到了迪迪脚步声，听到了开门声，听到了门外雨打芭蕉声，最后……叶萧在自家的鼾声里，沉沉地睡了过去。

过了片刻，一条黑背大狗，一把油纸伞，到了堂屋门前。

油纸伞下村长缩成一团，勉强把肥大身躯藏好，只被雨水打湿了一半。

"哼，两个臭小子应该走了吧？老夫都说得那么明显了。"

村长很是自得，觉得自己写个条子过去，然后两个臭小子掩面羞愧而走，岂不是比当面锣对面鼓，再被气出个好歹来高明多了？

他迈着八字步，缩着一身肥肉，踹着黑狗屁股，到堂屋前面刚要推门而入，突然看到门上贴着一张纸片，瞅着有些眼熟，上面是自个儿笔迹。

"下雨天，留客天，留人不？留！"

"什么意思？"

村长凑近了一看，下一刻，他一松手油纸伞就被风刮走了，一身锦缎衣服瞬间被雨水打了个湿透，一点儿也不像个村长，倒跟旁边的落水狗有点儿相似。

"这……这……这……"

他整个人都不好了，有风中凌乱之感，上看下看，左看右看，正看倒看，怎么看都是自己写的字，意思怎么完全不一样了？

堂屋中，鼾声如雷，一波波地传过来，几乎要将村长推个跟头。

他深呼吸了半天，才按捺住没有去一脚踹开大门，咬着牙道："好个奸猾小子，老夫认栽。"

村长实在没有勇气再进去，就是用黑背大狗可怜的脑子去想，他也知道真踹门进去了，小道士一定是夸张地一躬到地，什么"盛情难却"，什么"勉为其难"，不气个半死不算完。

他气呼呼地走了，留下黑背大狗疑惑地"汪汪"两声，随即被雨水打得喷嚏连连，夹着尾巴跑了。

夜在风雨声和鼾声中狼狈地过去，朝阳初升，云开雾散雨歇，难得的好光景。

晨晖艰难地穿过窗棂照在叶萧和迪迪的脸上，二人鼾声都不带停的，以手挡脸，埋头入怀，心安理得地继续睡。

他们一路睡到正午阳光照到屁股上，这才伸着懒腰，不甘不愿地醒了。

"舒坦。"

叶萧和迪迪异口同声地感慨着。

多少天风餐露宿，多少次彻夜未眠，总算有一个安稳觉睡，那种感觉就跟新生了一样。

要不是叶萧在伸懒腰时眉头一皱，脸色煞白，有冷汗汩汩地冒出来，一切就更圆满了。

"哥，咱们去找找看村里面有没有大夫吧？"

迪迪急了，搀扶着叶萧就往外走。

院落里空荡荡的，富家翁不在，连那条黑背大狗都不在，两个人一路走到最外头，推开门一看，齐齐怔住：

"这，是遗人村？"

# 第一四章　何求美人折

愿有田，阡陌纵横；

田边有井，井欲古；

井畔有径，径欲曲；

径深有宅，宅欲幽；

宅旁有树，树欲直；

……

叶萧看着眼前遗人村景象，脑子里浮现出在白日观里磨洋工时候，偶然听到过的道歌。

眼前遗人村，几乎是从道歌中走出来的。

远一点儿，能看到田地规整，有农夫躬耕；近一点儿，有茅草屋错落幽静，树老且直如卫士又如严厉的老者。

村中皆小道，曲径通幽。

远远能看到村民来去，皆悠然而闲适，没有匆匆来去，没有喧喧嚷嚷，没有愁眉苦脸，没有喜形于色……

恬静！

怡然！

小道士脑子里浮现出来的只有这么两个词，在惊险刺激、在权力实力、在金钱富贵之外，他第一次感受到了另外一种满足。

昨夜摸黑而来，有风雨将至的压力，又糊里糊涂进村，黑灯瞎火乱窜，何曾想到白日里的遗人村，竟会是这般娴静，宛如空谷幽兰一般。

兰叶春葳蕤，桂华秋皎洁。

欣欣此生意，自尔为佳节。

谁知林栖者，闻风坐相悦。

草木有本心，何求美人折。

小道士想起不知道在哪里听过这样诗词，忽然间觉得用它形容这遗人村，遗世而独立的美丽村子，再恰当不过了。

它就像是繁茂生长的花木，自顾自地亭亭玉立，绽放美丽，何曾求过美人来攀折，来凸显？

遗人村静静地存在着，亦不求闻名，不求人来欣赏，与世隔绝着怡然。

他正看得出神，想得出神，身后传来"咳咳"的轻咳声。

"吓。"

叶萧和迪迪猛扭头，看到村长叉着腰，旁边蹲伏着黑背大狗，一人一狗皆虎视眈眈地看过来。

"老丈早啊。"

小道士脸上笑容比正午阳光还要灿烂三分，招着手道："今后还要拜托老丈照顾了。"

他一躬身，一拱手，先坐实了再说。

叶萧殷勤无比地上前搀扶村长，满脸感动地道："昨夜风急雨骤，有飘摇之势，想到风雨兼程，小子便黯然神伤，觉人生之多艰。

"幸亏……"

他音调骤然拔高，七情上脸，抑扬顿挫间都是浓郁的情感。

看到小道士唱、做俱佳，牛魔人以手掩面给了个"演技浮夸"的评价，村长则暗暗忐忑，有不祥的预感涌出。

叶萧继续道："……老丈急公好义，断然留客，小子盛情难却，明知不该，却深知长者赐不敢辞的道理，勉为其难地留下，实在叨扰叨扰。"

"……"

村长一阵晕眩，多亏小道士搀扶，不然有一头栽倒地上的危险，心中回荡的全是"果然"二字。

"盛情难却，勉为其难"，他还是说了，这世上竟有如此厚颜无耻之人。

村长验证了心中猜想，有"还是让他说出来了"的无奈，更多是庆幸昨天没有踹门而入，不然没有心理准备之下，还真会被气出个好歹来。

看他脸色有些不对，叶萧连忙抚着村长的背，嘴中连珠炮般地把事情坐实："老丈既以村长身份同意留客，小子们又正好无处可去，便觍着脸在村中住上一阵子。

"迪迪。"

小道士一使眼色，迪迪领悟过来，连忙跟他一起抱拳行礼，深深地表示感谢。

"……"

村长将到口的话咽了回去，一脸苦涩，心想："我要说的话都让你们说了，让我说什么？

"罢了。"

他一摆手，示意小道士差不多得了，清了清嗓子道："老夫一时不察，中了你的奸计，想留下，便留下吧。"

"太好了。"

叶萧一握拳，迪迪差点儿蹦起来。

"还有……"村长踹了一脚黑背大狗，转身回屋，背影处飘来话语，"……奸猾小子，不想死的话，就去村东头，找那个整天被玩儿的家伙看看。

"早点儿治好，早滚蛋！"

话音落下，摇摇晃晃，转眼肥大身躯入了后院不见。

叶萧和迪迪全都神色一怔，喃喃自语地想着村长的话。

"村东头，记住了。

"只是'整天被玩儿的家伙'是什么意思？

"我需要的是大夫，不是玩具……"

叶萧迷惑不解，只是摇摇头，准备向着村东头走去。

一抬头，他才发现迪迪半天没说话了，在那摸着下巴，沉吟不语，神情深沉，表情严肃。

小道士心中一阵感动，心想这憨货为了他的伤势竟然开窍了，懂得思考了，兄弟情谊啊。

叶萧暗暗下了决心，准备回头对牛魔人好一点儿。

刚要说话开解，让迪迪别冥思苦想了，一起往村东头去看看便是，话还在嘴边，牛魔人先开口："哥，你说老丈和他的狗原本猫哪儿去了？"

"呃？"

叶萧眨了眨眼睛，嘴边的话生生咽了下去，好悬没呛死，惊疑地问道："迪迪，你刚刚就在想这个？"

"嗯！"

迪迪很认真地点头，反问道："哥你不觉得奇怪吗？咱出来时候可没看到有人影……"

奇怪吗？当然奇怪！

只是叶萧不在乎，他垂下头，叹着气，向着村东头走去，心想："我果然还是太天真了，太年轻了……"

至于要对这憨货好一点儿之类的念头，早早就抛到九霄云外了。

迪迪一头雾水，还在琢磨那个问题，一扭头看到叶萧先走了，连忙大呼小叫地赶了上去。

遗人村很小，固然有曲径通幽之深，片刻之后，二人还是来到了村子的最东头。

出发时还是叶萧走在前头，到了地头，小道士早就伏在迪迪的后背上，由牛魔人背着来了。

他的伤势，已经到了走路都支撑不住的地步了。

迪迪一边走着，一边还在笨拙地安慰道："哥，村长老丈是个好人，这样都肯让咱们留下来，他介绍的那个'整天被人玩儿'的肯定也是好人，会给你治好的。"

叶萧嘴唇发白，无力地含笑道："老丈是好人不错，守着村里的规矩，才不同意咱们留下，咱那样投机取巧，他都捏着鼻子认了，的确是好人哪。"

村长的表现更像是不愿意违反规矩，但只要有一个勉强说得过去的理由，他还是很愿意帮叶萧他们一把的。

现在他们还能在村子里面晃悠，就是明证。

只是迪迪的安慰实在是笨拙，村长是好人不代表他推荐的也是好人，更不代表就会有好医术能治好叶萧。

这番话就没必要跟迪迪说了，叶萧刚要岔开话题，牛魔人脚步猛地一停，止步在了一间屋子前。

砖石为材料，瓦片铺陈为顶，门口一个个浅箩筐摊开放着，上面铺着一层层晒干的草药，散发着浓郁的草药香气。

从里面，走出了一个奇怪的人来……

## 第一五章　游某人，孙大娘

"就是这里了吧？"

叶萧脑子里念头一转，全部注意力就都被从屋子里走出来的人吸引住了。

也忒奇怪！

这人中年上下，分不清楚到底是四十还是五六十岁，胡楂子也不知道多久没有处理，横七竖八长着。

叶萧伏在迪迪背上过来时，这个胡楂中年人正走出来，他一边走着一边哈欠连天，一看就是跟小道士他们一样，太阳晒到屁股了才起来。

起床就起床，穿的那叫什么呀？

中年人一身套头衣服，从帽子到袜子都是连在一起的，手脚处更是呈现出熊爪子样子，给人的感觉就是一头熊被完整地剥下皮做成这么一件睡衣。

睡衣皮毛通体上下非黑即白，臃臃肿肿，憨态可掬，中年人这么走出来，就好像是一头小熊结束冬眠出来找食儿一样。

迪迪目不转睛地看了半天，扭过头小声地问道："哥，这是什么熊？"

"花熊。"

叶萧飞快地回答，接着补充道："这熊咱们这边没有，听说比奇城附近有的是，爱吃竹子不凶猛，卖萌为生。"

迪迪憨憨地"哦"了一声，明显没怎么明白。

花熊睡衣不是因为他们出来的，还差着点儿距离呢，此时在屋子外还站着一个人，很有叶萧无耻风范，也不等花熊睡衣同意，自顾自地在那儿翻检草药，翻得不亦乐乎。

"孙大娘。"

花熊睡衣大吼一声，快步而上。

被他称作孙大娘的拈起一根人参似乎嫌小，随手一扔，花熊睡衣一个虎扑没接住，眼睁睁地看着它沾满了尘土。

孙大娘一身花衣裳，无声地诉说着人老心不老，一头银发，偏偏脸上没什么皱纹，面色红润，不太好分辨年纪。

她怀里还抱着一个婴儿，襁褓裹得紧紧的，隔着襁褓能看到婴儿扭来扭去好像很不舒服的样子，被花熊睡衣一吼，婴儿哇哇哇地哭了起来。

花熊睡衣听到哭声，张牙舞爪的样子一收，好像有些不好意思了，又下不来台，只好双手环抱在胸前，故作冷淡地道："孙大娘你跑我这儿来干吗？难不成是想要手谈一局？"

话说到后半句，花熊睡衣眉飞色舞起来，两手互搓，一副手痒难耐的样子。

"哥，手谈是什么？"迪迪看着无聊，好奇地问道，"这都动手了还谈什么，直接打就好了嘛。"

叶萧伏在他背上，有气无力地道："叫你不读书，不知道了吧？手谈就是下棋的意思。"

两个人说着悄悄话，那边孙大娘"呸"的一声，险些啐到花熊睡衣身上，没好气地道："手谈？你想得美，谁不知道你当年是比奇城中第一国手，老娘脑袋还没有坏掉，卧谈还可以考虑一下。"

一边说着，孙大娘还一边抛个媚眼出去，那叫一个妩媚多姿，勾魂摄魄，引得不远处的叶萧他们两个小少年激灵灵地哆嗦了一下，觉得鸡皮疙瘩掉了一地。

"卧谈……"

花熊睡衣脸色一白，连连摇头，好像想到了什么很恐怖的事情。

迪迪一扭头还要再问，小道士动作奇快，一把将他脑袋给正了回去，道："这个你不要问，我也不知道。"

花熊睡衣和孙大娘明显都发现了叶萧和迪迪在旁边戳着，结果二人除了一开始瞥了一眼外，就当没看见，自顾自地在那儿说着话。

"既然孙大娘没兴趣手谈，那么就恕我游某人不能出手诊治了。"

花熊睡衣有点儿意兴阑珊地说着，说来也怪，提到诊治，他身上气势顿时一变，看得不远处叶萧一愣一愣的，心想："不对呀，我眼花吗？一大把年纪还穿着花熊睡衣，怎么看怎么不靠谱的家伙，竟然会有一代宗师的气度？"

"老娘知道规矩。"

孙大娘头也不抬地说着，一边说一边还把耳朵凑到怀中襁褓处，好像在倾听着什么。

她怀里的婴儿扭来扭去的好像要将襁褓扭掉一样，"哇哇哇"地哭着就没有停过，声音都有些哭得沙哑了，有一种快要喘不上气的感觉。

"怪可怜的。"

叶萧心里觉得孙大娘怕是会软硬兼施，色个诱什么的让"游某人"就范，正准备观摩一下经验,不承想孙大娘在襁褓外听半天,抬起头来用温柔无比的语气道:"囡囡乖,娘娘知道了,囡囡是身上痒痒是不是?"

这回不仅仅是叶萧和迪迪,连花熊睡衣都一起激灵灵地哆嗦起来,这声音实在是太柔太媚,简直要滴出水来。

三个人齐齐地在心中庆幸,好在这话不是对他们说的,不然非出洋相不可,怎么可能挺得住?

叶萧还额外好奇了一下:"她是在演戏吧?婴儿说话谁能听得懂。"

他就是一转头,紧接着就被孙大娘和花熊睡衣游某人的表现给震惊了。

孙大娘抬起头来,从神情到语气皆是一变,不耐烦地道:"姓游的,少废话,老娘按你的规矩来,下棋什么的不提了,也不需要你诊治,我们做过一场,老娘赢了药物任取可好?"

花熊睡衣游某人挺直腰杆,一手虚按丹田,一手背于身后握拳站好,应道:"对!"

"来!"

孙大娘神情肃然,怀抱婴儿,同样负手于后,立如苍劲松柏。

风乍起,两个人衣物下摆皆在风中猎猎作响,恰有风卷落叶过二人之间,似乎被他们对峙的气势冲击,"哗啦"一下碎裂开来。

不远处,叶萧和迪迪下意识地屏住了呼吸,牛魔人说话都压低了嗓音:"做过一场?哥,他们这是要打起来了?"

"看着像。"

小道士眼睛都不眨一下,语气不太确定。

"老规矩?"

孙大娘声如寒风。

"老规矩。"

游某人怡然不惧。

"道可道,非常道!"

花熊睡衣轻喝出声,上身微弓,如猛虎欲下山。

"名可名,非常名!"

孙大娘咬字清晰,微微晃动,似弱柳将扶风。

"来了来了。"迪迪紧张地念叨着,一副看热闹不怕事大的样子。

叶萧用手摸着下巴,隐隐地觉得有些不对。

没等他想出个所以然来,游某人和孙大娘齐齐大喝出声:

"剪刀、石头、布!"

## 第一六章 "玩"游戏

"什么?"

迪迪眼睛凸起,一个趔趄,险些一头栽到地上。

叶萧没有一巴掌拍这憨货脑袋上,因为他自个儿也震惊得够呛。

"剪刀、石头、布,你们就是如此做过一场的?"

"喂,猜个拳而已嘛,至于弄那么大阵势吗?"

小道士和迪迪都觉得自家的感情遭到了深深的欺骗,抬头再看游某人和孙大娘两个,哪里还有半点儿高手气度,这是两个二货吧?

游某人手上一个拳头握得紧紧的,浑身上下都在颤抖,脸色发白,嘴唇哆嗦,喃喃自语,隐约似是"不可能……不可能……不可能……"。

在他对面,孙大娘一手摊开成布,五指张开都要包到游某人的脸上去了。

石头对布。

孙大娘,胜!

她脸上尽是促狭之色,仰天而笑,"哈哈哈"三声,直如鬼哭狼嚎一般,"姓游的,下棋你是一代国手,猜拳你是这个。"

孙大娘"布"手一根根手指弯曲下来,乖巧地贴在掌心,就剩下小手指在那一勾一勾的。

这怎么忍?

"呔!"

游某人大喝一声,掩面掉头就往屋里走,"游某人一时手滑,孙大娘你莫要得意,下次让你见识我的厉害。"

"别急着走。"

孙大娘悠悠地道:"留下冰肌玉骨膏一瓶。"

"什么?"游某人猛转身,惊怒交加,"孩子就是身上痒痒,弄点止痒粉不就得了,你竟然要上冰肌玉骨膏?"

孙大娘丝毫没有被他吓住的意思,一脸讥诮,"输了不认?"

"……认!"

游某人艰难地吐出一个字来，随后旋风般地入屋，再飓风一样出来，扔过一个瓷瓶子给孙大娘，想来就是那什么冰肌玉骨膏了。

"走走走，速走，不下棋就别在游某人面前晃悠。"

他很不甘愿的样子，嘴里还嘀嘀咕咕的："不知道哪里抱来的娃儿，至于那么上心嘛，浪费游某人一瓶好药。"

"你说什么？"

孙大娘眉毛一竖，游某人哆嗦一下，连声道："没什么没什么，孙大娘你听差了，孩子还哭呢，速速回去上药吧。"

"哼！"

孙大娘冷哼一声，掉头就走，算是不跟他计较了。

她离开的方向经过叶萧和迪迪所在，擦肩而过瞬间，孙大娘扭头瞥了小道士他们一眼，旋即又被怀中婴儿"哇哇"哭声给吸引去了注意力。

实在是太近，叶萧听得真真的，孙大娘听了一阵哭声，柔声安慰道："宝宝乖，知道你后背痒痒，很快就好哦。"

"噢……"

叶萧和迪迪目送着孙大娘抱着孩子远去，浑身一个激灵，感觉就好像寒风吹过一样，心中满满都是诡异无比的感觉。

"这都是些什么人啊？"

小道士心里在嘀咕，开始怀疑到遗人村这地方求医是不是一个明智的选择，有一个算一个都怪怪的。

孙大娘是这样，那位花熊睡衣游某人又何尝不是？

"哥……"

迪迪也迟疑了，背着叶萧，脚步有些挪不动。

"去。"

叶萧摇了摇头，将杂念甩出去，声音低沉喑哑。

他不是不想大声说话，而是一阵阵昏沉沉涌来，全身上下似乎每一根骨头、每一处肌肉、每一寸皮肤都在发出抗议。

当日"乾坤一掷之雷动九天"何其惊世骇俗，现在就有多么痛不欲生。

迪迪觉得后背上，悄无声息地又沉了一些，憨憨的脸上露出担忧之色来。

叶萧才几个分量，再加一倍他也不带喘气的，只是这些小细节累积起来，足以让牛魔人知道小道士身上伤势，怕是比想象的还要不乐观。

迪迪脚下的迟疑被担忧冲散一空，一个箭步就蹿向了游某人的屋子。

近了距离，扑鼻而来全是药香气，有新鲜草药的气味，有干草药的异香，有熬药的浓郁甘苦，有调配的馥郁芬芳……

这些混杂在一起，仿佛是一个无形的招牌，上面写着"药庐"两个大字。

"哥，要不我去猜拳！"

迪迪抽着鼻子，被药香味生生熏出点儿信心来，挽着袖子准备上阵。

"别。"

叶萧一阵气短，竟然只吐出了一个字来。

迪迪以为他担心会输，拍得胸膛跟牛皮鼓一样"砰砰"直响，道："输不了，这个游某人'弱鸡'得很。"

他虽然没说，小道士何尝不知道这货是从刚才的一幕判断出来的，孙大娘如此信心十足，可见这游某人怕是猜拳弱手，难得一赢，只是"弱鸡"是什么鬼？苍月岛方言吗？

"竟然懂得动脑筋了，不错不错。"

"只是……"

叶萧一乐，胸前憋闷散去不少，说话总算顺溜了，按着牛魔人的肩膀道："……迪迪，咱们是来看大夫的，不是来求药的。"

"呃……"

迪迪愣了一下，方才反应过来。

他们可不像孙大娘，知道要拿什么药，赢了拿药走人便是，小道士是需要这个游某人出手诊治的。

迪迪回忆起先前情景，想起来了，貌似想要游某人出手还不是那么容易，要什么手谈？

下棋？

牛魔人有些腿软，摸着脑袋傻笑道："哥，你会下不？"

"会。"

小道士回答得斩钉截铁。

"那还是你上，俺看着。"牛魔人就坡下驴，解脱般地舒了口气。

他后背上传来叶萧抑郁的声音："我下过一次，被小结巴虐成了狗。"

小道士脑海中浮现出一局结束，小结巴先是拿着平底锅得意大笑，接着又屁颠屁颠凑过来安慰的样子，不由得有些想念。

"完了……"

迪迪肩膀都耷拉下来了。

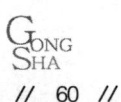

游某人是国手，叶萧则连隔壁家小姑娘都下不赢，这棋压根没有下头，不可能赢的。

"哥，那咱们怎么办？"

迪迪没辙了，拿出看家本领——直接问叶萧。

"过去看看吧。"

叶萧艰难地从牛魔人宽阔的后背上下来，慢慢地走向药庐。

药庐外，游某人嘀嘀咕咕一阵似乎在反省得失，等他抬起头来，正好看到叶萧和迪迪走到面前，拱手行礼。

"你们是来陪我手谈一局的吗？"

游某人眼睛大亮，自我介绍道："鄙人游戏，游戏的游，游戏的戏，遗人村唯一的大夫。"

"什么？"

叶萧和迪迪一个踉跄，好像被人拿榔头在脑袋上来了一下子，终于明白村长那句"整天被人玩儿的家伙"是什么意思了。

## 第一七章　鸭子上架，独一道术

多大仇？

多大恨？

叶萧脑子里全是各种花色各种形状的"玩游戏"三个字，在浮上浮下，窜来窜去，跟调皮的小猴子似的。

"当爹娘的该多不喜欢他，给取这名字。"

小道士都要笑得肠子打结了，脸上还得一本正经地绷着，这不有求于人嘛，别提多难受了。

这时候叶萧就无比地羡慕迪迪，这货一手捂着嘴巴，一手摁着肚子，背过身去肩膀不住地抽搐。

"喂喂喂，你以为这样别人就看不出你在笑吗？"

叶萧无奈地在肚子里面吐槽，看到面前游戏游某人脸一下子拉了下来，黑如锅底。

"在下叶萧，那是迪迪，特意来寻游大夫的，那个手谈……"

小道士连忙口不择言地分散游某人注意力，一说到下棋，游戏的眼前终于一亮，将视线从迪迪身上移了开来。

"来来来。"

"叶萧是吧，小道士挺招人喜欢的，咱来一局。"

游戏一边搓着手，一副手痒难耐的样子，一边走到一张木桌子前停了下来。

桌子在一堆晒药的筐子包围中，配着两把圆木树墩椅，看上去古色古香，颇有林泉意趣，偷闲雅致风范。

游某人迫不及待地伸手在桌面上一按，"咔嚓"一声，桌面中间部分翻转过来，赫然是一副棋盘外加棋子，一应俱全。

一眼扫过去，叶萧眼前就是一黑："果然是——象棋！"

车马炮，卒过河，王不见王的象棋。

毫无意外，就是他连小结巴都下不过的那一种。

游某人与小道士，一个兴致勃勃，满面红光，一个如丧考妣，垂头丧气，其对比跟牡丹芍药和牵牛花三角梅一样鲜明。

叶萧一步步挪往木桌，真是用挪的，两步路走了好一阵子，脑子里尽是老道士曾经给他讲过的"烂柯"故事。

烂柯说的是一个砍柴人进山砍柴，看两个仙人下棋，结果一局棋下完，回头一看，斧头的木柄都烂掉了，不知道过去了多长时间。

小道士"柯"是没有不怕烂，怕的是棋太臭，游某人如果是一个国手，一怒之下掀桌子把他脑袋给砸烂了，求医肯定是没戏了。

蜗牛一样过去的几个呼吸时间里，叶萧脑子转得都快卡壳了，可还是没想出个办法来。

"憨货你坑死我了。

"麻子不叫麻子，纯坑人！"

小道士在肚子里面大骂，要不是为了给迪迪岔开话题，他至于赶鸭子上架吗？

更让叶萧气不打一处来的是听到这边动静，迪迪竟然还凑过来，一脸兴致勃勃要观战的架势。

"桌子砸过来你帮我挡啊……"

叶萧快哭了，只得继续岔开话题拖延时间："游大夫，我……"

"你的伤是吧？"

游某人上下一瞥，很淡然地道："没想到小道士你眉清目秀的，还挺刚烈，道术不是那么用的。"

"……厉害。"

叶萧一顿，满脑子的岔开话题念头都忘了，就剩下佩服了。

"这货虽然有一个整天被人玩儿的名字，医术还真不是乱盖的。

"只是一打眼儿，就能看出我这是伤不是病，还能看出是因为什么伤的。"

小道士肃然起敬，对游某人能将他治好的信心"噌噌噌"地往上涨。原本以为没办法，可就近居住的地方就是遗人村，村里又只有这么一个大夫，权当"死马当活马医"。

现在就不同了。

叶萧刚要趁热打铁，游某人不耐烦地挥挥手，好像在挥一只苍蝇一样，似乎小道士的伤势在他眼里只是微不足道、手到擒来的小事一般，热情地招呼道："先下棋，先下棋，只要赢了，这点儿小伤包我游某人身上。"

"……问题是我赢得了啊。"

叶萧咽了口唾沫，有种变身成鸭子即将被赶上架，然后马上就被扭断脖子，开水烫毛的感觉。

"那个……"

小道士半边屁股都挨到树墩圆凳子上了，死活不往下坐，绞尽脑汁地岔开话题："游大夫，刚才那个孙大娘她是不是这里有问题？"

叶萧为了能逃过一劫，什么东西都开始往外冒。

"她？"游某人摇了摇头，道，"你也是道士，看不出那是道术吗？"

"道术？"叶萧眼睛瞪圆，随口拉扯出来岔开话题的，竟然还跟道术扯上了，难不成孙大娘还是个道姑？

游某人似乎不太想提到这个人，淡淡地道："小兄弟，别小看了孙大娘，反正游某人招惹她不起。

"那不仅是道术，还是举世无双、独一无二的秘术。"

说着，他连连摆手，花熊睡衣波浪滚滚的，显得又是臃肿，又是憨态可掬，但这不妨碍表露出游某人对孙大娘的如避蛇蝎。

叶萧暗暗在心里记下孙大娘这个人，对所谓的"秘术"充满好奇，心想："难不成她还真能听懂婴儿说话吗？"

一个念头没有转完，他就看到游某人那只戴着花熊爪子的手就殷勤地伸了过来，一篓棋子摆到了面前。

"这个……"

叶萧脸色一白，什么秘术都抛到脑后去了，脑汁早已绞尽，嘴里说的什么自家都不清楚了："游大夫，刚刚看到你跟孙大娘猜拳，那有什么意思，不是小孩子玩意儿吗？"

游某人面露狐疑之色，开始怀疑小道士东拉西扯半天屁股还没挨半边，手离棋篓子比天还远，是不是真的会下棋了，就不耐烦地道："这里面学问大着呢，下完棋游某人就告诉你。"

"现在，下棋。"

游某人端坐，开始往棋盘上摆棋子，一枚枚拍在棋盘上，铿锵有声。

每一枚棋子上都雕刻着立体的，活灵活现的形象，车为青铜狰狞，明显是战车；卒则刀枪剑戟，武装到牙齿……

换在平时叶萧绝对是啧啧称奇，一枚枚拿到手里面把玩，这会儿跟上面有毒一样，恨不得把手远远地拿开。

眼看游某人面上狐疑之色愈浓，小道士心里叫苦不迭，一咬牙一跺脚，屁股终于在树墩圆凳上坐了个结实。

"死就死吧。"

游某人刚刚大喜,"嘭嘭嘭",外面沉重如棋盘上大将横刀立马、下令三军冲锋般的脚步声响起,自远处而来,越来越近,左右晒着的草药被震动得哗啦啦如雨而下……

## 第一八章　铁匠，药庐

"这是救星来了？"

叶萧大喜，做慌忙状，霍地站了起来，跟屁股下面着火了一样。

"谁，是谁？"

他一开始还七情上脸，怪形怪状自然是浮夸演技，等循声望去看到来人，小道士真给镇了一下。

叶萧将目光从脚步声主人身上移开，落到旁边两眼放光的迪迪身上，凝视了一会儿，再移了回去，啧啧称奇："这体形，比憨货都大三圈儿，真的是人类？"

外形看着像，心里却完全不信。

这么点儿工夫，脚步声主人来到药庐前，声音戛然而止，庞大阴影笼罩过来，好像天都一下子黑了一般。

那赫然是一个铁塔般的大汉，比起迪迪还要高出一个头、宽出半个身子来，浑身上下全是黑黝黝突起的肌肉，一个不知名皮料做成的裆子穿在身上，通体冒着热气，感觉就好像刚刚从火炉里面钻出来一样。

大汉的手里像拎稻草一样拎着一根黑里透红的玄色铁锤，锤头足足有叶萧脑袋的两倍大，沉甸甸的分量靠外形就足以说服人了。

叶萧咽了口唾沫，将视线上移，一点儿一点儿地移到大汉的脑袋上。

"人说聪明的脑袋不长毛，怎么这么一条大汉竟然也不长……"

彪形大汉头顶上光溜溜的，油光四射，这幸好是阴沉天，要换成艳阳天能晃花人眼睛，头顶之外，他该长眉毛的位置也是一根不长，就是两条眉骨隆起，好像田亩上的田垄。

"某来了。"

光头大汉面色凝重，吐出三个字来给人一种沉重得如同石头一样，惜字如金的感觉。

"嘭！"

一声巨响，铁锤落地，他用三根手指拎着的东西砸在地上竟然能发出如此巨响,还让数丈开外的叶萧觉得大地一震。

"我去,这也太猛了。"

小道士暗暗咋舌不已,迪迪两眼放光,摸着自家身上的肌肉疙瘩,自惭形秽一样很羞愧。

"铁匠你来得正好!"

游某人大喜,那喜色跟叶萧觉得救星来了时候相比,也不差到哪里去。

他挽起袖子,大跨着步,一脚踩到自家睡衣上,险些狗啃泥倒下去。

"怪事。"

叶萧摸着下巴,从铁匠身上怎么看都不像是会下棋的人,以及刚才游某人跟孙大娘猜拳时候的兴头来看,这游戏都不该如此兴奋才是。

他犯着嘀咕,游某人从身边兴匆匆地过去,正好让小道士听到一声嘀咕:"总算让我逮住一个猜拳能赢得了的,全村上下,就他是软柿子。"

"……"

叶萧绝倒,他全明白了。

如他所料,铁匠下棋明显不是国手的对手,问题是他猜拳也不行啊,竟然连游某人都能输,怪不得游戏见了他跟见了亲娘似的,连下棋的事都给忘了。

小道士什么人啊,那是得了便宜还要卖乖的典型,立刻一把拽住游某人的袖子,叫道:"游大夫,我们的棋……"

他没敢像对待村长那样上杆子还要再爬两下,生怕游某人真回来,他就坐蜡了,但这不妨碍叶萧语气遗憾,神情惋惜,仿佛受到了各种委屈。

"那个……"

游某人一拽袖子,没拽动,忙道:"……这样吧,小兄弟你先四下逛逛,你不是对猜拳有兴趣吗?进去里面看看就明白了。"

说完他又是一抽袖子,这回叶萧就坡下驴,放开了。

"呼——"

小道士长出了一口气,脸上终于有了笑容,"逃过一劫。"

游某人和光头铁匠已经面对面站着,扭着手指活动胳膊的,发出噼里啪啦骨节脆响,知道的是他们要猜拳,不知道的还以为要打一架。

叶萧不敢多看,生怕他们草草酝酿完气势,游某人就回来抓他下棋。于是冲着眼睛放光看着铁匠一身肌肉疙瘩就差流口水的迪迪招了招手,示意他跟上。

这憨货一步三回头舍不得走的样子,气得小道士狠狠瞪了他一眼,这才加快了步子。

"走!"

叶萧和迪迪猫着腰,向着药庐里面走去。

虽然是得到了游某人的许可,但小道士心有余悸,恨不得对方忘记他的存在,哪里敢大摇大摆。

入门有照壁,用的是各种颜料画的百草,琳琅满目,色彩缤纷,站在照壁前就好像在春天时候背着药篓上到山里,置身在各种犹自沾着露水伸展着叶片的草药当中。

叶萧不懂得医药,好奇地瞥了一眼后,便绕过照壁,进了院子。

药庐内部结构简单得要死,一门一照壁,后面是天井。

天井成圆形,两侧各有一口水井,井口遍布青苔,中间有火舔药釜汩汩有声,浓郁的药香味弥漫,久久不散。

穿过天井,就是里屋。

叶萧和迪迪在天井中绕了一圈儿,除了水井、药釜,两侧药架子上满满当当摆放着瓷瓶子,就没看到有什么其他东西了。

"游某人什么意思?"

小道士脑子里浮现出游戏说的话,挠着脑袋往里屋走去,"有什么东西跟猜拳有关?"

他想着自己都乐了,有关没关又能怎样?猜拳又有什么用?能让王倬跪地求饶,猪头人全体脱离虹魔教,开玩笑呢?

不知道是不是天井中浓郁药香味的作用,叶萧觉得身体松泛了不少,脚步都显得轻盈了起来,不用像之前那样没走几步路就得爬上迪迪的后背大喘气。

安步入里屋,一座两人高,与屋顶平齐,差点儿就要破屋而出的漆黑雕塑闯入了小道士的视野。

"轰!"

叶萧脑子里轰鸣一声,脚步一顿,猛地停了下来。

要不是迪迪担心小道士身体,一直在后面跟母鸡护小鸡似的小心走着,怕是能一头撞上去。

以叶萧现在的身体状态再吃迪迪一撞,还真不用看什么大夫了,直接找家棺材铺子得了。

牛魔人刚要出声,抬头一看,立刻感受到了跟叶萧一样的震撼,不由自主地闭上了嘴巴。

二人面前的雕像高大而通体漆黑,有千手在身体下半侧一直到头顶依次张开，恍若巨大的屏风，散发着惊人的压迫感。

等看清楚了千手雕像手上摆出的动作，叶萧和迪迪齐齐脱口而出：

"我去，这是什么鬼？"

## 第一九章　千手猜拳圣像

"千手猜拳圣像吗？"

叶萧抱着吐槽的想法取了这么个名字。

漆黑塑像高大威武，五官深邃幽暗，千臂大张着，给人感觉仿佛它随时可能苏醒过来，一扑而下。

这样威风凛凛、肃穆森然的神像，竟然每一只手上都捏着"剪刀""石头""布"的动作，仿佛无数人在同一时间猜拳决胜。

严肃塑像，童趣动作，结合在一起有一种说不出的违和感，让叶萧和迪迪哭笑不得，一时傻在那里。

好半天，等小道士回过神儿来，才发现在千手猜拳圣像前还有一个麻黄色的蒲团摆放着，在神像前一灯如豆的照亮下，叶萧能清楚地看到蒲团中心部分与其他地方光泽不同，仿佛是一个人常年盘坐于此，生生磨出了光亮。

莫名地，在神像、油灯、蒲团三者之间来回移动着目光片刻后，叶萧忽然若有所思，一步步上前，走到蒲团上盘膝坐了下来。

正了正五心朝天的姿势后，小道士双手交叠在丹田处，用另外一个角度抬头凝望着千手猜拳圣像，脸上若有所思之色愈浓，什么嘲讽笑意、什么惊诧好奇尽数散去，仿佛他面对的不是一座奇怪神像，而是道门先贤一样。

"哥。"

迪迪唤了一声，叶萧连肩膀都没有动一下。

他上前一步，伸手欲拍，口中道："哥，你没事吧？这有啥看头，俺瞅着跟小牛犊子们玩耍差不离。"

"迪迪。"

在牛魔人的手碰到叶萧肩膀之前，小道士终于说话了："你看这神像，千手张开，依次变化，彼此克制，永远没有重复，看着……"

他沉吟了一下，好像在斟酌措辞，好一会儿才补充道："……里面似乎有什么。"

具体是什么，叶萧又说不出来，只是冥冥中预感很重要，很重要。

迪迪挠着头，抬头再看，果然这手出拳，上手一定是剪刀，下手则是布，难为千手之像，一处无错，全都遵循着猜拳规则而来。

"这又怎么样？还不是小牛犊子玩意儿。"

迪迪撇了撇嘴，好想把这话说出口来，临到嘴边了，他又生生咽了下去。

明明视线已经从千手猜拳圣像上移了开来，牛魔人脑子里依然在回放着一个个剪刀，一个个石头，一个个布，每一只手的角度都不一样，恍惚间，他似乎能看到一个个人从不同角度以不同的姿态出手猜拳。

更可怕的是，迪迪使劲儿地睁眼去看，竟然看到那一个个猜拳的人不是别人，就是他自个儿。

"吓。"

迪迪瑟缩了一下，觉得邪门得慌，掉头想走又担心叶萧一个人在这儿，万一再出点儿什么事。

他举棋不定的时候，叶萧有气无力地开口："迪迪，你对那个铁匠感兴趣，就去跟着他，看看能不能有什么收获。

"这个遗人村，不简单，我们小看它了。

"我一个人在这儿歇会儿，不会有事。"

叶萧最后补充了一句充满小道士无赖风格的话，顿时就让迪迪放心了："真要是出点儿事，哥就赖上那个整天被玩儿的家伙，下棋什么的都省了。"

"好嘞，那俺先走了。"

迪迪向着药庐外走去，脑子里全是光头铁匠比他还要健硕无数的身躯，琢磨着他是怎么练出来的，准备偷师来着。

耳中听着牛魔人的脚步声渐渐远去，叶萧心思愈发地沉了下来，凝望着千手猜拳圣像，怔怔地出神。

如迪迪一般，恍惚间，小道士看到一个个自己从蒲团上站起来，或下蹲出手剪刀，或高跃出手石头，或背手突袭一张布……

渐渐地，在叶萧眼前，仿佛整个屋子里连千手猜拳圣像都隐没了下去，被无数个小道士猜拳的身影占得满满当当，充满每一个角落。

一开始，他的注意力还在胜负上，紧接着落到变化万千的出手姿势上，最后又回了"猜拳"本身，轮转变化，仿佛一个钩子，牢牢地将他的心神钩住，不知时间流逝。

"看出什么来了吗，小道士？"

一个声音，飘忽忽而来，将叶萧猛地惊醒。

"我……"

叶萧开了开口,隐约把握住了什么,又偏偏说不出口,仿佛差了一个最重要的关隘,突破不得。

他抬起头,看向声音的主人,并且目光越过其肩头,望到了天井中。

说话的是游某人。

他不知什么时候脱去了花熊睡衣,一身洗得发白的道袍四处有钩挂痕迹,看得出穿了有些年头,十之八九还是穿着它上山采药的。

跟之前一对比,游某人现在这副打扮凭空生出几分仙风道骨之感来。

"天黑了……"

叶萧从天井处收回目光,摇了摇头,一脸不敢置信。

天井处本是天光透入,此刻阴暗一片,不是天黑又是什么?

"不仅仅是天黑。"

游某人在叶萧旁边一屁股坐到地上,也不管脏不脏的,扭来扭去活动着筋骨,口中道:"还下过一场雨,游某轻取铁匠,固是理所当然,到底心情愉悦,上山去采草药一篓归来。"

"过去这么久了啊。"

叶萧感慨出声,至于游某人说什么"轻取",什么"固是理所当然",他就当没听到。真要是那样的话,游某人现在一脸得意洋洋是怎么来的?

"游大夫。"小道士扭过身子,在蒲团上坐正,跟游某人正面相对,道,"这千手猜拳圣像里面到底蕴含着什么?"

游某人大惊:"你怎么知道它叫千手猜拳圣像?"

……还真叫这名字。

叶萧一阵无语,问道:"该不会是游大夫你取的名字吧?"

"自然。"

游某人抬头挺胸,做骄傲状。

"懂了。"

叶萧立刻明白,这货取名水平跟他也就是半斤八两,能想到一块儿去丝毫不出奇。

"你个小道士能看出点儿端倪来,倒也不算奇怪。"游某人望向千手猜拳圣像,神秘地一笑。

"嗯,那是。"

叶萧理所当然地点着头。

"什么那是这是的?你以为我在夸你吗?"

游某人对小道士的脸皮绝望了,叹气道:"我说的是你身上的伤!"

## 第二〇章　聪明人是聪明死的

"我身上的伤?"

叶萧一惊,他动用乾坤一掷之雷动九天过度,引来承受不了的力量从而重伤,可这跟千手猜拳圣像有一个铜板关系?

"不见参商、天地同寿、黯然销魂……"

游某人喃喃自语,只是声音有些大,清晰地传入了叶萧耳中,让他想听不见都不可能,脸色顿时古怪了起来。

"……要不就是:今夕何年、乾坤一掷、仓颉造字……"

他看了叶萧一眼,问道:"小道士,你用的是哪一个,把自个儿折腾成这个样子?"

"乾坤一掷。"

叶萧说了实话,同时望向游某人的目光中满是震惊。

这还是那个穿着花熊睡衣的古怪中年人吗?

这还是全村上下猜拳只能赢个铁匠还沾沾自喜的二傻子吗?

叶萧觉得他得重新认识一下这个游戏游某人了。

随口吐出了一堆道士传说中顶级道术、秘术的,能是普通人?

游某人上下打量了小道士一会儿,竖起大拇指,夸道:"有钱人!"

叶萧脸红了,这么长时间里,他钱袋子长期跟可以跑老鼠的粮仓一样状态,受之有愧呀。

游某人不知是赢了铁匠高兴到现在,还是上山采到了好药,心情明显甚是愉悦,摸着下巴笑问道:"你也是道士,就不好奇刚刚那几个道术吗?"

叶萧坚决地摇头,如避蛇蝎样子,好像游某人提起的不是一个个传说中的道术,而是吃人的妖魔一般。

"咦,说来听听。"

游某人果然心情极好,挪着屁股靠得更近了一些。

叶萧难得老实地回道:"我听我爷爷说到过几种。"

"哪几种?"

"不见参商……"

"娃儿,你知道聪明人一般是怎么死的吗?"

老道士对月饮酒,一葫芦一咕噜就没了,也不怕脖子酸,始终仰着。

小小道士双手抱膝乖乖地坐在旁边,拨浪鼓般地摇头。

"笨,聪明人当然是聪明死的。"

老道士拿空葫芦敲了一下小小道士的小脑袋,高高举起,又轻轻地落下。

"善泳者溺于水,不作死就不会死。"

"不见参商、黯然销魂、今夕何年、天地同寿,这是四种符法道术,娃儿你觉得怎样?"

老道士继续仰着头,不用看也知道小小道士小脑袋摇得都要掉下来啦。

人生不相见,动如参与商;

黯然销魂者,唯别而已矣;

不知天上宫阙,今夕是何年;

登昆仑兮食玉英,与天地兮同寿,与日月兮齐光。

老道士不知道从哪里又寻摸出一葫芦酒来,吟一句诗,饮一口酒,须臾葫芦见底高高抛起,仿佛要抛上明月之中,天上宫阙。

长歌当哭,行吟不止的味道,小小道士还不懂得,他小脑袋里满是疑惑,平时他藏起来的酒老道士不是找不到吗,今天怎么一摸就出来了,好奇怪呀?

"娃儿,你觉得怎么样?"

"好厉害的样子。"

"厉害个屁!"

老道士"啊呸"一声,破口大骂:"全他妈的是白痴。"

两句粗话夹杂一句解释,小小道士渐渐听明白了,知道"参"与"商"原来是天上两颗星辰,它们从来不会同时出现在天穹上,不见参商,参商不见,那就是真的再也不会见了。

他知道了什么叫作一别经年,从此饮酒无味,得意也无人可以炫耀,只能黯然神伤,举杯遥敬,一人独饮,黯然销魂,斯人憔悴。

"什么今夕何年,都想到天上宫阙里面去问了,这人能不死吗?

"什么天地同寿、日月齐光,人生数十年,岂有长生不灭者,想要与天地同寿只有烧成灰撒出去,想要跟日月齐光就是把自个儿当蜡烛点上。

"全他妈是聪明死的。

"死啦死啦的。"

老道士骂完，醉意上头，仰天便倒，小小道士隐约看到他脸上似乎有什么晶莹的东西在滑落，但很快就被震天响起呼噜声、流满衣襟的口水所掩盖……

"好啊。"

游某人拊掌而笑，口中念念有词，听来都是"人生不相见，动如参与商""与天地兮同寿，与日月兮齐光"，翻来覆去地念，仿佛在咀嚼着谷物，嚼出了其中甜味来。

"小道士，你爷爷真不是一个普通人，连神龙帝国的古诗赋都懂得。

"雅士，高人哪。"

游某人赞不绝口，叶萧眨着眼睛，内心是崩溃的。

"老头子他还雅士？有雅士整天拿东西换酒喝，偷偷摸摸逛青楼的？

"老头子他还高人？有高人躲债翘家这么大事都应付了事的吗？"

小道士想了想，在外人面前黑老道士不太好，生生将一肚子话咽了回去，顿时觉得有些撑，至少能省一顿晚饭了。

"还有呢，乾坤一掷，仓颉造字，小道士你爷爷是怎么说的？"

游某人来了兴致，好奇地问道。

叶萧挠挠头，道："老头子没说，不过想想也知道啊。"

"乾坤一掷，将乾坤掷出去，乾坤也会把你掷出去，就像我们拿拳头打人，拳头也会疼一样。

"仓颉造字听说是神龙帝国那边的神话，仓颉造字而鬼神哭，这种逆天而行的事能有什么好下场？那个仓颉一定活不长。"

小道士没有注意到，他说话的语气越来越像自家不着调的老道士。

"有道理。"

游某人品了品，还真是这个理儿，自失地笑道："没想到游某人一把年纪，比奇城中也当过棋待诏，号称一代国手，看得还没你一个小道士明白。"

叶萧"嘿嘿"一笑，挺起腰杆，反问出声："游大夫，我看你也不是普通人啊。"

普通人能信口说出这些？

游某人摇头，道："游某人真是普通人，孙大娘一张符我就得上山裸奔，铁匠一拳头我就能飞上龙脊火山掉进天池，就是村长家里那条狗都能撵着我绕村子跑三圈，普通得不能再普通了。"

"呃？"

叶萧欲待不信，可是游某人说话时诚恳满满，又无自嘲，让人想怀疑都难。

"那你怎么……"

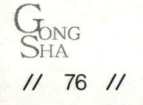

## 第二一章　绝世游戏

叶萧很想问下游某人：既然是一个普通人，怎么懂得那么多？

不承想，他还没有问出口来，便听得游某人胸膛挺得老高，高声道："不过有一点儿，他们都比不上我。"

"岐黄医术，还是纹枰论道？"

小道士心里这么想着，还没问出口来，就见游某人一指嘴巴，自得无比地道："嘴上功夫。"

叶萧一个趔趄，差点儿以头抢地，瞪大的眼睛里面满是惊诧之色。

……嘴上功夫算怎么回事？

"当年有个非常有地位的人物送了游某人一副对联。"

游某人撇撇嘴，既是得意，又有不爽，以一种缅怀的口气念道："说说天下无敌，做做倒数第一。"

"呃？"

叶萧用看日食一般的眼神看着游某人，不敢相信这有什么好得意的，不就是嘴炮……嘴炮……嘴炮嘛。

游某人本来跟叶萧就坐得很近了，聊到这会儿似乎陡然起了亲切之感，又往小道士那边蹭蹭，二人就差勾肩搭背了。

他搭着叶萧的肩膀，惋叹道："游某人自负天纵之才，可惜从小体弱，道术、法术、武道，无一可修，久病成医反倒是国手，喜好纹枰之道亦是国手，道士、法师、战士无一能成，偏偏无一不通，曾得一个外号……"

游某人脸上尽是期待之情，就差把外面黑漆漆一团的药材"熟地"拿过来，在脸上写上"你快来问我吧"六个大字。

"唉。"

小道士叹了口气，这不还有求于人嘛，人在屋檐下，低下头撅起屁股那是必须的，叶萧勉强堆出好奇之色，问道："是什么外号？"

"最弱的最强——绝世游戏。"

"……"

叶萧沉默了一下，想要挤出崇拜无比的神情，从下往上四十五度角仰望一下，可惜"耻度"不够，没能过了自己那关。

游戏在他肩膀上拍了拍，缩回手，感慨出声："你们年轻人只知道打打杀杀，怎么知道理论的重要性，罢了罢了。"

怎一个遗世独立卓尔不群了得，真真是众人皆醉我独醒，举世皆浊我独清！

叶萧不由得仰头望向屋顶，仿佛要从上面看出花儿来，他怎么也不明白这游某人都吹成这个样子了，屋顶竟然没有被吹飞！

游某人一副"没指望你能懂"的表情长身而起，负手转身道："小道士，今天你就待在这里，不言不语不动，仔细去悟上一悟，要是能从千手猜拳圣像上悟出道理来，你身上的伤便能好上三成。"

"若是不能的话……"

叶萧收敛各种怪异表情，压下吐槽腹诽，正襟危坐道："如何？"

"纵然你是无双国手能在手谈中赢了游某人，治得好身上伤，亦不过是饮鸩止渴，也难逃一次比一次伤得重，最终沉疴难返的结果。"

游某人负着手边说边走，转过千手猜拳圣像向着内室而去，背影处抛来最后一句话：

"事不可做尽，福不可享尽，今日兴尽矣，明日再与小友纹枰论道，不亦乐乎？"

"……"

叶萧绷紧的背后一下子塌了下去，两只手撑在地上，差一个脑袋就五体投地了，心里一声哀嚎："还是逃不过啊。"

千手猜拳圣像沉默着，似在自己与自己不断地猜拳，面上细节在越来越黑的天色里渐渐掩盖不可见，唯有千手猜拳的动作在一灯如豆下清晰可见，阴影晃动落在叶萧眼中，仿佛是无数人在不住地出剪刀、石头、布，永无止境。

时间在一点儿一点儿地流逝，月亮悄悄地爬上云头，又默默地乘着滑梯滑向最西边的地方，云朵聚了又散，天光敛了又放，夜幕拉开到极限被晨晖捅破，天地间大放光明。

又是新的一天。

叶萧盘坐在蒲团上，自然而然地摆出五心朝天的姿势，腰杆放松且挺，肩膀上线条顺且直，没有任何做作的端正。

天黑了他没有反应，天亮了他没有动作，游某人再次穿着花熊睡衣打着哈欠从他身边经过，他亦不曾抬一下眼皮。

小道士眼睛半开半合，给人的感觉既像是睡着了，又像是醒了，处在半梦半醒之间，于夹缝中陷入了一种说不清楚、道不明白的状态。

"这小道士怎么像是顿悟过？"

游某人摸着下巴，不太敢相信，"他才多大就玩儿顿悟？不可能吧？"

人若是在寒冬入过水，在极限中继续奔跑，自高处一跃而下……那么就会感受到那些都算不得什么，再来一次也没有那么大的压力，要容易得多。

同叶萧现在处的状态是一样道理。

他并不是顿悟，而是处在一种物我两忘、浑然忘我的奇妙当中，恰似冬泳过的人知道彻骨冰寒只是一瞬、后面全身都暖，长跑过了极限会有踩在云外的轻松，高处跃下后发现恐怖的只是心理……

游某人摇了摇头，向外走了两步，在即将踏出房间时候停下了脚步，他顿了顿，抛下一句话来，方才扬长而去：

"这世上，没有绝对的强，没有绝对的弱。

"强者可以弱，弱者也可以强。"

话音落下，游某人穿过天井，背影消失在药庐，外面传来吐气伸懒腰的诡异声音，像极了婴儿被换掉了潮湿尿布后惬意的呻吟。

"轰隆隆……"

叶萧浑身一震，游某人抛下的那句话犹如一道惊雷，炸开了他沉浸许久的心神世界，照亮一切。

"原来如此。

"我懂了。"

他抬起头，目光随性地落到千手猜拳圣像一只手上，那是石头，相邻上下的是布和剪刀。

"石头于剪刀，是强。

"剪刀于布，是强。

"布于石头，是强。

"反而过全是弱，强者可以弱，弱者亦可以强。"

游戏的两句话仿佛是两只手，在叶萧面前推开了一道门，门里面的东西不可遏制地汹涌而出，仿佛是百八十日暴雨堆高的水位，在这一刻溃堤而下……

# 第二二章　大家来生蛋

叶萧无声无息地长身而起，双手抬起来与肩平高，左右打开舒展出一个圆圈。

"啪"，腰间神龙道书打开，一张张符箓飞出，经他舒展开来的双手一抹而过，成为一个符箓的圆环在轮转，往来反复，生生不息。

"唰唰唰"，符箓在继续地飞出，犹如插队买糖人儿的孩子们，从各个角度挤入轮转圆环当中。

一开始纯为一色统一的符箓，渐渐地掺入了各种奇奇怪怪、有用无用的东西。

火符后面跟一张神行符，前头小人符五根手指在疯狂乱舞，好像惊慌的头发都在竖起；引雷符噼里啪啦地响，隐身符无声无息地将自个儿藏得隐秘；扩音符上浮现出一面鼓的虚影要敲响，护法符上伸出小九的手将鼓面捅破，发出"哧"的一声……

没有一张符箓被真正地激发，轮转圆环当中的符箓排序每一刻都在变化，千手猜拳圣像前铺满了一地符纸，更有不少直接落在那一只只猜拳手上，阳光照亮了神像的脸，弯曲的嘴角似乎是在拈着符箓微笑。

突然——

叶萧双手合拢在胸前，一拍！

"啪"，一切嘈杂散去，圆环崩溃，所有符箓顿时失去了所有力量，恍若金秋十月，落叶在洋洋洒洒地归根。

小道士一双眼睛睁得大大的，不似之前半开半合，亦不像过去几天中病恹恹的没有精神，而是炯炯有神，目光如炬。

恍惚间，叶萧似乎能在面前与千手猜拳圣像之间的虚空当中，看到有三个方格子并排，里面有"剪刀、石头、布"的图案在瀑布般地落下。

无数变化当中，偶尔有三块石头，或是三根剪刀之类三个图案相同的情况，小道士神色不变，无喜无怒，反而是看到三个方格三种不同图案无论如何流转，总是各不相同的时候，他情不自禁地露出笑容，仿佛喜不自胜。

"轰!"

叶萧脑海中一声轰鸣,什么方格子、什么剪刀石头布,尽数溃散,两只手自然地落下来,在腿边握成了拳头。

"我自诩聪明,其实聪明反被聪明误,真是笨啊。

"乾坤一掷,原来不是将乾坤掷出去,而是自身有了乾坤,成了乾坤,从而一举手一投足,皆是乾坤之力。

"这里面的关键,就是……"

叶萧嘴角弯起,仿佛是想起了什么有趣的事情……

"娃儿你在干吗?"老道士打着饱嗝,酒气隔着好几丈远就熏得小小道士把口鼻一起给捂上,严严实实的。

老道士全无自觉,走过去看到白沙滩上一个接着一个的浅坑,每两个坑之间的距离都一样,头尾相连,组成了一个大圆环,每一个坑大小正好能装下蹲下来的小小道士那样年纪的小屁孩儿。

小小道士继续捂着口鼻,说出话来声音怪怪的,有点儿奶声奶气:"爷爷,我在想游戏。"

"什么游戏?"

"大家来生蛋!"

小小道士吐字清晰,老道士有挖耳朵的冲动,大家来生蛋是什么鬼?

一阵解释,老道士明白了,原来是小小道士看到每年都有海龟在特殊日子爬上白沙滩,在沙滩上挖洞生蛋,就想发明一个游戏让大家一起玩儿。

一个人做号令,大家蹲进坑里,号令人背对大家开始敲手鼓,手鼓一停,不在洞里面的学狗爬,还在原本洞里的学狗叫,只有在别人洞里面的才不受惩罚。

"娃儿好样的,懂得不玩别人的游戏,自己发明游戏玩儿,像我,像我。"

老道士喜滋滋的,踱着方步就想再去喝两杯庆祝一下。

至于他笑的脸上皱纹都开花了,到底是为了小小道士聪明,还是又找到由头喝酒了,这就只有天知道了。

老道士没能走成,刚一动步子袖子就被小小道士的小手抓得紧紧的。

"怎么了?"

"不知道怎么才能让大家动起来。"

小小道士嘴巴噘得都可以挂酱油瓶子了,他可是组织了自家附近几条街所有孩子都过来了，要是想不出好游戏会被打的。

他可不想再被小结巴保护了。

老道士问了半天才明白过来，原来是怕大家都不动，先动的人很可能抢不回来位置，那就输定了。

"简单。"

老道士眼珠子一转就想出来了，问道："这里有多少坑？"

"四十九个。"

"再挖一个。"

"咦？"

小小道士挖好坑，蹲在里面想了想，蹦了起来："真是耶，这样大家就动了。"

多了一个坑，先起身的不怕没有坑落位，后面起身的也有新位置可落，输赢就纯看动作快慢以及运气问题了。

白沙滩"大家来生蛋"版游戏创作成功。

"娃儿，学着点，这就叫作'大衍之数五十，其用四十有九'。"

"哇！"

小小道士嘴巴张得大大的，海龟蛋塞一个都问题不大，好半天问道："什么意思？"

老道士一个踉跄，险些栽进生蛋坑里面，敢情没懂啊。

"意思就是说，五十个生蛋坑，如果窝进去五十个小屁孩子，那么就谁也动不了了。想要动起来，就不能这么圆满，四十九个人，就可以生生不息地玩儿你的'大家来生蛋'游戏了。"

"懂了吗？"

"懂了。"

小小道士干脆地点头，他对什么"大衍之数五十，其用四十有九"半点儿不感兴趣，拍着单薄的小胸脯，一副心有余悸样子，"幸好赶上了，不然等下要被五十个人揍了。"

"嗯？"

老道士耳朵竖起来，问道："五十个人？"

"对啊。"

小小道士理所当然地应道。

"那你为什么只挖了四十九个坑？加上你不是五十一个人吗？"

老道士掰着手指算了算，会被五十个人打，那么加上小道士至少有五十一人，四十九个坑加一个号令人，还有一个人干吗去？

小小道士鄙夷地冲着老道士皱了皱鼻头，道："小结巴才不会打我，我们一共有五十二个人。"

"……"老道士胡子都要揪下来了，喃喃自语，"我没醉啊，哪里出错了？"

小小道士"嘻嘻"一笑，"他们五十个人，正好玩'大家来生蛋'，跑来跑去一定发现不了我们不在，我要跟小结巴去水里摸鱼去。不把他们甩开的话，小结巴烦死了，真搞不懂女孩子，干吗人一多就不肯脱衣服下水了，大家都脱光的呀，好奇怪啊。"

……我看你才奇怪。

老道士用看神仙一样的目光望向自家孙子，这娃儿才几岁就懂得发明一个新游戏，还能让所有人玩得不亦乐乎，趁场面混乱好发现不了他跟小女孩一起光溜溜地去水里摸鱼？

在白沙滩的海风中凌乱了半天，老道士才喃喃地吐出了两个字来："……像我。"

## 第二三章　可医可不医

"强者可以弱，弱者可以强，这讲的是生灭与变化。

"大衍之数五十，其用四十有九，说的是循环。

"这样才能循环变化，生生不息。"

叶萧抬头望向千手猜拳圣像，圣像在晨晖照耀下脸上嘴角弯起的弧度愈发明显，仿佛是在与小道士相对而笑，一脸欣慰。

"我之前用乾坤一掷，全用同种符箓，求的是力量压人，就像是拿着整个乾坤扔过去一样，就是把人压死了，自身也承受了太大的压力，半死不活。

"这样做的危害还不仅仅是反噬问题，这就像是'大家来生蛋'游戏，一个人一个坑，乍看是圆满，是极致，却反而僵化，动弹不得。

"以后遇到高手，砸不到人，自己却先受了伤，这种蠢事不能干。"

叶萧长长地吐出一口气，有说不出的后怕，脑海中浮现出他施展"乾坤一掷之雷动九天"时候，海贼王倬和虹魔教老祭司交手的场面来。

要不是这两个人彼此纠缠牵制，他很可能偷鸡不成蚀把米，即便是在有利的情况下，小道士还在怀疑究竟有没有弄死这两个人。

无关噩梦，而是之前的乾坤一掷，力量大则大矣，失之变化，王倬这样的存在，未必不能活下来。

"嘶！"

叶萧深吸一口气，将之前吐出去的又成倍吸了进来，再呼出去。

一呼一吸之间，清气入体而浊气出，无法名状的循环变化，生生不息之感，在小道士的体内搬运，好像有什么沉疴、有什么郁结，都随着深呼吸而排了出去。

"游大夫虽然口气大了点儿，还真不是嘴炮啊。"

叶萧诧异地感受了一下体内情况，伸伸胳膊抬抬腿，活动了一下，竟然有说不出的轻快之感，仿佛脚下踩着棉花，身体轻了一半。

他的伤势是自身反噬造成，道力郁结体内，一朝明了了循环生灭之理，伤势顿时轻了不少。

"现在是时候找那位游大夫好好聊聊了。"

叶萧狡黠地一笑，甩了甩衣袖，向着药庐外走去。

此时，想到再见游某人，小道士已经没有了被拉着手谈之惶恐，在想起"大家来生蛋"往事之际，他还想起了一些别的东西……

穿天井，出药庐，有阳光破开乌云，不偏不倚遍洒在等待晾干的新鲜草药，以及穿着花熊睡衣伸着懒腰的游某人身上。

"这么快就出来了？"

游某人扭头，好奇地打量着叶萧，摸着下巴道："竟然真的懂了，你是何方妖孽？"

叶萧"嘿嘿"一笑，走到游某人面前，长躬到地，道："多亏游大夫相助。"

游某人摆摆手，无所谓地道："我可没帮你什么，动动嘴皮子谁不会。

"真要谢我的话……"

游某人搓了搓手，将花熊睡衣的袖子撸过了手肘，摩拳擦掌地道："来，咱猜一拳，让游某人称量一下，你到底悟到了什么？"

"好呀。"

叶萧小身板挺直，平视游某人。

"咦？"

小道士猛地发现，他竟然跟游某人矮不了多少。

……好像长高了。

平时都是跟迪迪这个大块头在一起，完全感觉不到自家在长高，现在跟游某人这个正常人一比较，他立刻察觉了出来。

沉浸在长个儿的欢喜当中，叶萧差点儿没把猜拳的事忘到脑后去，等他回过神儿来，只见得游某人在对面站定，慑人的气势扑面而来。

"嘶。"

小道士神色一怔，打量游某人，见他神情淡漠，下巴微微上扬，一手虚按丹田处，一手背负在身后，有风一掠而过，带起花熊睡衣猎猎作响。

"有杀气。

"难不成他在扮猪吃老虎？"

叶萧心里"咯噔"一下，觉得自己答应猜拳有些莽撞了。

"他在里屋竖立起千手猜拳圣像，日日研究，朝夕面对，该有多少领悟？

"之前游某人输给孙大娘，为赢铁匠而喜，莫非都是一种伪装？

"……"

小道士脑海里无数念头在瀑布般地倾泻，对眼前局面却没有任何帮助。

"道可道！"

游某人厉声大喝，背负于身后的手通过肩膀的微微颤动，不难看出已经蓄势待发了。

"非常道！"

叶萧咬牙出声，这时候上也得上，不上也得上了，所谓箭在弦上不得不发，说的就是这种情形。

"剪刀、石头、布！"

声音落下，游某人肩膀一抖，背负在身后的手翻转而出，成一拳头握紧如石，从斜上方向着斜下方砸出。

叶萧的手也到了。

"啪"的一声，两个人的手腕碰撞在一起，就此定格。

"啊！"

叶萧叫出一声，手都在抖。

"呃？"

游某人的脑袋耷拉下来，垂头丧气，"又输了……"

叶萧伸出去的赫然是布，他一耷拉脑袋，小道士的布都要包到了游某人脸上。

……这就赢了？

叶萧擦了把冷汗，为自己差点儿被吓倒深刻地反省，同时也深刻地明白了什么叫作"说说天下无敌，做做倒数第一"。

"一言能点醒我，朝夕悟猜拳圣像，半点儿不妨碍嘴炮的实质。"

小道士收回手，脸上挂着灿烂无比笑容，比起被乌云半遮半掩的太阳还要耀眼，凑过来小心地道："游大夫，那我的伤？"

"伤？"

游大夫犹自沉浸在猜拳失败整个世界都黑暗了的萎靡当中，有气无力地道："可医可不医了，你既然悟透了猜拳至理，回头自行调养，慢慢地就好了。"

"可医可不医？"

叶萧品了品，明白了游大夫的意思。

无非是自身调养也能慢慢好转，但暗伤之类的估计免不了，以后动手估摸着会束手束脚，只要注意一些，却也无妨。

"那还是医吧!"

小道士几乎没有犹豫,立刻回道。

"你确定?"

游某人霍地抬头,眼睛亮了起来,两只手不由自主地摩挲着,将"心痒难耐"四个字诠释得入木三分。

叶萧刚要回答,一个大呼小叫的声音伴着沉重脚步声,从远处传来……

## 第二四章　吓死狗狗了

"哥，你是俺亲哥。"

声音一入耳，叶萧立刻知道是迪迪回来了，这口头禅没人能说得像他这么溜儿，问题是怎么听着声音有点儿忒惶急呢？

小道士扭头一看，眼珠子差点儿掉出来。

这还是憨货迪迪吗？

来的是一条黑大汉，脑袋上牛角都成炭的颜色了，浑身上下就穿着一件皮裋子垂落至膝，露出大半身的疙瘩肌肉。

他浑身都在颤抖，汗水跟泉眼似的汩汩而出，明明是在奔跑，速度却比走的快不了多少，偏偏脚步声重得很熟悉。

叶萧摸着下巴，在心里补充："很铁匠！"

他看此刻迪迪模样，分明就是翻版铁匠，只是没有铁匠那种魁梧非常，肌肉都要炸裂般的力量感。

"俺总算是活着回来了。"

"呜呜……"

迪迪抱着叶萧的大腿就开始号起来，难为他这么大块头竟然如此柔韧，扑过来竟然能抱住小道士的大腿。

牛魔人哭得一把鼻涕一把泪的，净往叶萧的衣服上蹭了，可把小道士给恶心的。

"憨货，你给我起开。"

叶萧推了一下，没推动，"咦"了一声，伸手摸了摸，暗暗咋舌不已。

"我去，这么狠？"

他将手从迪迪身上那件不知道多少年头——昨天还穿在铁匠身上的皮裋子上，收了回来，惊诧得不行。

"里面全是铁砂，再绑上铁块吧？"

"不然怎能硬成这个样子？"

叶萧总算知道迪迪沉重如山的脚步声是怎么来的了，知道他奔跑如龟爬是什么导致的了。

"别号丧了，哥还没死呢。"

小道士踢了迪迪一脚，当然是小心地避开了皮褂子保护的范围，不然回头还得扭了脚。

"嘿嘿。"迪迪憨笑着摸着脑袋，站了起来，这么一个小小动作竟然浑身筋骨脆响连连，好像一条竹鞭甩动。

"好家伙。"叶萧是个识货的，立刻发现了不同，啧啧赞叹，"没想到迪迪你收获也不小嘛，那位铁匠前辈教你东西啦？"

迪迪点头如小鸡啄米，感慨道："是呀是呀，以前老爹说什么成人礼后才算是真正战士，俺还不服气，没想到是真的。

"原来战士真不是块头大，力气大，会点儿招式就行的。"

新鲜，叶萧愈发地好奇起来，想要追问来着，猛地想起游某人还在旁边，貌似不太礼貌。

他刚想接上之前话题，结果一扭头的工夫，额前一凉，似有什么滴在上头。

小道士抬头看，耳中一声惊雷炸响，太阳彻底被乌云遮掩得寻不到踪迹，方才感觉到一点儿水滴在额头，顷刻间已然转作小雨，酝酿着更大的风暴。

"罢了罢了，这小牛犊子还是有机缘的，该死的雨季，雨要来了，今天下不成棋，你们且去吧。"

游某人转身向着药庐走去，一边走一边摆手。

叶萧自然对暴雨中对弈这种"雅事"一点儿兴趣没有，连忙说道："那晚辈就先去了，明日清晨，若天色尚好，便来寻游大夫手谈一局。"

话音还没落下来，就被掩盖在轰然爆发的惊雷声中，炸开的惊雷几乎要震聋人的耳朵，闪点亮的人脸色发白。

"快走，我们回去。"

叶萧叫了一声，当先向着村长家里狂奔而去。

不得不说领悟了猜拳至理之后，小道士身上的伤势的确是好了很多。在来药庐之前，别说这样的奔跑，就是寻常走路他都坚持不了几步。

"哥，你是俺亲哥，可等等俺吧。"

风水轮流转，牛魔人在后面惨嚎着，跟着叶萧就往村那头去。

紧赶慢赶，总算在暴雨倾盆而下、借狂风的助力宰割天地前，叶萧他们两个人一阵风般地冲入了村长家中。

"总算到了。"

寻了个避雨的地方，望向外面一片雨水如幕，叶萧大感庆幸。

"最近是怎么了，雨水这么多？潦水沼泽这一带还有雨季一说？"

小道士看着暴雨发呆，在他旁边，迪迪大口喘着气如拉风箱一般，舌头吐的比黑背大狗还要长。

"汪汪，汪汪汪。"

大狗跟他们一样冲到屋檐下避雨，吐着舌头喘匀了气，冲着叶萧他们狂吠。

一天多不见，看到它还蛮亲切的，于是叶萧赞叹出声："真是条护主的好狗，还是黑狗，啧啧啧，一黑二黄三花，黑狗肉最好吃啦，这么大一条，够一锅煮了。"

"呜呜！"

黑背大狗似乎听懂了，狗眼大睁，叫声大变，从狂吠变成了呜咽，尾巴夹得都看不到了。

要不是外面雨太大，估摸着它一溜烟儿就没影子了。

吓死狗狗了。

"迪迪。"

叶萧擦了擦口水，扭头问道："刚刚在游大夫药庐那里，外面不是晒着陈皮吗，你顺点儿没？"

要陈皮干吗？炖狗肉一绝！

小道士一边冲着迪迪说话，一边还挤眉弄眼的，明显是要迪迪配合一下，吓狗。

不承想，迪迪竟然真的伸手去掏，天知道他身上一皮裤子有什么地方可以藏东西的，等他掏出来一看，掌心上的陈皮有一握那么多。

"吓！"

叶萧都震惊了，"你……你……你……"

"哥，咱们想到一块儿去了。"

迪迪是真的流口水了，一边舔着舌头，一边说道："铁匠师父要俺去想，去琢磨，去感受，动脑子最讨厌了，肚子会饿。"

饿了你就想吃人家狗？

……谁跟你想一块儿去了？

叶萧有种黄泥落裤裆不是屎也是屎的郁闷，愣是半天没说出话来。

"呜……"

迪迪纯天然不做作的"演技"吓死狗了，黑背大狗在叶萧他们二人目光落在身上的时候,"噌"地直立而起,两只爪子蜷缩在胸前,狗嘴硬是扯出一个讨好的笑容来。

"……"

叶萧觉得浑身发麻,有被"雷"了一下的感觉,这还是狗吗?

迪迪憨憨地笑着,扭头说道:"哥,你看这狗,好可爱。"

……喂喂喂,你刚才不是还要吃人家吗?立场呢?

叶萧翻着白眼,还没来得及吐槽呢,黑背大狗趁着二人一分神工夫,"嗖"地从他们俩中间一蹿而过,夹着尾巴跑得可快了。

"嘿。"

小道士笑了,事情总算回到正轨,冲着一脸茫然喃喃"狗呢"的迪迪一招呼:"走,我们跟上。"

穿堂入舍,跟着狼奔豕突的黑背大狗,他们来到了村长家中一个隐秘偏僻的角落,有香火的味道飘散而出,就是雨水土气,也不能掩盖。

## 第二五章　何妨以不了了之

"哥，俺能不能先回去？"

迪迪望着前方黑黢黢的屋子，瑟缩了一下，打起了退堂鼓。

"不能。"

叶萧眼珠子都不转地回道，目光炯炯地望向飘散香火味道的屋子。

屋子独栋，与四面建筑全不相连，整栋建筑每一个角落都呈黑漆漆的颜色，不是天色问题，不知道是木料原本颜色，还是上了黑色的大漆。

"走，我们进去，狗能进，我们也能进。"

叶萧一笑，向着黑背大狗窜进去的门走去。

"哥，咱们来这儿干吗？"迪迪倒不是真想知道，他是"动脑子肚子会饿"的典型，纯粹是心里发毛，嘴巴不敢停下。

"遗人村怪怪的，村长神出鬼没。"

叶萧百般吓唬狗，就是想让黑背大狗领着找到村长。

说话间来到黑漆漆门前，两个人默契地闭嘴，叶萧双手按在门上，深吸一口气，一推而入。

进去瞬间，叶萧张口就叫："看你往哪里跑？"

迪迪习惯性地跟着，听到小道士叫声有以手掩面的冲动，算是明白他在做什么了。

敢情是借狗寻人，再用追狗做借口闯入，这么做说是说得过去，可人家得信啊。

反正迪迪是觉得换他都不能信。

一入其间，二人眼前先是一暗，继而适应了光线后看到一个肥硕的背影正在一炷炷地上香，黑背大狗就趴在他后面脚边，一动不敢动，只有两只前爪像人一样做着膜拜的动作。

"呃？"

叶萧住口，安静地看着村长动作，迪迪跟上来想开口来着，被他扯了扯身上皮褂子打住。

牛魔人沉默了一会儿，在压抑气氛下没忍住，压低了声音道："哥，怎么了？"

叶萧冲着上香的村长一努嘴，道："迪迪你数数，几炷？"

迪迪望过去，一边看一边掰着指头数数，富家翁上香结束，趴在蒲团上三跪九叩。

"八炷。"

牛魔人来回数几遍，总算数清楚了。

叶萧继续低声道："六炷为敬，八炷为尊。

"村长这是给他先人上香呢，严肃点儿。"

小道士好歹常年在白日观玩耍，这些基本的东西还是知道的。

此时，八炷香的香头齐亮，借着微光，叶萧看清楚了村长叩拜的到底是什么了。

那赫然是一尊人像，一人高矮，中等胖瘦，身着道袍模样，负手而立的背影造像。

"为什么子孙造像祭祀先人，竟然会造个背影像？"

叶萧很是好奇，偏偏又能从那个背影造像上感受到无法言述的压迫力，仿佛造像只要转过身来，就会天地塌陷、乾坤颠倒一般。

"他是谁？"

小道士一个念头刚刚闪过，就见村长艰难地从地上爬起来，转身正视他们二人。

"你们跑这儿来干吗？"

村长祭拜时身上洋溢的肃穆气氛一扫而空，睁大着眼睛，浑身肥肉都在颤抖，怒问出声。

"那啥，这不是追它吗？"

叶萧讪讪然地道，一指黑背大狗，毫不犹豫地扔黑锅。

"呜呜……"

黑背大狗呜呜有声，表示抗议。

"村长，这是……？"叶萧抢先开口，免得被村长继续质问真找不出由头来。

小道士一边问着，一边上前拜了拜，还不忘踢了迪迪一脚让他跟上。

村长看到他这番举动，脸色好看了一些，依然没好气地道："这是祖上跟随的一位大人物，其他的你就别问那么多了。"

他张了张嘴巴，再低头瞅了一眼还在发抖的黑背大狗，决定不再追问小道士，免得再给气着。

村长扭动着肥大身躯，来了个眼不见为净，当叶萧他们两个人是透明的，自顾自地拿起一个鸡毛掸子，开始在背影造像的前后左右掸灰尘。

随着他的举动，叶萧目光四下游走，将屋中情况看了个仔细。

"咦？"

小道士忽然惊疑出声，这下他才发现此前心神为背影造像所慑，竟然忽略了在造像左右有一副对联。

"世外人，法非常法，然后知非法法也。"

叶萧不自觉地念出声来，声音渐渐洪亮，在屋中回荡，呼应屋外风急雨骤。

"天下事，了犹未了，何妨以不了了之。"

"……何妨以不了了之……何妨以不了了之……何妨以不了了之……"

小道士在心中默默地重复着对联最后一句，莫名地有一种苍凉，有一声道不尽的叹息。

恍惚间，他似能看到背影造像活转过来，就这么负着手，一步步地行吟在泽畔，然后蹈海而离尘世。

"他是谁？"

"是山海主——魔道吗？"

叶萧越是咀嚼对联中含义，越是能与传说中的山海主生平联系在一起，一时有些怔然，有些悲怆。

这样曾经撼动天下风云、席卷一世无敌的大人物，最后也只能"何妨以不了了之"，数十年前的风雨中，到底发生了什么事情？

小道士并没有问出心中疑问，以村长表现出来的讳莫如深，即便他想知道也不可能给他一个字的答案。

"罢了。"

叶萧收拾情绪，好不容易才从那种悲怆中拔了出来，试探地问道："村长，我看游大夫、孙大娘、铁匠他们都不是一般人啊。"

村长似乎也松了口气，难得配合地道："要不然呢？他们都是有故事的人。

"遗人村遗人村，居住的不是遗世而独立、卓然而不群者，怎么能叫这个名字？"

叶萧挠挠头，愈发觉得怪异，接着问道："既然都不普通，他们整天都在做什么？猜拳的猜拳，哄孩子的哄孩子，这有什么用？"

小道士觉得自家额头上有一滴大大的冷汗在滴落，这些人跟"遗世独立、卓然不群"哪里沾得上边了?

村长大笑,要不是身上肥肉抖出了波浪来,还真有几分豪迈味道:

"小道士,你玩过泥巴没有,没玩过也见过吧?"

"嗯。"

"你看小孩子们乐此不疲地东挖西找,一玩整天,不知疲倦是什么,叫吃饭也不回去,可你若是问他这有什么用,他反而回答不出来的。"

村长话音落下,叶萧陷入了沉思当中,隐约似乎明白了点儿什么……

## 第二六章　守护

"等等，人呢？"

叶萧回过神儿来，才发现原来他什么都没有明白，村长反而跑得无影无踪，连那条黑背大狗都悄无声息地溜了。

在小道士旁边，只有牛魔人迪迪一头雾水地摸着头。

"好狡猾。"

叶萧垂下脑袋，觉得自个儿输了一招，让村长用"明明听不明白就是觉得好厉害样子"的话给忽悠了。

"算了。"

他摇摇头，转而问道："迪迪，铁匠前辈教你什么了？怎么把你折腾成了死狗模样？"

小道士上下瞥了迪迪一眼，发现这憨货到现在全身肌肉还在颤抖，就像被人拿着铁锤抡着在身上敲了一整天一样。

迪迪来了点儿精神，叫唤道："长见识了，俺真长见识了。

"铁匠师父说俺以前用的都是蛮力和招数，根本不懂得什么叫战士！"

叶萧索性在蒲团上坐下来，托着下巴问道："那什么叫战士？"

迪迪挪过来坐他身边，一五一十地连说带比画起来……

"战士的第一重境界就是力，通过锻炼肌肉，提高自身的力量。"

铁匠一锤子砸在烧红的铁块上，发出一声金铁之声，锤头高高地扬起。

"这个力，是死力。

"第二重境界，就是劲。将浑身的力量，通过各种架势和发力方式扭成一股，一起爆发出来，就叫作劲。"

铁匠一跺脚，又是锤头下去，"咚"的一声悠扬，铁块生生在锤头下砸扁。

他借着锤头反弹而起的势，一扭腰，又是一锤头下去，"轰"地一下，铁块下面的石头一层层地爬满了龟裂纹路，颤颤巍巍，随时可能轰然而倒。

"借势，借力，回旋转动，生生不息，往来不绝，如狂风暴雨，又似浪叠着浪，就是势。

"力、劲、势，到了第三重境界，天地万物都是你的筋骨肌肉，任凭发力。"

铁匠说完这些，又恢复了沉默模样，一锤子扔过来，险些将迪迪砸扁到了地上……

"哥，你看，就是这样。"

迪迪说到兴奋处蹦了起来，站到屋里空旷地方，一条手臂高高地抬起，"哈"地吐气开声，一震脚，一扭腰，手臂如战斧般一挥而落，撕裂空气发出呼啸一样的声音。

整个屋子都在震动，隐藏得很好的尘土洋洋洒洒而下，连背影造像都晃动了一下，似是稍稍撩起了一点兴致看了一眼。

"好！"

叶萧坐直了身子，眼睛都在放光。

他不懂得战士是怎样的，铁匠说得对不对，但小道士能清晰地感受到迪迪一击的力量感，好像是一根韧性十足的木杆子在抖动般的力量感觉。

"铁匠师父还说，以后有空的话，俺最好去一趟小石城，那里才是所有战士的圣地，在那里俺能学到真正的'势'。"

迪迪兴奋得手舞足蹈，让人很是怀疑之前那个哭爹喊娘抱着叶萧的腿在那儿号的，到底是不是他……

"哥，回头带俺去小石城吧？"

牛魔人的问题石沉大海，他诧异了一下，从打鸡血的状态中恢复过来，扭头一看，叶萧歪着身子坐在蒲团上，眼睛闭着，胸膛起伏，有轻微的鼾声在响起。

小道士沉沉地睡去了，就是外面打雷下雨，迪迪大呼小叫，全都不能让人停下他打呼噜的声音。

"哈欠！"

迪迪打了个哈欠，睡意涌上来，小心地走到叶萧的身边，和衣躺下，仔细地不凑得太近，生怕碰到吵醒了他。

背影造像前，香火燃尽，最后一点火光灭去，浓浓的黑暗如潮水般将整个屋子笼罩。

一大一小两个呼噜声此起彼伏，严丝合缝，好像商量好了一样和谐，他们睡得愈发地沉了。

没有外人，只有两个熟睡的人，于是不会有人看到在屋子的角落里，两点代表眼睛的灵光在微弱地亮着，一直守着安睡中的两个人。

良久良久，久到仿佛要下到世界尽头的暴雨都意兴阑珊地收了起来，灵光依旧在闪烁着，还守护在左右。

不知是乌云彻底化作了雨水而散去，还是天就要亮了，屋中渐渐地有了一点点微光，勉强能看到在两点灵光闪烁的角落处，有一只小骷髅双手抱着膝盖，静静地看着小道士在睡梦中弯起了嘴角……

汪汪汪……汪汪汪……

狗吠声声，扰人清梦，打断了鼾声如雷的小道士，睁开了铁闸般的眼皮。

莫名地，他扭头向着小九蜷缩着守护了他一晚上的角落望去，理所当然地只看到一片空荡荡，什么都没有。

"该死的狗，不好好地站起来卖萌，竟然连公鸡的活儿都抢，你这是打鸣吗？"

叶萧不知是莫名的失落，还是起床怒气爆棚，迪迪还没清醒呢，他就一把推开了房间门。

门开而晨晖钻入，洒在小道士脸上，金灿灿的，直晃眼睛，等他迎着光眯着眼睛望过去的时候，果不其然地看到黑背大狗站在庭院里面，迎着朝阳在大声地叫唤。

"早晚炖你一锅香肉。"

叶萧发完狠，不知道怎么地就想笑，琢磨着黑背大狗应该不是天生爱打鸣，十之八九是被遗人村中的某位给硬养成了这一嗜好。

想想也是蛮可怜的，在遗人村这种地方做狗。

叶萧决定放过它一马，带着还迷迷糊糊的迪迪向外面走去。

出村长家，走在蜿蜒的小路上，脚下皆是湿润润的石头小道，走在上面直打滑，空气中充满着雨后泥土的芬芳，抬头望去，能在龙脊火山上看到虹桥横跨长空，绚丽多彩。

一直走到了村子东头，游某人的药庐前，闻到了洋溢着的药香，迪迪才从半睡半醒的状态中拔了出来。

"哥……"

迪迪使劲地拍了拍脸，啪啪作响，叶萧听着都替他觉得疼，"……咱们怎么又来了？"

小道士挺了挺胸膛，没什么胸肌，胜在笔挺："手谈。"

"呃?"

"就是下棋。"

"哦。"

没头没尾的对话里,迪迪一头雾水地跟着叶萧走向药庐,走向站在棋盘桌前,一身道袍,双手都抄在袖子里的游某人。

他很想问,怎么才能下得赢,偏偏隔着好几丈距离,迪迪就能感受到叶萧和游某人之间似乎有什么凝重的气氛在酝酿,有什么火花在迸发,愣是问不出口。

"你来了。"

游某人继续抄着双手,淡淡地问,若不是放光的两只眼睛,俨然世外高人气度。

"我来了。"

## 第二七章　最接近神的人

"请!"

游某人退后两步,一振道袍,施施然地坐了下来,同时伸手做出有请入座的手势。

"请。"

叶萧忽然变得惜字如金了起来,在棋盘桌前落座,身姿笔挺,双手自然地垂落下来,虚按在膝盖上。

"竟然有气势了。"

游某人神色凝重,在棋盘上推过棋篓,诚心诚意地道:"美酒须陈酿,多磨是好事。一场棋局几多波折,终于得下,大好。"

小道士微微颔首,一声不吭,平静地揭开棋篓子,将属于自己的棋子一枚枚地摆上棋盘。

对面,游某人做着同样举动,片刻工夫,棋盘上阵营鲜明,两军隔河相望,凝重的气氛自棋盘上一路蔓延到药庐外。

"嘶……"

迪迪抽着凉气,看着一副大家气派、成竹在胸模样的小道士,犯起了嘀咕,"哥难道是蒙俺?他不是不怎么会下棋吗?"

"应该不会吧?"

牛魔人不太确定。

叶萧现在的气度,表现出来的必胜信念,一代宗师,也不过如此吧?

"下棋也有速成的?"

迪迪脑袋摇成了拨浪鼓,他憨厚是憨厚,但憨厚不代表傻啊,吃饭都要一口口吃,下棋这玩意儿还有速成的?

迪迪都不信!

"难道……"

想到小道士一贯的作为,牛魔人忽然想到了某种可能,以怜悯的目光望向游某人。

此时，棋局已然开始。

在游某人的礼让下，叶萧手刚刚举起又重重落下，以掷符一样的架势，将棋子狠狠地推了出去。

迪迪在好奇心驱使下，凑过去，从叶萧身后俯瞰棋盘，他庞大的身量顿时笼罩在棋盘上，本来雕琢精致的车马炮立马儿就显得狰狞了起来。

"滚！"

游某人和叶萧齐齐怒喝出声，迪迪抱头鼠窜跑到十余丈外，估摸着他们听不到了，才嘀嘀咕咕出声："不让看就不让看，那么凶干吗？"

……反正也看不懂。

牛魔人自我开解了一番，在难得灿烂的阳光下来回走着，糟蹋糟蹋药材，观望观望风景，时间在他百无聊赖直犯困、上下眼皮打架间悄然溜走。

不知道什么时候，迪迪坐到了草地上，两只胳膊当枕头用，阳光晒得暖洋洋的，眼瞅着就要睡着了。

突然，一个身影站到了他面前，居高临下地看过来。

迪迪躺着，来人背对着太阳，一片光亮跟透明人一样，可怜牛魔人被踹了好几脚才认出来的人是谁。

"啊，孙大娘。"

他一个翻身起来，摸着后脑勺傻笑。

铁匠师父可是郑重警告过，宁殴村长，莫惹一孙，指的就是孙大娘。

孙大娘依然是一副半老徐娘装扮，跟她形成鲜明对比的是怀中脸上粉红白嫩的婴儿，含住大拇指睡得正香呢，时不时地就往孙大娘的怀里蹭一蹭，似乎在寻找更舒服的姿势。

"喏，他们在下棋？"

孙大娘冲着叶萧和游戏所在方向一努嘴，神情落在迪迪眼中无比熟悉，那种怜悯跟片刻之前他自个儿流露出来的相差无几。

只是……对象不同。

"小道士好大胆子，竟然敢跟他下棋。"

"俺哥一定会赢的。"

迪迪挺起鼓囊囊的胸膛，声音洪亮。

一出口他就反应过来，缩了缩脖子，心虚地往叶萧他们那边一看，只见二人都专心于棋盘，头都不抬一下，这才放下心来。

"就凭他？"

"哈哈哈……"

孙大娘笑得花枝乱颤，让小牛犊子看得心都一颤一颤的。

再怎么颤，她这话迪迪就不爱听了，梗着脖子道："俺哥从来不打没把握的仗，他敢上，就一定能赢。"

孙大娘哂然一笑，竖起纤细白皙的食指在迪迪面前晃了晃，道："小牛犊子，你是不知道他的厉害。"

……他？游某人吗？

迪迪嘴上不松口，牛眼睛里满是好奇，还有点儿水汪汪地看着孙大娘。

"他是一个号为'绝世'的男人，在琴棋书画这些不需要身体只要脑子的游戏里面，他就是无敌的。

"昔年比奇城里，冠盖一时，官居棋待诏，坐在上首处，迎战大陆上所有国手，一并将所有人逐一击败，在棋界被称为最接近神的人。"

"嘶……"

迪迪抽了口凉气，咽了口唾沫，类似举动他一边听孙大娘讲述，一边不由自主地做了不知道多少次，这下口干舌燥，再没有唾沫可咽。

……最接近神的人……

就是那只花熊睡衣？

迪迪忍不住扭头看了一眼，好吧，今天他没有穿那件引人发噱的衣服，只是第一印象实在是太过深刻，实在是让人敬畏不起来。

事关叶萧，迪迪是怎么都不肯认厌的，死鸭子嘴硬道："你……你乱说，俺明明看到他猜拳输给你。"

"咯咯咯……"

孙大娘笑得如同得意的小母鸡似的，继续伸出手指头在迪迪面前摇，白生生的直晃眼睛。

"姓游的有一个规矩，只要能赢他一盘棋，就可以无条件地让他做一件事情。

"据说很多年前有人做到过，是围棋，也仅仅那一次。

"象棋对绝世游戏而言，更是易如反掌，一辈子未逢敌手。

"小牛犊子，你现在还觉得你家小道士能赢吗？"

孙大娘话里面透露出了一个消息，敢情能赢游某人一盘，赌注并不是让他出手医人那么简单，而是可以无条件地让他做一件事情。

这可大大了不得，以"绝世"为号者，怎能与一个普通医者相提并论？

只是迪迪现在没心思去想那个，孙大娘越说，迪迪心中就越是忐忑，任凭他再怎么对叶萧有信心，还是忍不住回头去看。

这头，孙大娘斩钉截铁地说完；

那头，迪迪怔怔地不动，好像在下棋那边看到女牛魔人洗澡一样，半天没有反应。

"喂，小牛犊子你吓傻了吗?"

迪迪回过头来，脸上神情全变了，惶恐不安啥的片刻前还怎么都掩盖不住，现在就差把"得意"两个字写到脑门上了。

他憨憨地笑着，伸手一指，道："孙大娘，你自己看吧。"

## 第二八章　下的不是棋，是桃子

"看什么？怎么看还不是输。"

孙大娘嗤之以鼻，随便瞥了一眼过去。

她本以为能看到叶萧输得面如土色、掩面而逃什么的，不承想"面如土色"是看到了，却不是在小道士脸上，而是在——

游某人的脸上！

"发生什么事了？"

孙大娘脸色一变，不由自主地摸脸，觉得脸上火辣辣的，像被人抽肿了一般。

这打脸也打得太快了吧？

"不可能。"

她铁青着脸，快步往棋盘走过去。

迪迪屁颠屁颠地跟着，一路憨笑个不停，天知道他在傻乐什么！

棋盘前，叶萧的身子微微后靠，隐隐起伏，就好像坐在马背上一样，再怎么满面无辜，看起来都像是在得意。

在他对面，游某人身子前倾，鼻子都要碰到棋子，靠近还能听到"嘎吱嘎吱"的响声，似乎是咬碎了牙齿的声音。

孙大娘和迪迪走到棋盘前，两个人一起探头看。

迪迪纯粹是看热闹，棋子认识他他也不认识棋子；孙大娘看得很认真，很仔细，想要看出棋局到底是怎么发展的，绝世游戏竟然输给了小道士！

越看，她就越是迷糊。

棋盘上，两边阵营都没有剩下多少棋子，俨然是一副残局，貌似是两个实力相当的棋手厮杀到最后才勉强分出胜负的样子来。

"奇怪。"

孙大娘无疑是懂棋的，可越是懂棋的，就越是看不懂这局棋，怎么看都觉得哪里不对，完全不可能输的局面下，游某人的"将"竟然在小道士手上拈着。

"刚才到底发生什么了？"

孙大娘脑子里全是问号，红润的脸上皱得厉害，一时还想不到这样会导致皱纹。

"我赢了。"

叶萧说出了胜利宣言，孙大娘几乎在同一时间问出了疑惑："你是怎么输的？"

"怎么输的……"

游某人一脸深受打击状，终于将鼻尖从棋子上移开了，他刚刚是真的凑上去了，可以看到棋子顶上油乎乎的，似乎是他鼻头上的油汗。

"你问他！"

游某人深吸一口气，恶狠狠地出声。

孙大娘目光转过来，叶萧笑得阳光灿烂，谦虚地道："游大夫你来，你来。"

"我来？"

游某人暴怒了，"哐当"一下站起来，树墩圆凳子都带倒到地上，指着叶萧鼻子喝问："你……你……你……"

"你"了半天，愣是气得说不出一句囫囵话来。

看着这二人，得意的得意，气蒙的气蒙，孙大娘与迪迪在旁边看得一头雾水之余一阵阵地笑。

"大娘，俺哥蔫坏着呢，肯定是使了啥盘外招，也忒狡猾了。"

迪迪一副与有荣焉的样子看得孙大娘直翻白眼，冷哼出声："不可能，你以为这是普通棋盘，想使花招就能使吗？"

孙大娘一边说一边上前，一手抱着娃儿，一手撸起袖子，露出圆润白嫩的胳膊，推开游某人，彪悍无比地一脚踩上凳子，一巴掌拍到了石桌上。

"哗啦"声中，棋子纷飞，一股黄光从石桌上喷薄而出，又有朱砂红线在游走其间如游龙戏珠。

"咦？"

迪迪一对牛眼瞪得老大，嘴巴张开着，眼瞅着普通石桌就变了模样。

太过突兀，太过惊讶，这憨货都没想起来一巴掌拍出这等效果的孙大娘更不是普通人啊！

反倒是叶萧摸着下巴，一副见怪不怪样子，好像早就知道了什么。

石桌上喷薄而出的黄光流转着，俨然是一张大如桌布的符箓模样，上面用纵横朱砂线画着象棋盘的模样。

很快，朱砂线灵蛇般游走着，纵横交错间，朱砂线又织出了围棋盘来。

紧接着是将棋、兽棋……各种棋类，不管是高深棋类，还是只能深闺解闷的女儿游戏，应有尽有，换着花样变化。

叶萧和迪迪看得眼花缭乱，咋舌不已，这隐藏在下面的符箓还是符箓吗，简直是古今棋盘大全呀！

"哗啦啦"一阵响，终于犹如一本书翻到了尽头，隐藏在石桌棋盘内里的符箓现出了真正模样。

"咕噜……"

迪迪狠狠地吞下了一口唾沫，喉结上下，好悬没给自家唾沫呛到了。

桌布般大小的黄纸上，朱砂线不再编织棋盘，反而是流转着勾勒出了一个小女孩模样，在忽闪忽闪地眨着眼睛。

小女孩四五岁大小模样，小辫子一翘一翘的，大拇指在樱桃小口里吮吸着，婴儿肥的小圆脸肉嘟嘟很可爱。

明明是朱砂勾勒出来，却活灵活现还在动，那种灵气劲儿，就是活生生的小姑娘家也比不上，尤其是那对大眼睛水汪汪的，充满了无辜感觉，让人恨不得将她从符箓里抱出来好好宠爱。

"姑姑，娃娃想你啦。"

小女孩看到孙大娘，张开双手，一副要扑出来求抱抱的样子，偏偏怎么都扑不出黄纸，始终保持在一个纸面上。

迪迪看得目瞪口呆也就是看个新鲜，叶萧则看出了高山仰止来。

这是符灵啊。

以符箓造化生灵，虽非生命，却有简单灵智，玄之又玄，妙不可言。

小女孩娃娃的灵智的确不高，扑了好几次扑不出来后，好像一下子忘了要做什么了，又回到原本模样坐在地上，吮吸起大拇指来，呆萌呆萌样子可爱无比，看得迪迪一阵发呆。

孙大娘露出温柔笑容，问道："娃娃，来告诉姑姑，刚才发生了什么？"

"哦……"

娃娃似懂非懂地点了点头，一挥手，一个虚幻的影像浮现出来，从头到尾将棋局复盘了出来。

一开始还没什么，越看下去，孙大娘的脸色就越古怪，脱口而出："小道士，你这还是下棋吗？"

"不是啊，谁说要下棋了，我是来赢赌局的。"

叶萧脸皮甚厚，"嘿嘿"一笑，全不认账。

这个时候，游某人终于从打击里面恢复过来，幽幽地在旁边道：

"你说你的马能走'目'，因为是千里马，我忍了；

"你的'象'能过河，说是'飞象'，我也忍了；

"你的'卒'可以倒退走，因为是'神龙武卒'，我还是忍了；

"你的'炮'可以隔着两个打，不隔也可以打，说是巨型攻沙炮，我又忍了；

"你的'车'可以拐弯，还说哪个车是不能拐弯的，牛车马车拉出来给你见识一下，我捏着鼻子也强行忍了。

"来，你来告诉我，你用我的'仕'吃掉我的'将'，说是你培养多年的内奸反戈一击，这是什么意思？

"这怎么忍？"

游某人一边说着，一边快把手指戳到了叶萧鼻子上，逼得小道士灿烂笑着的身子不断后仰，上半身都快跟地面平行了。

游某人缩回手，把手臂都要舞成了风车模样，大吼大叫着，暴跳如雷，脸涨得通红通红，哪里还有半点儿国手气质、高手气度，就差打着赤膊骂街了。

好半天，他自个儿都没力气骂了，"吭哧吭哧"在那儿大喘气。

迪迪早就乐得抱着肚子直打滚，孙大娘脸上诧异都不见了，抿着嘴唇不知道在想什么，半天不吭一声。

好半天，孙大娘看着叶萧问道："小道士，这已经不是象棋了，你改了规则！"

情况她已经明白了。

叶萧分明就是作弊了，在下棋时候，用他的符箓之道偷偷地深入棋盘里面，不知用了什么手段篡改了规则，还极其无耻地只改了自己一方。

这就不是象棋，完全是道术层面了。

孙大娘不无佩服地看着小道士，知道他是早就察觉到棋盘是符箓幻化出来的，是有机可乘才上场的。

叶萧有点儿不好意思地低头，小声地回答孙大娘的话："也没有什么啦。"

……喂，这一副"不要太夸我"是什么意思？这是在夸你吗？

孙大娘深呼吸了几下，断然决定不理这厚脸皮厮，转而对娃娃问道："他偷偷改规则你就任凭他改？"

"你的存在不就是保证所有人都只能老老实实，纯靠下棋决胜负吗？"

娃娃咂巴咂巴地吮吸着大拇指，呆萌地歪歪脑袋，道："可是娃娃觉得他说得好有道理哎。"

什么好有道理？无非是千里马、攻沙炮那一套。

看着娃娃呆萌呆萌的样子，迪迪都有些替叶萧不好意思了，这哪里是改规则，分明是欺骗小女孩嘛。

孙大娘更是一巴掌捂在额头上，无言以对。

娃娃的存在是为了防止有人不按规矩玩儿，不曾想到叶萧竟然"说服"了娃娃，这还下什么？

一阵尴尬沉默，娃娃似乎觉得没有她的事情了，娇憨地伸了伸小腰，往下一躺，一副要睡觉了的样子。

符箓上光华收敛，渐渐隐没，重新恢复到了普通石桌棋盘样子，浑然看不出半点儿痕迹来。

叶萧看着游某人也差不多平静下来了，笑嘻嘻地问道："游大夫，这算我赢了不？"

"……"

游某人张大了嘴巴，震惊得一塌糊涂，这世上竟有如此厚颜无耻之人，这样下棋竟然还想算赢？

这哪里是下棋，纯粹是显摆符箓理解与欺骗小女孩儿嘛！

"你……"

他哆哆嗦嗦半天，愣是没说出一句话来。

"算，怎么不算！"

出乎所有人意料的是，孙大娘忽然开口了，而且还是站在小道士这一边："君不见'魔道'威压天下，'山海主'之名纵横七海，还不是在攻沙之役，倒在内应上。"

药庐外，猛地一下安静了下来，孙大娘怀中婴儿似乎有点儿适应不了骤然的安静，扭动着身子似要醒来，又在孙大娘温柔的拍打下重新沉睡下去。

游某人诧异无比地看着孙大娘，表情跟刚刚小道士用他的"仕"将他"将"军的时候差不离。

"看什么看？"

孙大娘的口水喷他一脸，唬得游某人一哆嗦，这才别过头。孙大娘冷冷地道："姓游的，记得上次围棋你是怎么输的吗？"

"要不是因为那件事情，老娘怎么会下那么大功夫给你画了个娃娃出来？"

提到那事，游某人连脸上口水都忘了擦，一阵红一阵白地让人怀疑人脸怎能变出那么多颜色来，都赶上叶萧家小九了。

"怎么赢的？"

叶萧和迪迪异口同声地表示好奇。

游某人讪讪然想岔开话题，又想到孙大娘就在旁边，事情她是知道的，只好郁闷地道："我们下围棋，他在棋盘上放了一颗桃子。"

……这也行？

叶萧震惊了，迪迪嘴巴合不上了，对视一眼，面面相觑，皆从对方眼中看到了自惭形秽。论及无耻，就是小道士都差着那人几个段位呢。

游某人想到往事，感慨不已道："游某人质问于他，他说：'世人甘当棋子，我偏不愿，我就要当一颗桃子。谁想吃我，可以，别怪我掀了棋盘！'"

叶萧低下头，摸着下巴，若有所思。

他听明白了，那人不是赢在围棋，而是赢在不愿意当棋子"我就想当桃子"的桀骜，赢在要么就让我当桃子不然我就掀棋盘的决绝。

他们下的就不是棋，是命运，是人生啊。

叶萧还沉浸其中，游某人冷静下来，哼了一声道："别说游某人不公平，棋不棋的不重要了，就凭你这个机灵劲儿，游某人给你一个机会。

"只要你也能说出个所以然来，说出你这么玩儿里蕴含的道理，说得通，就算你赢。"

"这个嘛……"

叶萧摸着脑袋，迪迪担心不已，孙大娘更是不看好他。抖个机灵容易，说出个道理来，哪是随随便便能做到的？

"……好吧。"

小道士应了下来，用回忆的语气道："我家老爷子曾经说过……"

## 第二九章　狗与兽道

"娃儿，你看那是什么？"

老道士指着前方沼泽地，那里长出了一棵歪脖子小树，结着几颗鲜红鲜红的果子，约莫有婴儿拳头大小，散发出来的香气隔着数十丈远还能飘进小小道士鼻子里。

"红果。"

小小道士已经开始流口水了，四下打量怎么过去摘。

沼泽里腐烂沉积着太多东西，有倒下的树木，有各种草药，有野兽……天长日久，积累下来丰富的养分，往往能养出异种来。

红果树无名，红果却大大地有名。

它到底是怎么长出来的没人关心，只知道味道是相当的好，不仅仅是人喜欢吃，飞禽走兽全都好这一口。

往往红果结出来，还没有被人采摘到，就不知道进了什么东西的肚子里了。

小小道士就是在一次老道士心情大好时带着吃过一次，回味到现在。他看到红果的瞬间就想去摘，紧赶了两步反应过来，停下脚步，狐疑地看着老道士。

自从上次让老道士完善了"大家来生蛋"游戏后，老道士就很是郁闷，觉得被小小道士利用了，更郁闷鸳鸯戏水那等好事他是没有份儿了，全身上下都在冒着邪火，很是整治了小小道士几顿，都给整治乖了。

"再看看。"

老道士咕噜噜地喝着酒，天知道他是什么材料做成的，一年到头一天到尾就没见他停过，竟然愣是没能醉死。

小小道士仔细观察了一遍，发现眼前沼泽区域不算大，就是百八十丈方圆吧，泥土泛着湿润，青草看着飘忽，偶尔还有地方"汨汨汨"地冒着气泡，怎么看都不像是个什么好地方。

再远一点儿，绕一个大圈儿，有野兽往来饮水踩出来的兽道可以到红果那边，只是直线看着近，真要绕行的话一大圈子下来，就显得有些远了。

小小道士拍着胸脯庆幸老道士前科不好，不然他一脚踩进去就完了，一头一脸烂泥会被小小结巴嫌弃的。

他观察沼泽的时候，红果的香味引来了一只骨瘦如柴的野狗，它靠近沼泽地嗅了嗅，毫不犹豫地转身向着兽道狂奔而去。

"嘿，娃儿，你看野狗抢食了，你还不上？难道还不如一条狗？"

难为老道士嘴对着酒葫芦灌酒还能吐字清晰，要是有了解小道士说话风格的人在此，立马儿就能判断出小道士偶尔的毒舌是跟谁学的了。

"……"

小小道士看着自家小胳膊小腿，再看野狗撒着欢儿地跑，郁闷了："爷爷，我跑不过它。"

老道士终于放下酒葫芦了，跳脚冲着小小道士的脑袋上"啪"地就是一巴掌。

"疼！"

小小道士快哭了。

老道士恨铁不成钢的声音传入他耳中："狗行千里吃屎，人行千里吃肉。你跑不过它，就非要跟它走一条道儿吗？"

小小道士恍然大悟。

谁规定要跟野狗一起跑兽道的？

就是有人规定又能怎样？反正是输，管你什么规定？

红果最重要！

小小道士眼中冒出毅然决然的光，这是吃货之光。

他四下打量，看沼泽地上是否有扎实的地方，抬头看到有藤蔓结结实实地垂落下来，一个成年人可能够呛，他的小身板绝对没问题。

他瞬间就懂了，老道士这是想让他用藤蔓荡过去。

老道士嘿嘿直笑："娃儿，你懂了吧？规则之内要是能赢，有便宜不占是王八蛋，必须上；规则之内赢不了，创造规则也要赢。"

"现在，知道怎么做了吧？"

他的目光也落到了藤蔓上，一脸欣慰的样子。

小小道士重重地点头："爷爷，我懂了。"

"好，那还不……"

"爷爷，你去帮我摘！"

"啥？"

老道士面对小小道士纯真无辜的脸，笑容僵硬在脸上，有一种挖坑自己跳的感觉……

"……兽道……狗……"

游某人喃喃地重复着，越想越是不对，这是骂人吧？这一定是骂人吧！

他又不能质问，一开口就有对号入座嫌疑，把他给憋得好半晌就吐出三个字来："算你赢！"

叶萧狠狠一握拳，迪迪就差穿上皮裙跳他们牛魔人的篝火舞了。

他们未必懂得个中含义，自顾自地欢喜。

游某人却是辉煌过也恓惶过的人，深深地感受到老道士隔着小道士表达过来的东西。

世事如棋，人人都在局中。

有的人执棋而行，有的人化身棋子，又每个人都是棋手，每个人又何尝不是棋子，说不清楚，道不明白，个中酸甜苦辣，唯饮者自知。

围棋枰上的那颗桃子在诉说着棋子的反抗，象棋盘上叶萧讲了棋手的另外一个选择。

某种意义上来说，老道士隔空传递过来的理念，在格局与气象上，甚至更胜过棋盘上桃子的桀骜。

叶萧怎么能不赢？

游某人想得通透，憋屈感反而消散了，看着庆贺的小道士和牛魔人，有种浓浓的羡慕之情掩盖在淡淡的神情当中。

"真好啊！"

他叹息出声，似乎很想变成小道士一般年纪，做能掀翻棋盘或者将"马"走出"目"来的人。

"你想要治伤是吗？"

游某人等他们庆祝得差不多了，开口问道。

"不……"

叶萧刚吐出一个字来，就觉得脖子一紧，有一只手伸过来要拎住了他的道袍领子。

"停！"

小道士不等那只手发力，机灵地站了起来，总算避免被拎起来或者道袍撕裂的厄运。

"孙大娘，仔细我的衣服，这是我最后一件道袍了。"叶萧扭头一看，不用说是孙大娘下的手，游某人在对面，迪迪还没这胆子。

孙大娘收回手，向着座位上落座，伸手摸向棋子，口中淡淡地道："破就破了，做新的，小了。"

"是有点儿小……"

叶萧看下袖口，再看看裤腿，真有些不合身了，他长个儿了嘛。

"不对。"小道士猛地反应过来，想这个干吗？他话还没说完呢，连忙看向孙大娘。

她这是要干吗？

## 第三〇章　照本宣科

"你要下棋？"

游某人很奇怪地问道，听他的语气，就好像是看到猫不抓老鼠改吃屎；看他的表情，真实想法应当是"你要找虐"？

"不行吗？"

孙大娘撸起袖子，白花花的胳膊在阳光下直晃眼睛，不知道是怎么保养的，比她怀里的婴儿还要水嫩几分。

她一瞪眼睛，游某人就有往凳子下出溜的趋势，连忙摆手道："行，行，行，你说行就行。"

"哼！"

孙大娘冷哼一声，似乎嫌怀里的婴儿碍住了手脚，往叶萧的怀里一推，道："小道士，你先抱着。"

"呃，我不会……"

叶萧手忙脚乱地抗议，得到的回应就是孙大娘轻飘飘一句："先练着，早晚要学会。"

……似乎是这个道理。

小道士抱着婴儿，浑身都僵硬了，低头一看，发现小家伙不知道什么时候睁开眼睛，漆黑得没有眼白，纯净得就像是没有星星夜空的颜色，正在跟他对视。

"……她醒了。"

"看着。"

"……她动了。"

"抱着。"

"……她在摸我。"

"让她摸。"

"……她好软，不会断吧？"

"你的断了她也不会断，她是囡囡。"

"……她会不会尿？"

"你给老娘闭嘴。"

孙大娘一声吼，小道士终于安静了下来，手臂有一种说不出的僵硬感，感觉就好像被人在浑身上下每一个关节都钉上了钉子，动不了。

呃，刚刚好像有什么地方不对？

叶萧生平第一次抱着婴儿，连脑子都不会转了，好半天才反应过来孙大娘刚刚在诅咒他"断了"来着，什么断了。

说来也是奇怪，小囡囡在叶萧僵硬的姿势下抱着铁定不会舒服的，但她竟然不哭也不闹，就是眼珠子盯着小道士的脸，小手竭力地伸出来，在上面抚摸来、抚摸去，偶尔还咯咯地笑，似乎很开心的样子。

见没有险情了，迪迪觍着脸从几丈开外的地方蹭过来，好奇地看向囡囡，伸出粗粗的手指逗小婴儿开心。

小囡囡丝毫没有给牛魔人面子，小脸躲得可快了，拼命扭动避开禄山之爪，脸上全是嫌弃的表情，就差写上"你再摸人家就哭给你看"。

迪迪讪讪地缩回手，叶萧也懒得看他，这憨货刚刚看到孙大娘塞婴儿过来，躲得那叫一个快，生怕被抓壮丁一般，半点儿义气不讲。

……她会不会哭？

……要是哭了是肚子饿了，还是尿尿了？

……我要怎么才能知道到底是为什么哭？

……

叶萧保持着纹丝不动的姿势，脑子里各种乱七八糟的念头纷至沓来，猛地觉得老道士当年把他一把屎一把尿地拉扯大，好像很不容易的样子。

"等把老头子逮回来后，我再不把他的酒藏起来了，怪可怜的。"

小道士想到要养活一个像怀中囡囡一样的孩子，会大哭大闹，明明是身体难受说不出来，只能靠着猜测，要是解决不了她就一直哭，一直哭……

叶萧不仅激灵灵地打了一个寒战，觉得婴儿这种生物真是世界上最可怕的，换成他来照顾的话，真怀疑会不会一头撞死在豆腐上。

"好可怕。"

他不自觉地说出声来，迪迪好奇地问道："哥，什么可怕？"

"……没，没什么。"

叶萧刚要说出来，眼睛就对上囡囡含着大拇指看他看得聚精会神的小模样，不由得就说不出口了。

"哥，游大夫好像有些不对哎。"

迪迪怀里没有抱着软乎乎的小家伙，还有余力观察，伸手捅了捅叶萧，向着棋局方面示意。

"啥？"

叶萧一扭头，正看到孙大娘施施然地站起来，居高临下地俯瞰游某人。

游大夫则浑身抖若筛糠，要不是没有口吐白沫，小道士都要怀疑他得了羊痫风。

"这是怎么回事？"

叶萧好奇心起，抱着孩子，保持着上半身纹丝不动，走到棋盘前。

"呃？"

只是往棋盘上瞥了一眼，小道士的神情顿时就古怪了起来。

棋盘上局势，瞅着眼熟。

能不眼熟嘛，残局几乎是他与游某人对弈那一局的翻版，可怜一代国手的"将"又在自家老巢里被自己的"仕"给干掉了。

……可怜见的。

叶萧用充满同情的目光望向游某人，觉得他还能稳稳当当地坐在凳子上真心不容易了。要是换成他，掀棋盘扑过去咬人的心思都有了，不带这么欺负人的。

只是……

小道士的目光移向孙大娘，满心好奇。

"她这是做什么呢？"

叶萧不认为孙大娘重复一遍自己的招数，游某人就会认账服输，这种事情可一不可二。

孙大娘默默地看了游某人一会儿，摇了摇头，扔下六个字"不要问，自己想"，就从叶萧怀中接走了孩子，背影如摇曳的莲花，踱步离开了。

她刚刚接过孩子，在小道士业余的抱法下没哭的囡囡，"哇哇哇"地哭得别提多响亮了，夹杂在哭声中还有孙大娘柔声的安慰。

"囡囡不哭，来，告诉娘娘是哪里不舒服？"

"咦，是让那个小道士抱疼了？"

"那你怎么不早哭，就知道在娘娘这里卖乖，好啦好啦，回去给你揉揉。"

"……"

哭声和安慰声与孙大娘的背影一起远去，药庐外的三个人各怀心思。

迪迪想着的是到点了肚子饿了，今天能不啃干粮不？

叶萧琢磨的是孙大娘能听懂孩子说话的本事，好像很了不起的样子，要不要学过来呢？正如早晚要学会抱孩子，提前再学个听懂婴儿语也不错嘛，只是……是不是有点儿忒早了一点儿？

游某人失魂落魄半天，死死地盯着棋盘看，仿佛要在上面看出一朵花儿来，好半晌才忽然抬起头来，问道："她是什么意思？"

孙大娘重复一遍叶萧的打法"赢"了游大夫，又不提半点儿要求掉头就走，要多诡异有多诡异，问题是谁也不是她肚子里的蛔虫，游某人是病急乱投医，也没想到个正确答案。

不承想，他话音刚落，叶萧挠挠头，期期艾艾地道："我好像知道……"

## 第三一章 "快把身边的人吃掉"

"你知道？"

游某人、迪迪，二人一起震惊地望向叶萧。

这都能知道？

"我试试吧。"

叶萧坐到树墩圆凳上，一边着手摆棋子，复盘成未开始模样，一边不太确定地道："我爷爷说过……"

不仅仅是迪迪，就是游某人听到小道士这句话，耳朵都"噌"地一下竖了起来。

叶萧皱着眉头，连带鼻头都皱了，吃力地回忆着……

"娃儿，等你长大了，遇到女人，尤其是漂亮女人，你千万不能相信她们的话。"

老道士面对着圆圆的月亮，那叫一个语重心长，正经得令小小道士很不习惯，但还是习惯性地捧哏了一句："为什么？"

"她们天生就会骗人，说的话连自己都不信。"

老道士苦大仇深地说着，小小道士表示没有听懂。

"有个喜欢穿黑衣服装深沉冷酷的家伙，这辈子就说过一句话爷爷觉得很有道理，他说：'哼，女人，嘴上永远在说不要不要，有些东西还是很诚实的嘛。'"

"有些东西是什么东西啊？"小小道士很抓狂。

老道士似乎觉得说漏了嘴，拍着小小道士的脑袋道："你长大了就知道了，咳咳咳，说正题说正题。"

小小道士一边嘀咕着"又是这一句"，一边听老道士往下说。

他悔不当初，扼腕地叹息道："爷爷这辈子被骂过老酒鬼，只要钱，不要脸……向来是左边耳朵进，右边耳朵出，只有一次我记到了现在。"

小小道士来了兴趣，搬着小板凳，捧着糖炒栗子，眼睛忽闪忽闪地准备听故事。

"爷爷年轻时候跟一个漂亮女人一起冒险,遇到风雨,临时住到山洞里,衣服都脱下来烤火。她说'江湖儿女不拘小节,但你不准乱来,不然就是禽兽',爷爷怎么能当禽兽呢,赌咒发誓忍得好辛苦,一点儿都没有乱来。"

"然后呢?"

"第二天,她给了我一巴掌,说:'你连禽兽都不如。'"

老道士摸着脸,似乎借此可以回味很久很久以前的那一天,良久良久做出总结:"娃儿,你要记住,女人都是谜,听她们说话不能只听表面,要听更深层的意思。"

"更深层的意思?"

在迪迪还在纠结什么是禽兽不如的时候,游某人有些懂了,摸着没多少胡子的下巴犯了难,"她更深层的意思是什么呢?"

叶萧挪着棋子,一边下棋,一边琢磨。

"马走目——目是两个'日'重叠在一起,重叠在一起的'日',什么意思?

"卒倒退——不一定从正面来?呸呸呸,是不用明媒正娶?

"象过河——乱飞的象,意思是可以乱想?

"车拐弯——拐着弯说话,表示话里有话?

"炮隔两个或不隔——有这样的炮什么城打不进去?快点儿进来的意思?

"仕吃将——快把身边的人吃掉?

"……"

叶萧摆弄棋子的动作,猛地停了下来,抬起头,对上游某人震惊的脸。

小道士的脸忽然有些红,缩回手,不太确定地道:"不是这个意思吧?"

"应该不是吧?"

游某人声音听着怎么有点儿心虚呢。

迪迪还没弄懂,晃动着牛角凑过来,茫然地问道:"什么意思?"

叶萧咽了口唾沫,整理着刚刚领悟出来的"棋语",总结道:"大致是:两个人要在一起,你尽可以乱想不要怕,我就是在拐着弯儿说话,你甚至不用明媒正娶,只要快点儿进来,快点儿把身边的人吃掉。"

"哇……"

迪迪这回懂了,发出奇奇怪怪的声音,叶萧对自家老爷子佩服得五体投地,他老人家说的话果然都是真理有没有？

只要听深层的意思，立刻就能解释女人奇怪的举动了嘛。

"哗啦"一下，游某人脸红得像猴屁股似的，从位置上一蹦而起，动作之大带得桌面上的棋子都洒落了一地，他都没顾上捡，绕着药庐外面那点儿空地，"嗖嗖嗖"地转了好几圈子。

叶萧都要被他绕晕头了，忽然，游某人在他面前停下，严肃地道："她应该不是那个意思吧？"

"我怎么知道……"

小道士两手一摊，表示你自己想去。

眼瞅着游某人愁得头发都要抓下来几大把了，叶萧眼珠子一转，忽然觉得这是一个机会，忙凑上前问道："游大夫，我们刚刚那盘棋，算数吧？"

"……算。"

游某人叹息一声，很有赌品地道："你是要治伤是吧？没问题。"

迪迪欢呼一声，想要蹦起来庆祝，小道士的伤终于要好了。

不承想，他膝盖还没来得及弯呢，叶萧就接口道："不是。"

"呃……"

迪迪怔住，猛地想起来好像孙大娘来打断话题之前，小道士似乎就是这么表示的吧？什么意思？

"嗯？"

游某人暂时从被表白的烦恼中抽离出来，疑惑地看着叶萧。

"不是说只要能赢游大夫一盘棋，就可以让你做一件事情吗？"小道士笑得灿烂无比，有一只小狐狸在阳光下晒毛的感觉。

游大夫郁闷了，道："你怎么知道？"

"我耳朵很好使。"

叶萧得意地指了指自己耳朵，连迪迪都明白过来了，敢情他刚刚下棋时还注意到了孙大娘说的话，这耳朵是够好使的了。

"好吧，你想要游某人做什么？"

游大夫抱着早死早超生的想法，干脆地问道。

叶萧收起了嬉皮笑脸，掸去了不太合身道袍上的灰尘，正经行礼道："请游前辈指点双符之道，让晚辈能踏破临门一脚，成功施展。"

"你……"

游大夫眨巴着眼睛，好像要将小道士看到骨子里，非得看出他到底是什么材料打造的，竟能如此厚脸皮。

"哥，咱还是要治伤……"

迪迪拽着叶萧的胳膊，觍着笑脸想要跟游某人说忘了前面说的话，还是治伤要紧。

小道士还没说话呢，游某人就给气乐了，拿手指点着牛魔人道："小道士，你要是有这小牛犊子这么憨厚，看着就讨喜多了。"

"嘿。"叶萧摸着脑袋，笑嘻嘻地道，"不用太讨喜，不讨人厌就不错了。"

……你倒有自知之明。

游某人叹口气，觉得以叶萧这白日门城墙那么厚的脸皮，说什么都没有用的，摇头道："小牛犊子你听仔细了，小道士说的是要指点他会，然后还要能成功施展。

"啊呸，就他身上这个伤势，还施展个屁，游某人只要不给他治伤，你信不信他能把被褥搬过来住几个月？"

迪迪恍然大悟，连连点头，这个他真信。

……这个不用点头，叶萧的白眼都要翻出天际了。

游某人沉吟了一下，忽然眼前一亮，道："小道士，这样不是不可以，只是……"

## 第三二章　有人在找你们

"只是什么?"

叶萧本来就是漫天要钱,坐地还价,时刻准备受到严词拒绝就能立马儿说是口误来着,现在听来似乎有戏,顿时就精神大振了起来。

游某人脸红了红,张了几次口,愣没说出一句囫囵话来。

"该不会是……"

叶萧心里"咯噔"一下,不祥的预感涌了上来。

游某人难为情地点了点头,旋即别过头,假装在欣赏已晒得半干的草药。

天知道一箩筐的石斛有什么好看的,还能看出一朵花儿来吗?

这个意思再明白不过了,叶萧咽了口唾沫下去,脸有些白。

想到孙大娘那个凤目一瞪就能把人吓得往桌子下面出溜的彪悍性子,小道士就有点儿腿软,万一会错了意,孙大娘恼羞之下,叶萧很怀疑他会不会当场就给剁成包子馅。

考虑了又考虑,还是觉得小命比较重要,叶萧准备开口拒绝,这个美差还是交给别人吧,旁边迪迪什么的就不错,皮实扛揍啥的。

游某人全程关注着他的神情,看出苗头来立刻抢先道:"先别忙着拒绝,孙大娘欠我一个救命之恩,游某人写个条子,让她把看家本事传给你。"

"看家本事?"

叶萧和迪迪全都精神一振,好奇得浑身都开始痒痒了起来。

孙大娘一看就不是普通人,她的看家本事更不会普通了,在二人灼灼目光的逼视下,游某人都有些受不了了,不安地扭着身子往屋里走去,边走边说道:"我这边去写条子,孙大娘的秘法教不教你,就看小道士你的表现了。

"我只能告诉你,那个秘法的名字叫作——谛听!"

"……谛听?"

叶萧喃喃地重复着这个名字,脑海里浮现出来的情景竟然是孙大娘低声温柔地与囡囡说话,当初觉得分外诡异的地方,似乎很快就要有解释了。

游某人动作那叫一个快,"哧溜"一下就从屋里出来,塞了一个折叠起来的条子递给叶萧，摆手道："去不去随便你们，就这么着了。

"今天打击有点儿大，惊吓也有点儿大，游某人小憩一下，速去速去。"

他一边快步走，一边嘟囔着，叶萧只勉强听清楚了他说什么，连拉住他的机会都没有，游某人就钻进了药庐里，"嘭"的一声把门关得严严实实的。

不用说，敲门他也会当作没听到的，叶萧郁闷地放下伸出去的手，一手捏着纸条，一手挠头，叫道："跑那么快干吗，我不就是想让你先把我伤给治了……

"哪里有不先治伤就让人跑腿的？"

小道士叫了半天，药庐里一点儿动静都没有，沉寂得就好像睡着了一样。

迪迪看向叶萧手里面捏着的纸条，犹豫了半天没敢伸手去拆。纸条叠得复杂无比，一拆就让人没信心复原，天知道这个折叠方式是不是某种暗号，拆了孙大娘不认账可怎么办？

"哥，咱真去啊？"

牛魔人声音里就剩下忐忑了。

"去，怎么不去。"

叶萧音调拔高，怎么听怎么像是在给自己壮胆，"我很好奇'谛听'是什么，不去怎么甘心。"

"好奇顶什么用，不如来个肉包子实惠。"迪迪嘀咕着，不知道为什么，想到孙大娘他就觉得害怕，比起他那个铁匠师父还要让人害怕得多。

"人连好奇心都没有了，跟咸鱼有什么区别？

"走。"

叶萧拽着心不甘情不愿的迪迪，沿着孙大娘离去的方向走去。

遗人村就这么大，沿着路摸过去，总能找到，不行就问人呗，路在鼻子下面，张嘴就能问道。

果然，走不到一盏茶工夫，就跟一个不男不女诡异得让叶萧和迪迪一路毛骨悚然的裁缝问了问路，他们就来到了孙大娘家门外。

孙大娘住处与游某人相比就要朴素得多，寻常的瓦房子，外面有不少竹竿横七竖八地架着，晾晒着大片大片刚刚染完颜色，挂在竹竿上的布料。

红的，黄的，绿的……五颜六色，缤纷多彩。

有的纯色，有的图案华丽，或蜡染，或扎染，或夹染……炫技似的挂得到处都是，结合瓦房子前面一口口大染缸，走在其中上不见天，下碍着道儿，仿若走进了迷宫一般。

"没想到孙大娘还有这手艺。"

叶萧啧啧赞叹着,要敲孙大娘的门。

他的手还没敲上呢,"嘎吱"一声,门就开了。

孙大娘怀抱着囡囡,站在门里面,两只眼睛一瞟,无论是叶萧还是迪迪,齐齐地一哆嗦。

看到他们,孙大娘脸一沉,似乎心情大坏,没好气地问道:"你们来干吗?"

她怀里的囡囡态度就好多了,看到叶萧出现在面前,一双黑漆漆的大眼睛闪着亮光,小手从褪褓里面挣扎出来挥舞着,"哇哇哇"地叫唤。

"没看出来,你个小道士乳臭未干,还挺招女孩子喜欢的。"

孙大娘轻拍着囡囡的后背,打趣了起来。

……这叫有孩子缘好不,我还没有孩子,你不要骗我。

叶萧倒是想辩解来着,想到此行的目的,忍了,掏出捏了一路的纸条递过去,道:"孙大娘,这是游大夫让晚辈交给你的。"

"姓游的自己怎么不来?"

孙大娘一边横眉冷对,一边夺过纸条,三下五除二就拆了开来。

"看来有戏。"叶萧和迪迪交换了一下眼色,从孙大娘的表现来看,小道士之前解读出来的"棋语"搞不好真蒙对了,过关了。

"哼!"

可怜小道士一个念头没转完,耳边就传来冷哼一声,叶萧刚抬起头来,眼前就是一花,"啪"地一下,纸条就贴到了他的脸上,捂在了鼻子上,"呜呜"有声,一阵手忙脚乱才抓下来。

叶萧低头一看,纸条上写着:

"离不离,逝者已矣;忘不忘,它在那里。"

一头雾水,牛头马嘴,叶萧眨着无辜的眼睛,挤出灿烂的笑容,抬头面对的是孙大娘仿佛要喷出火来的眼睛。

"那个……孙大娘你听我解释。"

叶萧一边后退,一边嚷嚷,心里将游某人从头到脚问候了个遍,这麻子不叫麻子,纯坑人。

人家孙大娘苦候的是这玩意儿?是表白,表白,表白!

叶萧正准备脚底抹油,先脱离了险地再说,不承想孙大娘忽然深吸了一口气,道:"走什么走,站住。别乱跑,有人在找你们……"

## 第三三章　说人话会死全村人

"有人在找我们？"

叶萧准备掉头而逃的脚步止住，神情严肃起来。

迪迪下意识放下捂嘴笑的手，握到了虎鲨刀柄上。

"是谁？"

小道士自己都没有察觉到，他声音一沉，轻佻浮夸的气息消散得干干净净。

他脑子里有海贼的铁钩在闪着寒光，鬼豚族人高呼虹魔教主的癫狂，贴在下关城里有关于他与迪迪的通缉令……

遗人村短短时间里嬉笑怒骂、逗逗狗下下棋的轻松，顿时被雨打风吹去，给叶萧的感觉就好像是跑了八条街刚喘了口气，觉得呼吸是这么的美好，一扭头一群敌人就恶形恶状地扑上来，不得不撒丫子接着跑……

孙大娘看向叶萧的目光变了又变，颇有一种刮目相看的感觉，难得的好声好气："村里的鹰眼告诉我，他闻到了海的味道。还有，定期来村里的货郎，迟了三天还没到。"

她抚弄着怀里的囡囡，哼着"摇篮曲"哄她睡觉，边说道："村里只有你们两个外人，一身伤一身麻烦地来了，小道士你说，是不是在找你们？"

"……是。"

叶萧没有偷奸耍滑的心思，点着头，认了下来。

他本以为后面就应该是"最近小心别往外乱溜达"，或者是"没事赶紧滚别给村里惹麻烦"云云，不承想孙大娘就跟刚刚那些话不是出自她的口一样，摇篮曲换了一首又一首，就再没说过一句话。

"呃，那个……"

叶萧浑身不自在，试探地要问。

孙大娘嘴角一撇："有屁快放。"

叶萧索性把想说的话，一股脑儿地扔了出去：

"孙大娘刚刚说的鹰眼是哪位前辈？小子想去拜访一下。

"还有那盘棋，游大夫心里忐忑，小子厚着脸皮来问一声。"

一口气说完，叶萧深深地吸了一口气，有快要断气的感觉。

至于学孙大娘的看家本事"谛听"这回事，从看到游某人在纸条上写的东西那一瞬间，小道士就绝望了，干脆不提这话茬。

"鹰眼？"

孙大娘似笑非笑，"你们不是见过了吗？"

"啥？"

叶萧挠头，迪迪摸角，在一头雾水和孙大娘暧昧的笑容中，齐齐反应过来："那个娘娘腔？"

话出口小道士就觉得不对了，讪讪然道："不是不是，是那个裁缝前辈？"

这两天净跟游某人干上了，村里人他们还真没见过几位，配得上孙大娘如此暧昧笑容的，只能是来的路上遇到的那位不男不女的裁缝。

"嗯。"

孙大娘对他们出言不逊就像是没听到，反倒是远远传来一声冷哼，听着像是捏着兰花指娇嗔，听得叶萧一哆嗦，迪迪双手抱肩恶寒不已。

循着声音望去，发现在距离孙大娘家瓦房子不远的地方，另外一间房重重地合上门，震得屋顶上的瓦片都在颤。

"那住的该不是裁缝前辈吧？"

叶萧涌出一种不祥的预感。

"就是他。"孙大娘依旧漫不经心的样子，"鹰眼在没当裁缝之前，从小在海上长大，三十岁前连陆地都没有踏上过，是大海上最好的瞭望手。"

叶萧听得浑身一震，有些明白孙大娘刚刚说的"闻到大海味道"是什么意思了。

"海贼，王倬！

"他没有死！

"还重新找上门来了。"

叶萧咬着牙，想起他重伤做的那个噩梦，想起梦中那只带着铁钩破土而出的手臂。

"真是阴魂不散，小心我让你再死一次。"

一边发着狠，叶萧一边想起梦中的另外一方，虹魔教的那位老祭司来。

"那个老不死的呢？他是死了，活着？还是真让大蜥蜴给啃了？"

小道士出神儿的时间并不久，耳中重新传来孙大娘的声音，明明近在咫尺，听在耳中竟是凭空生出几分惆怅，几分飘忽。

"姓游的那边，你们不用再提起，他也不会问。"

"呃……"

叶萧一脸狐疑，严重表示不信。

游某人上蹿下跳，手足无措样子可不是假的，怎么可能不问？拎着领口逼供倒也可能。

"呵呵。"

孙大娘在笑，有别平日里的妩媚多姿，有一种空灵的味道，"他给你字条，是想让老娘传你'谛听'符。你知道什么是'谛听'吗？"

……这哪儿跟哪儿？

叶萧肚子里在吐槽，还是老老实实地道："没听说过。"

"你家那个老爷子还有没跟你说过的事情啊，真不容易。"

孙大娘轻笑着，解释道："'谛听'是神龙帝国神话传说中的一种神兽，它能听遍世界上每一个角落，甚至能听到每一个生灵心里的声音。"

"可是，听到了，又能怎样呢？"

孙大娘继续在笑，怀中的囡囡似乎感应到了什么，"哇哇哇"地哭了起来，一边哭泣，一边伸出胖嘟嘟的小手，轻轻地触碰着孙大娘的脸，似在抚慰。

"逝者不可追，明日不可测；人力有时穷，天心从来如刀。伸头一刀，缩头也是一刀。"

话说完，孙大娘抱着囡囡，转身入了瓦房子，门未关，依稀有窸窸窣窣的声音从中传来，但听不真切。

"呃？"

"这是什么情况？"

叶萧又有挠头的冲动了，这是逐客还是留客，他是走还是不走？

迪迪牛角都要给摸得反光了，纳闷地问道："哥，孙大娘是什么意思？俺怎么听不懂？"

叶萧一摊手，道："我也是没听懂，一个两个都是这样，一群'说人话会死全村人'。

"估摸着是说，听到了也没用，知道了也没用，而且游大夫心里也清楚，所以才让我们来求'谛听'，是想告诉孙大娘，他知道没有用，但他听到了……"

说到后面，迪迪庞大的身躯都开始晃悠，听晕圈了。

小道士自己也没好多少，自觉地闭了嘴，快要被自己给绕晕了，不由得又腹诽了一遍"说人话会死全村人"。

"咳咳。"

叶萧清了清嗓子,准备朝瓦房子里喊上一声,"哐当"一下门板甩动,从门缝里飞出了一个小布包,好悬没直接砸到他脑袋上。

手忙脚乱地接下布包,小道士看到门板关得紧紧的,耳中有孙大娘不耐烦的声音传来:

"'谛听'给你了,学不学得会老娘不管,有多远就走多远,再吵囡囡睡觉老娘就剪了你们。"

"吓!"

听到孙大娘最后的威胁,叶萧和迪迪激灵灵打了一个寒战,夹紧双腿,连布包里是什么都没看,抱着就走。

差不多时间,村子的东头传来一阵喧嚣,顷刻传遍了整个遗人村:

"出来吧,躲是没有用的。

"王法如炉,谁人能逃!"

# 第三四章　捕快进村

叶萧掏掏耳朵，茫然地问道："迪迪，我幻听了吗？"

迪迪老老实实地道："俺也听到了。"

"……是来找我们的吧？"

叶萧咽了口唾沫，眼前飞来飞去的全是自己和迪迪被通缉的画影图形。

他想过王倬带着不知从哪里冒出来的海贼杀过来，也考虑过虹魔教卷土重来，唯独没有想到最早杀上门来的竟然是捕头们。

"王法如炉"那样的话，海贼和猪头人可说不出来。

"怎么办？"

迪迪摸摸虎鲨刀，又放了下来，慌张地问道。

杀海贼，杀虹魔教徒，和杀官府中人无辜捕头，这完全不是一回事情。

"是福不是祸，是祸躲不过。"

叶萧一咬牙，大踏步地向着村子东头走去，"去看看再说，别连累了他们。"

迪迪也是厚道人，憨憨地点头，跨步跟上。

从走到跑，遗人村又小，两个人没用多少工夫远远地就看到了药庐，看到了一群别着腰刀、耀武扬威的捕快。

他们身上的服饰小道士瞅着眼熟，跟下关城里被他当成海贼打的黎胖子一模一样。

"吓，村里人还不少……"

叶萧和迪迪到了附近不得不慢下脚步来，从各方走出一个个或扛着锄头，或拎着铁锤，或提着擀面杖，或握着剪刀，或担着扁担……

各色人等，显然都是遗人村民。

里面除了一个铁匠，叶萧全没有见过，半是好奇多看了几眼，半是众人争道，想快也快不起来。

古怪的是，他没在村民身上看到惶急，看到恐慌，反而一个个满面红光，不像是捕快进村，更像是戏班子到了穷山沟里唱戏引来的那种兴奋和好奇。

汪、汪……

叶萧耳边听到熟悉的狗吠，随后脚下一沉，步子都迈不动了。

低头一看，黑背大狗咬着道袍下角不放，四只爪子抓地，用一对狗眼表达情绪：我就不让你走。

"放开放开，我就这件能见人的衣服了，再不放开我就扒了你狗皮做衣裳。"

叶萧恶狠狠地说完，黑背大狗哆嗦了一下，一个上气不接下气的声音传来："小道士，你刚才说什么，老夫没有听太清楚。"

小道士脖子一僵，扭头一看，发现一个能有三个人宽的大胖子一摇一摇地走了过来，可惜了锦袍华丽被撑得将裂未裂，汗水浸得湿漉漉的。

看到村长，黑背大狗松开牙齿，狗仗人势地吠了几声，摇着尾巴到自家主人面前卖好去了。

"没，没说啥。"叶萧连忙否认，当着狗主人说要给狗扒皮，这会儿会被打死的吧？

他连忙岔开话题："村长，这不是捕快来了吗，晚辈先去应付一下，免得给村里带来麻烦。"

"你小子倒有良心。"村长诧异地看了叶萧一眼，似乎无法把眼前这人跟死皮赖脸非要留下的那货连在一起。

不等叶萧翘尾巴，他又接着道："小道士你倒挺有办法嘛，竟然哄得孙大娘连看家的本事都传给了你。"

"什么叫哄……我什么都没干哪。"

叶萧想叫屈来着，村长说话时的神情、语气那叫一个暧昧，似乎在暗示着什么？

小道士忙不迭地把孙大娘给的布包塞怀里去，刚才太匆忙一路竟然是拿着跑过来的。在收起来的过程中，叶萧才发现在布包上面居然绣着一幅画，赫然是一片荷叶上，有胖大婴儿在咧开嘴巴，歪着身子笑。

"这难道就是孙大娘的标识？也忒古怪了。"

叶萧想归想，没有太在意，刚想继续赶过去，耳边传来村长的声音：

"你就确定，他们是来找你的？说不定是来找别人呢。"

"啥？"

小道士有些不明白，刚才匆匆瞥了一眼，发现捕快当中有个人痴肥痴肥的，又一脸青肿像刚被人痛殴了一般，神似黎胖子。

这还错得了？

村长"呵呵"地笑着，两手捧着肚子，再加上狗腿子助威，颇有几分高深莫测的气势，若有所指地道："你就且看着吧。"

话说完，不管陷入沉思的叶萧和懵懵懂懂的牛魔人，村长摇摇摆摆地就向着村民汇聚处去了。

他何等体形，摇摇摆摆地在路上走着，叶萧和迪迪就只能乖乖地在后面跟着，绕都绕不过去。

三人一狗，向着人群簇拥处走去。隔着稀稀落落的村民，在村长庞大身躯的遮挡下，叶萧和迪迪倒不用担心会被捕快们认出来。

他们偷眼望去，看到几个熟悉的面孔。

"他怎么会在这里？"

叶萧和迪迪齐齐惊呼出声，要不是反应得快用手捂住嘴巴，早就被对面察觉了。

"你们认识？"

村长奇怪地问道，目光来回在对面扫，就看到了一群捕快，以及往来村里的货郎，就再没其他人了。

"怪不得货郎迟了三天没来，原来是让鹰犬们给逮住了。好啊，又贪又抠又懒，竟然还敢带路上村，这货郎怎么不像上一个一样让猪婆龙叼走了呢。"

村长提起货郎来牙根都痒痒，出乎他意料的是，几乎在话音刚落，叶萧就附和了起来："就是，活着也是浪费粮食。"

面对村长诧异的目光，叶萧冲着货郎努努嘴，道："这货叫沈凡没错吧，化成灰我都认识他。"

对面被捕快们拎着的货郎的一身斗篷也盖不住哆哆嗦嗦的身子，头顶着中空斗笠颤抖得跟鸡冠子一样，不是神秘商人沈凡又是何人？

"他什么时候成了遗人村的货郎？"

叶萧不无佩服地道："这厮还真是无处不在啊，什么地方都能遇到他。"

他一边说着，一边把身子缩在村长庞大的掩体下将自个儿藏好喽，免得被对面沈凡看到他再高喊一声"好巧啊"，那就真是没处说理去了。

叶萧就是长个儿了也没高大到哪里去，躲起来轻轻松松，可怜迪迪什么身材，尽可能地蜷缩着身子，憋得脸都红了，话都说不出一句来，只能连连点头表示附和。

"三四个月吧？"村长摸着黑背大狗的脑袋，不太确定地道，"上一个货郎让猪婆龙给叼走了，他就自己跑上门来自荐，应该是那时候。"

会这么巧？

上任货郎喂了猪婆龙给他空出位置来，后面指点叶萧来遗人村的也是他，这未免太巧了吧？

叶萧刚要吐槽，村长就"嘘"了一声，小声道："快看，好戏来了。"

"啥？"

叶萧正一头雾水，有一个遗人村的村民忽然排众而出，叹息着道：

"你们是来找我的吧？"

## 第三五章　人屠子何孟尝

"这什么情况?"

小道士和牛魔人一起傻了,忍不住探出头来看,心想:"难道这就是传说中的背黑锅和顶缸吗?"

排众而出的是一个络腮胡子、粗手大脚之人,手上提着一柄尖刀,屠狗宰牛常用的那种。

他一边说话,一边还在抚摸着那把屠狗刀,满目沧桑,一副"终于等到了今天"的样子。

"他是谁?"

叶萧和迪迪在问,对面黎胖子也在挠头,好像哪里有些不对。

拜小道士所赐,上次在城门口被当成海贼人头打成了猪头,黎胖子到现在还没有消肿呢,这都挡着视线了,没发现旁边捕头刘华神色大变,手里拎着的沈凡在古怪地笑。

黎胖子看络腮胡子不是太起眼,嗤之以鼻地连理会都懒得。

他侧开身子一让,将刘华捕头凸显出来,叫嚣着:"这是下关城的刘华捕头,尔等有什么作奸犯科的事,趁早自行出首,别指望能瞒过捕头大人的眼睛。

"想要瞒天过海,隐藏嫌犯的,也自个儿掂量掂量,骨头硬不硬得过牢里面的刑具。"

黎胖子一番表演算是马屁拍在了马腿上,刘华捕头充耳不闻,且神情凝重,打量着络腮胡子的样貌,再落到屠狗刀上,从牙齿缝里发出的声音,满是吃惊,"你是何孟尝?"

"正是某家!"

络腮胡子一振屠狗刀,刀刃颤抖"嗡嗡"有声。他同时大喝出声:"你们不是来抓我的吗?来吧。"

"好威风。"

叶萧啧啧赞叹。

"好大胆。"

黎胖子仗着人多就想抽刀。

……来个屁！

刘华一巴掌拍在急着想要戴罪立功的黎胖子脑袋上，生生又打出一个包来，压低声音道："你不要命了老子还要，这尊大神是我们能招惹得起的吗？你以为你是比奇城里的神捕吗？

"他是人屠子何孟尝，人屠子。"

名号名号，这世上有些人"号"太响亮，以至于掩盖了"名"。

眼前这位就是例证。

将"人屠子"三个字在嘴里面喃喃念了几遍，黎胖子脸色大变，浑身的肥肉都开始颤抖，恨不得全掉下来，免得等会儿跑路时影响了速度。

他尖叫出声："就是吃人肉的那个？"

"你这是作死啊。"刘华又是一巴掌，恨不得把黎胖子打回娘胎里去，扭头挤出笑脸来，摆手道，"这是误会，误会，我们不是来找你的。"

"吃人肉？"叶萧耳朵尖，大吃了一惊。

何孟尝"哦"了一声，神情落寞，似乎颇为遗憾的样子。

叶萧太过好奇，以至于无心去看刘华捕头等人骑虎难下的尴尬，用充满求知欲的目光望向村长。

村长微微一笑，道："他是人屠子何孟尝，到遗人村已经十年了，但他不吃人肉，他只屠狗……"

一边听着村长讲述，叶萧一边望着何孟尝的背影，渐渐觉得背影在不断地高大起来。

——名：何孟尝；号：人屠子。

何孟尝本是一个屠夫，专门屠狗。

他有另外一个身份，城里不论是放贷生息的，拍花子的，开青楼的，全都要给他交一份例子钱，黑白两道都要卖他几分面子。

因为，他吃人肉。

十年前，临近盟重的小城附近连续四年干旱，寸草不生，别说树皮，连观音土都被吃得干干净净。

城里面的人只好逃荒了。

在路上，有几个好勇斗狠混迹市井，学着神龙帝国那边自称是游侠儿的，一个个眼中冒着绿光，始终在几个老弱妇孺身上打转儿。

半夜，他们摸到了人屠子何孟尝处。

"你们想干吗？"

"老天不让咱有活路，咱就自己找活路，何大哥素有威望，我等想请大哥牵头主事。"

"就是想吃人喽。"

何孟尝眼珠子一转，就知道他们的目的。

游侠儿们点头，一个个瘦得皮包骨头，眼中的光却大盛，那已经不是人的光，是半夜撞开薄棺材吃人肉的野狗的光。

何孟尝拿出他的屠狗刀，月光下闪着寒光，众人兴奋地看着他。

"他们都说十年前，我在乱葬岗上吃人。"

何孟尝摸着屠狗刀说道："是的，我在乱葬岗，死人也是我挖出来的，拿什么练刀都不如拿人练，练得多了，就知道哪里下去，一刀致命，这还是老子屠狗屠出来的经验。

"你们叫我人屠子，倒也没有叫错。

"八年前，那几个比奇城过来的过江猛龙是老子杀的，他们把老子当狗，饿我三天，生狗肉摆在面前，就是不让我够到。

"寻了机会杀了他们，我饿得跟现在一样，抓起生肉就啃，被人看到了，吃人肉的名声就传了出去。"

听到这里，游侠儿们就都明白了，敢情以吃人肉震慑黑白两道的何孟尝，并没有吃过人肉。

乱葬岗掘尸是练刀，吃生肉完全是个误会。

"他们说老子吃了，那便吃了吧，虽然不是啥好名声，不过老头子教过我，宁教人怕，不叫人爱，也蛮好。"

何孟尝突然出手，刀光连闪，几个游侠儿软倒在地，到死了眼睛犹在冒着乱葬岗中野狗的凶光。

"老子不吃人，起了吃人念头的，也就不是人了，是狗。

"老子就是屠狗的。"

"好啊！"

叶萧大赞出声，迪迪也欢喜得浑身不自在，一声"老子就是屠狗的"，人屠子何孟尝的背影一下子高大光亮起来。

当然，这是错觉。

何孟尝落寞地提着屠狗刀下去了。

叶萧和迪迪反应太大,村长那么大的身量都遮掩不住他们,立时落入了对面两个熟人眼中。

沈凡"噌"地站起来,连打眼色,就差把"救我"两个字用眼色在空中打出烟花来。

黎胖子粗胖的手指指过来,口中"你你你"个不停,满脸狐疑之色。

……劳烦你老人家认出来一次成不成?

叶萧以手掩面而叹息,心想着这回躲不过去了,被何孟尝那句豪气话一激,就想大踏步走出去。

不承想,有人动作比他还快。

"屠子,你再等等,他们是来找某家的。"

声音洪亮,脚步沉重,伴着说话声音"咚"的一声,那是大铁锤落地的响动。

——铁匠!

叶萧这回真蒙了,脑子里回回荡荡就是两个字:

"还来……"

## 第三六章　永世此生，绝迹小石

"铁匠师父也上了……"

迪迪一对牛眼睛都在放光，叶萧怎么看怎么觉得满满的都是亢奋味道，跟这货看到酱猪肘子的眼神差不多。

"俺就知道铁匠师父不是一般人。"

牛魔人还在兴奋，小道士肚子里已经吐槽开了："那可不是嘛，遗人村里有一般人吗？"

他们说着小话，腹诽着找乐，不妨碍对面刘华捕头等人风中凌乱。

"还来……"

刘华捕头觉得自个儿肠子都要打结了。

要是换作平常，这都看到叶萧和迪迪两个通缉犯海贼，他早就大手一挥，让手下人拎着镣铐就上去锁了。

今天则不然，刚刚人屠子何孟尝给他带来的震撼和打击，还没有让刘华捕头回过劲儿呢，不由得就加了三分谨慎小心。

他没有轻举妄动，连黎胖子都学乖了，所有捕快目光全聚焦到铁匠身上。

铁匠将皮褂子给了迪迪，丝毫不怕冷地光着膀子，估摸着还是刚从炉边上过来，浑身上下"噌噌噌"地冒着热气，突起的一块块肌肉疙瘩跟铁铸一样。

这第一眼看过去，刘华捕头以下所有的捕快都倒抽了一口凉气，这怎么看都不像是能惹得起的主儿。

等他们的目光慢慢下移，落到了铁匠手中跟稻草一样拎着、砸在地上就是个大坑的大铁锤，一个个面色唰地一下白了，黎胖子还跟跄地后退了几步，缩到刘华捕头后面去了。

"嘶……"

刘华捕头顾不上训斥手下不成器，声音从牙齿缝里往外迸："碎颅教头！"

铁匠面露痛苦之色，好像想起了什么不堪回首的往事，依然是惜字如金闷葫芦模样，缓缓点头："正是某家。"

"哗"，听到铁匠承认他就是"碎颅教头"，不仅仅黎胖子，连全员捕快暴退数步，一个个都跟见了鬼似的，将刘华捕头一人孤零零地顶在最前面。

也就是沈凡这倒霉蛋儿戴着镣铐动不了，在最前头跟刘华捕头做伴，这才没显得他太过孤单突兀。

在二人身后，议论声跟潮水一样暴涨起来：

"他就是当年小石城第一的战士教头，那个号称'当头一锤，头颅立碎'的男人？"

"听说碎颅教头发狂，一夜之间碎颅数百人，有肮脏的半兽人也有战士学徒，敌我皆杀，一个喘气的都没有了……"

"……"

叶萧耳朵早就竖起来了，听得真真的，从他的角度还能看到铁匠身后肌肉在一条条地颤抖，好像一条条虬龙要蹦起来择人而噬。

小道士心痒难耐，伸出两根手指捅了捅村长，一捅一个窟窿，小半个手都陷了进来，软绵绵的跟棉花一样。

"比看上去还要胖，难为他踹狗还那么利索。"

小道士腹诽着，脸上全是好奇求教的灿烂笑容。

村长今天满面红光，话也特别多，将叶萧的手从腰间拍掉后，望着铁匠山一样的背影道："这也是一个可怜人……"

小石城是战士圣地，"天下战士出小石"不是说说而已，那里就盛产石头块般的合格战士。

小石城往南有一道海峡，战士们除了训练外，做得最多的事情就是在腰间绑上水葫芦，凭借着浮力进入海峡。

在海峡对岸，有零星儿的半兽人在做着同样的事情。

当潮汐变化到合适的时候，小石城的战士和海峡对岸的半兽人就会在海峡当中相遇，搏杀在沧海之中，或是葬身汪洋，或是提着对方的头颅回归领功。

铁匠当年身为小石城中最出色的战士教头，自然更是海峡血战的常客。

某次，铁匠率战士蹈海出战，傍晚独自一人归来，腰间没有了水葫芦，而是挂满了一颗颗破碎的半兽人头颅。

他的怀里还捧着一个缴获的青铜盒子不撒手，据当时在海边迎接他的人后来回忆，盒子里装的是一团恶臭扑鼻的烂泥巴。

回来后，铁匠闷声不吭，神情古怪，抱着泥巴盒子就回了战士营地。所有人都以为他在为落难的学徒伤心，没人敢多说一句。

当夜，小石城外的战士营地火光冲天，喊杀声传遍四方。城中的战士们披甲持刀来到战士营地的时候，迎接他们的是四处弥漫的血腥气，以及……

"战士营地里发生什么了？"

叶萧急不可耐地插口问道。

在他旁边，迪迪脑袋探过来，牛角几乎就要杵到村长的鼻孔里，紧张得连呼吸不由得都屏住了。

村长摇了摇头，望向铁匠背影，神情上尽是悯然之色，叹息道："营地正中，铁匠持碎颅锤，浑身血污，神情癫狂。

"以他为中心，有不知道怎么登岸的半兽人破百，营地中战士学徒数十，小两百人无一活口，致命伤皆是当头一锤。"

"吓！"

叶萧和迪迪神色全都一变，眼前好像出现了碎颅锤子高高举起，当头一下，隔着村长的讲述，他们似乎能感受到那个血洗之夜的疯狂与压抑，排山倒海般而来。

"然……然后呢？"

小道士咽了口唾沫，莫名地口干舌燥。

村长悯然之色愈浓，长叹一声："铁匠一步步踏出浸满了鲜血的营地，一步一个血脚印，一步一声长啸，眼睛里流出来的全是血泪。

"看到这个情况，小石城中无数战士，竟不敢阻挡，眼睁睁地看着铁匠远走。

"那天过后，原本的战士营地完全废弃，据说化为了一片泥巴地，有泥巴怪出没，杀之不绝。"

叶萧听到这里，好奇之色不知道什么时候消散得干干净净，兴许是错觉，他隐隐地似乎听到一声声悲啸，在撕心裂肺地痛说什么。

"铁匠从海峡里抱回来的青铜盒子里是烂泥巴，后来战士营地变成了泥巴地，还有泥巴怪出没……这个一定跟碎颅教头忽然发狂有关系。"

小道士琢磨着，知道空想不会有什么结果，想要挖掘出背后的真相，除非到小石城亲自去走上一遭。

他跟迪迪都陷入沉默无言的时候，村长停顿了一下，用吟咏般的腔调道：

"永世不履海地，此生绝迹小石。"

内里悲怆，个中绝望，以及掩盖在其中的愧疚、希冀，仿佛往日里铁匠铺中永不停息的一声声敲击，全是碎颅教头心里的叹息……

"永世不履海地……此生绝迹小石……"

叶萧也随之喃喃地重复，不由得痴了。

## 第三七章　一人屠一城，满城留一人

"怪不得他一直叫俺要去小石城……"

迪迪摸着身上死沉死沉的皮褂子，想到闷葫芦般的铁匠师父难得啰唆地重复，怔怔的，不知道在想什么。

听了碎颅教头的故事，他觉得身上的皮褂子比平时更沉了几分，仿佛除了铁砂之外，铁匠还在上面赋予了其他什么更沉重的东西，一时间有点儿喘不过气来的感觉。

"误会！"

刘华捕头挤出笑容来，连连摆手，步步后退，斩钉截铁："天大的误会，我们不是来找你的。"

天地良心，身为下关城中公门人里的一把手，刘华捕头什么时候说过这样的软话？

往日里的威风被碎颅锤的分量压得粉碎，隔着好几丈距离，他依稀还能闻到锤头上历经多少年火中煅烧，依然去不掉的血腥味道。

如避蛇蝎，又好像是在找台阶下，俨然是柿子找软的捏……不管怎样，无论是后面捕快、前面捕头，还是陷入无人理会状态的奸商沈凡，目光都"唰"地一下，全都落到了叶萧身上。

"终于轮到我了。"

小道士深吸了一口气，就要挺身而出，大喊一声……

"他们是来找我的！"

……叶萧一个踉跄，差点儿没给自己绊倒了。他的心声在遗人村东头药庐外回荡着，一个字不差，偏偏不是从他嘴里说出来的。

那句话的主人在话出口同时，提着一根擀面杖，蔫头蔫脑地走了出来。

"什么情况……"

叶萧有种哭笑不得的感觉，怎么老有人抢先替他背锅？

"这人好像在哪里见过？"

小道士侧着脑袋想了想，一打响指，"想起来了……"

在从村长家到药庐的路上，一个破房子里整天往外飘馒头香气，就是那个门口。

擀面杖面色枯黄，神情憨厚，腰杆习惯性地弯着，一辈子的点头哈腰，天生一副三棍子打不出来个屁、好欺负的老实人模样，叶萧怎么想也没想到是他站了出来。

"难不成这也不是个一般人？"

小道士心里犯了嘀咕。他口中说遗人村里就没有一个一般人，可是看着这人一副鹌鹑般战战兢兢的样子，似乎大点儿的雷声都能吓出个毛病来，怎么瞅着都不像大人物呀。

刘华捕头心有余悸地上下打量半天，愣是没看出什么不一样来。

他本着小心谨慎的惊弓之鸟原则，又仔细看了几眼，在脑子里挖掘半天，心脏忽然"咯噔"一下，险些骤停了。

"韩老实？"

刘华捕头惊呼出声，好像被迎面揍了一拳，整个人都开始摇晃了。

被称作韩老实的擀面杖满面愁苦，叹息一声："你们果然是来找我的。"

话音落下，他好像一辈子都没有挺起来过的腰杆，在一点儿一点儿地挺直，沾满面粉的擀面杖横握在手。

"不是不是……"

刘华捕头如遭雷击，两只手连连摆动，一副生怕被误会了的模样，大声强调："……误会，我们绝对不是来找你的。"

"哦。"

韩老实腰杆又弯了，恢复了见人就哈着腰讨好的姿态。

"啊，你……你……你……"

黎胖子忽然大叫了起来，手指着韩老实，指头颤抖得跟被人掰折了一样，惊声道："毒馒头韩老实！一人屠一城——韩老实！"

"闭嘴！"

刘华捕头气得恨不得拿韩老实凶名满天下的毒馒头塞进黎胖子嘴里。

这不是找事儿吗？

他当然掏不出毒馒头，只能连连挥手，生怕引起误会模样："没事儿，没事儿。"

"哦。"

韩老实抚摸着擀面杖，老实憨厚地笑，给人的感觉就是打了他左脸，手都还没有缩回来呢，他的右脸一定已经凑过来了。

他笑了，满面的皱纹都在展开，用满足的语气道："官爷不是找我就好，这就好。

"我这么老实，就想卖个馒头，攒点儿钱再娶个媳妇儿，不要漂亮，屁股大能生养就好。

"最好还能生个娃儿，以后……"

韩老实腰杆还是弯的，头却昂了起来，道："……接着卖馒头！"

叶萧听了这个伟大理想，好悬没一口喷出来，周遭围观的村民们哄笑出声，捕快们则一个个如丧考妣，别说笑了，哭的心都有了。

"村长……"

小道士接着笑，伸手欲掐，手感颇好，有些上瘾。

村长及时制止了他新养成的小嗜好，拿下巴点了点韩老实，道："这是老实人，不过老实人发起火来最可怕了。"

叶萧眼睛眨巴眨巴的，充满着求知欲。

"韩老实少学道，家里穷，半途接了祖业，在一个城里卖馒头为生，一辈子老实憨厚，跟谁也没红过脸，任人欺负也不恼怒。

"后来拿了积累半辈子的钱当彩礼，娶了一个大户人家被主母赶出来的丫鬟当妻子，不承想这女子水性杨花，在媒婆的牵线搭桥下，跟城中一个二世祖好上了。

"他们嫌韩老实碍事，就打算下毒药死他。"

"然后呢？"叶萧和迪迪听着全都同情上了这韩老实，这招谁惹谁了，老实人好欺负吗？

"然后……"

村长嘴角弯出笑容来，看着诡异……

韩老实蔫头蔫脑地喝着豆腐脑，旁边妻子的目光又是期待又是恐惧，小手里面捏着一个瓷瓶子。

"我……我先睡了。"

妻子进了里屋，脑子里都是相好二世祖说的，把药下进豆腐脑里，这个没用的死鬼就会哀嚎一晚上而死。

她蒙着被子，迷迷糊糊地睡着了，在睡过去的那一刹那，心里闪过一个念头："怎么没听到哀嚎？"

韩老实一点儿不剩地喝完了豆腐脑，弯了一辈子的腰杆一点儿一点儿挺直，拿着擀面杖，做了一整个晚上的馒头。

他的馒头手艺是祖传的，供给全城所有的铺子，便宜又好吃，小小的城里千把人，谁每天不吃个馒头来当早餐会一整天都不得劲儿。

这一天，韩老实做得分外得多，多得多。

一连七天，他一天一碗豆腐脑，馒头一天做得比一天多，妻子一天比一天睡不着……

七天之后的清晨，一晚上没能睡的妻子起床，推开门一看，满城寂静，一城上下尽数毒毙，大部分人手上都捏着一个啃了一半的馒头……

门上贴着一张纸条："好不容易娶的媳妇儿，我真不忍心让你死啊，算了，好好活着吧。"

从此之后，妻子疯了，坐在满城尸体旁一口一口地吃着馒头，偏偏谁吃谁死唯独她没有事；从此之后，韩老实过往被挖掘出来，原来他学道时就学了一个毒符，学了一辈子；从此之后，卖馒头的老实人韩老实绝迹人间，只有"一人屠一城"的名声在流传。

一人屠一城，韩老实！

## 第三八章　九子鬼母，且听风吟

"老实人……老实人……"

叶萧想咽口唾沫，发现口干舌燥，咽无可咽。

他怎么也没有想到，在韩老实任人欺凌的老实外表下，掩盖的竟然是这样的疯魔与恐怖。

"老实人发火，果然是最可怕。"

"还有……"

他想起刚刚韩老实讲他的梦想，生个娃儿，继续卖馒头。

当时只觉得可笑，现在一联系，这哪里可笑了，分明是可怖。

"不过他还真是天才啊。"

小道士到底是一个道士，听完故事就明白了韩老实用在毒馒头里的，分明是一种极其厉害的毒符。

能延缓七日不发以求一网打尽，一朝发作满城皆死，无一得逃，又能让自家舍不得杀的妻子不中其毒……

叶萧只是想一想，都觉得难度之大超乎想象，曾经为自家毒符骄傲的那点儿小心思，顿时消散得彻彻底底。

"天才自是天才，触类旁通，举一反三，自开道路，毒符宗师。"

村长说着，缓缓摇头。又道："真正的关键却不是天才，而是一心一意。

"韩老实半道下山，除了一方毒符什么都不会，一辈子一心钻研，一鸣惊人，成一代宗师。

"小道士，你懂了吗？"

叶萧翻了翻白眼，这么简单的道理，他不懂就有鬼了，郁闷地道："说来简单，做起来哪有那么容易？"

提到这个，他就想起"说说天下无敌，做做倒数第一"的绝世游戏游某人来，目光游移地看到药庐前游某人手忙脚乱，似乎在解释什么，对面站着孙大娘。

"她也来了。"

小道士收敛心思，继续道："再说……"

他摇着头，脸上时常挂着的灿烂笑容不见了，代之的是一点儿迷茫，"……我应该专于什么呢？"

"路是自己选的，慢慢选，你还年轻。"

村长匆匆打住，露出饶有兴致之色，捧着肚子向前两步，好像前面发生了什么让他感兴趣的事。

叶萧和迪迪被他惊动，一样望过去。

药庐外，游某人和孙大娘似乎一言不发，确切地说，是游某人连连鞠躬，孙大娘傲娇地甩头而去，走向场中。

韩老实慢腾腾地还没侧让开来呢，被孙大娘一瞪，三步并作两步，丧家之犬般窜到一边，拍着胸脯后怕不已的模样。

孙大娘怀里囡囡睡得安稳，她一只手抱着囡囡，一只手叉腰，望着刘华捕头为首的捕快们，杏眼圆瞪，喝道："你们这些鹰犬，这也不是，那也误会，难不成是来抓老娘的？"

刘华捕头以下所有捕快都一个激灵，不管认没认出人，先连连摇头表示误会再说。

孙大娘怎么对待韩老实的他们都看在眼里，哪里不承想来了个更凶恶的？

"黎胖子，老子回头非收拾他不可！"

刘华捕头在心里发着狠，恨不得这就是一个梦，没事儿跑这遗人村来干吗都不知道。

这哪里是个村子啊，分明就是龙潭虎穴。

孙大娘不知哪里受了气，浑身上下都在洋溢着"不爽"二字，冷笑道："老娘是谁你们都认不出来，说不定是通缉犯呢？"

"不能，一定不能。"

刘华捕头及黎胖子等捕快们忙不迭地道。

可怜刘华堂堂一个捕头，黎胖子这个作威作福的捕快，这辈子没有这么丢脸过。

"老娘的娘家姓孙。"

孙大娘依然是叉腰母老虎模样，另外一只手轻轻拍着有点儿要醒来的囡囡，孩子扭了扭身子，又睡了过去。

"姓孙……"

刘华脸色一白，目光落到囡囡身上，脸色瞬间从煞白转青，青里透着黑，乌云盖顶般模样。

抱着千万分之一的侥幸之心，他颤抖着声音问道："姑娘是哪里人？"

"比奇城。"

……对上了，刘华捕头不死心，再问："姑娘芳名可是'无双'二字？"

"咦？"孙大娘有些好奇，赞道，"没想到你这个小捕头对公门之事还真是了如指掌啊。不错。"

……完了，刘华捕头心里哀嚎一声，知道没跑了。

"九子鬼母！"

他身后传来惨号声，黎胖子的。

刘华脸都绿了，恨不得掐死这货，你当认不出来能死吗？

紧接在黎胖子后，又有好几个捕快惊叫出声："九子鬼母孙大娘，偷盗婴儿练邪法，比奇神捕追捕多年都摸不到衣角的孙大娘！"

这个更狠。

其他几个好歹都是小地方出身，虽然做下好大事情，但在比奇神捕出动前就消失得无影无踪了，可这位却是让那些天下顶尖公门前辈都碰得一头灰的狠角色。

"听说九子鬼母把偷来的婴儿全都炼制成了鬼婴，无形无相，能谛听天下，谁也甭想抓住她。"

"婴儿也下得去手，太狠毒了。"

"……"

捕快们很小声，但架不住好奇心旺盛的叶萧早就放了小人符过去，以拇指符为首，一个个小人趁着他们不注意，全吊在他们衣角上，什么听不到啊？

"偷小孩，炼鬼婴，真的？"

叶萧眉头皱起来，很认真地问道。

村长神色一怔，同样认真地回答："假的。"

迪迪松了口气："俺就说嘛。"

叶萧绷紧的背后肌肉放松下来，他跟迪迪对孙大娘观感都不错，实在不希望她会是那样的人。

"又不全假……"

村长补充了一句，让叶萧很有冲着他肥肚子来一拳头的冲动，这说话还带大喘气的。

"当年孙大娘可是一个美人儿，裙下之臣可以从比奇城东门一直排到西门去。她以女冠的身份，誉满比奇城，独门道术可用于政治斗争，能利于攻战，真是好大的名头。"

"独门道术？谛听符吗？"叶萧不由得摸了摸怀里，那里有一个还没有打开的绣着荷叶婴儿的小布包。

"不是。"村长面露缅怀，胖脸上带着微笑，落在叶萧眼里就是个猥琐，极其之猥琐。

他悠悠地道："独门道术：且听风吟。

"且听风吟：孙无双……"

那时候的孙大娘还不是大娘，有一个很美丽的外号"且听风吟"，很美丽的名字"孙无双"。

她曾与比奇城中的某位王公贵族纠缠不清，生有一女，当时比奇城中一片哀嚎，多少青年才俊痛不欲生，远走他乡求个眼不见为净。

后来的事情没有人知道，只知道孙大娘牵扯进了一场政治斗争，还在襁褓中的女儿夭折……

她抱着女儿三天三夜，再站起来时"且听风吟"成了风中吟唱的传说，只剩下"九子鬼母"孙大娘的行事疯狂了。

村长叹息着道："据说她女儿本来有救，可是孙大娘没能抓住病因，大受刺激。她一心要改变'且听风吟'，的确是疯狂地偷过很多孩子，不过后来又都送了回去，炼制鬼婴什么的更是无稽之谈。

"最后，'谛听'出世，比奇神捕皆束手无策。

"世上只余'九子鬼母'孙大娘，再无——且听风吟：孙无双。"

## 第三九章　白衣当世，万马齐喑

"还好，还好。"

叶萧有些庆幸，对怀里面揣着的布包忽然就不觉得硌硬了。

孙大娘等捕快们都反应过来了，叉着腰的手一指他们，横眉冷对："知道老娘是谁了吧？要不要来抓我？"

一口一个老娘的，这就是裙下之臣无数的"且听风吟"孙无双？

要不是听村长亲口道来，叶萧打死都不相信这样的母夜叉也有艳绝比奇城之时。

"误会，那是误会。"

……为什么要说"那"，刘华捕头简直要哭了，他好想回到下关城，马上！

孙大娘冷笑，还要说什么，药庐那边传来游某人无奈的声音："好了无双，为难他们做什么呢？"

"哼，用你做好人。"

孙大娘眼睛一横，游某人脚步都不利索了，差点儿左脚绊右脚，一个狗啃泥。

游某人一身儒雅打扮，弱不禁风模样，语气又是温和，看着人畜无害，饱受打击的刘华捕头等人有见了救星一般的感觉。

孙大娘刚刚不知道跟游某人在闹什么脾气，正在气头上，冷冷地道："既然不是来抓老娘的，那就是来抓他的喽？"

"他叫游戏，游戏的游，游戏的戏。"

"吓！"

刘华捕头一个趔趄扑倒在地上，形象彻底算完了，以头抢地一般。

他抬起头来，望着一脸无奈的游某人，嘴唇颤抖：

"白、衣、王、师！"

叶萧在游某人站出来的时候就来了精神，这时候"白衣王师"四个字入耳，整个人一振，再振。

有了前面几位经验，小道士就知道会有戏要出现，什么"老子就是屠狗的"

人屠子、碎颅教头的霸气,"一人屠一城"的老实人,且听风吟和九子鬼母的巨大差别……他只是没想到"白衣王师"会是这么帅气。

四个字入耳,叶萧常年泡在茶馆里听故事养出来的想象力,瞬间就脑补出一个白衣浮海渡江,空手而入比奇城,引动首府烟云,再到盛极而去,风流云散的跌宕故事。

小道士完全没有耐心去偷听捕快们说话,两只手一起比画出剑指,在村长腰上一捅,再捅,三捅……

"好了好了,小道士你差不多得了,信不信我放小黑。"

村长浑身一哆嗦、两哆嗦、三哆嗦,忍无可忍地怒斥。

"它?"叶萧瞥视一眼,尽是轻蔑,冲着迪迪一努嘴,"迪迪,上陈皮。"

"好嘞哥,还是你懂俺。"

迪迪一脸憨厚,肚子咕咕叫,怀里掏出陈皮一把,看着黑背大狗垂涎三尺。

"呜呜……"

黑背大狗刚听主人话,摆出凶相露出牙齿来,瞬间给吓尿了,尾巴好悬没给夹断了,趴在地上直叫唤。

"没用的东西。"

村长没辙了,叹气道:"老夫说还不成吗?"

他指了指一手背负在身后,一手虚握横在丹田处,被风卷起衣袂飘飘的游某人,缓缓地道出了一段堪称传奇的经历——

昔年比奇城中,有一个天纵之才,横空出世,先是受尽了世人鄙夷,后享尽了世间尊崇,知之者敬为最接近神的人。

游戏游某人,手无缚鸡之力,身体先天缺陷,不能修道法,练武技,习法术,甭说当道士、战士、法师了,就是连激烈一点儿的运动都可能毙命当场。

他久病成医,号为"一代圣手";他在病榻间涉猎琴棋书画,一曲《凤求凰》,引来百里鸟雀。

一书狂草,比奇纸贵;一画牡丹,富贵家以宅第求取;一张纹枰,饶天下国手一先,封为棋待诏。

这也就罢了,玛法大陆、比奇王国,终究凭实力为尊,琴棋书画医卜星相,到底没有道士、法师、战士有地位。

游某人傲骨天生,纵然不能亲身修炼,凭借着绝世之才能,精研三家能力,每一门都独步天下,号为"说说天下无敌"。

这个"无敌",可不是吹嘘出来的。

当其盛时,比奇城中万人空巷,游某人登台讲道,与三家宗师切磋。

十天十夜,他跟道门宗师讲道,和法师圣者辩法,与战士首领论战,无人能驳其一论,最后三家躬身避让,承认游某人一代宗师的地位。

躬为天下师。

风头最盛之时,绝世游戏因为一个承诺,卷入了王室政治斗争,一步一计,逼对手入绝境。

他妙计无双,布局逼死比奇第一高手,帮王室威压沙巴克城主不敢西顾;

他威名无两,压制各方,视天下为纹枰,英雄为棋子,号称:白衣当世,万马齐喑。

"可惜……"

村长长长地一叹。

在这之前,他叹息过很多次,或是怜悯,或是遗憾,或是无奈……唯独这一次,是无比的惋惜,惜一代天骄,黯然出比奇,避居在药庐,以猜拳为乐。

"后来游前辈怎么了?"叶萧急不可耐地问着,迪迪一副抓耳挠腮的样子。

他们脸上全是震撼之色。

这样的人物,在他们面前穿着花熊睡衣跑来跑去,猜拳全村上下只能赢铁匠一人,想要下盘棋而不可得,为孙大娘一盘棋语坐立不安……

"我这不是在做梦吧?"

叶萧喃喃自语,迪迪点头赞同:"俺也觉得是做梦。"

"梦你们个头。"村长一人给了他们一个栗暴,算是出了前面恶气,紧接着惋惜地道,"他最后却落得黯然离京,避居在一个小小药庐里面。"

这回,任凭叶萧如何追问,迪迪怎样拿陈皮说事,村长都不愿意细说,似乎在忌讳着什么,只是以一句话做总结:

"世上已无白衣王师,只有一个落魄游某人。"

很明显,刘华捕头不这么想,他很想跟黎胖子等人一样捂住耳朵蒙上眼睛,骗自己什么都没看到,什么都没有听到。

牵涉进比奇城中王室斗争那是好玩的吗?

在他们眼中,黑背大狗都能追得他满村跑的游某人,比起人屠子、碎颅教头、韩老实、九子鬼母加起来还要恐怖一万倍。

"我们真不是来找你们的……"

刘华捕头都快哭了,一步步地后退。

孙大娘看着游某人一脸无奈样子，心情似乎大好，紧接着又看到其他遗人村村民围观，嘻嘻哈哈地对游某人指指点点，忽然心情又不好了。

"走什么走！"

她喊住刘华捕头等人，一指周遭村民，叉腰大喝："你知道他们又是谁？"

# 第四〇章　卧虎藏龙遗人村

我们不想知道……

刘华捕头、黎胖子，连带他们身后一群捕快，齐刷刷地摇头，心里嚎出了同样的心声。

与他们截然相反的是，叶萧连连点头，也不管孙大娘看不看得见，反正他想知道。

"这个不是，那个也不是，老娘想来想去，你们只能是为这些货来的。

"来来来，老娘一个个为你们介绍，好生认清楚了。"

孙大娘杏眼一瞪，一个直往人群中哧溜的人，无奈地站了出来，刚刚就数他笑得最欢。

那是一个佝偻着身子的老头子，浑身上下一股子羊膻味儿，隔着好几丈远叶萧都闻得直抽鼻子。

老头子身上衣服脏兮兮、油乎乎的，来这儿当围观者的时候，一手提着根连骨带肉的羊脖子，一手拎着一把精致细巧的小刀子，慈眉善目的样子。

"这是谁？"

叶萧喃喃地问，村长答得飞快："老羊倌，村里吃羊全找他，手撕羊肉一绝，全是羊脖子肉，嫩而劲道又不柴，比奇城里都吃不到，一绝！你们可以去尝尝。"

"好好好，要去，要去。"迪迪被他这一形容，口水都要流下来了，可怜巴巴地望向叶萧。

"要去你去，我可不去。"

叶萧警惕心上来，严词拒绝，丝毫不为迪迪的样子所动。

迪迪本来还打算再磨叽会儿，这时候孙大娘说话了。

她指着老羊倌道："这是老羊倌，手撕羊肉天下无双，你们没听过吗？"

刘华捕头等人摇头。

"嘿嘿，他做过一件大事，老娘说给你们听听，看你们能不能想起来？"

孙大娘笑得不怀好意，"当年盟重土城里有一个仵作，手段了得，明察秋毫，逼得各路豪杰把土城看成阎王殿，等闲不敢往那边去。

"这个仵作坏就坏在一腔正气，整天说什么'死人不会说话我会''要为天下死者洗沉冤'。"

听到这里，其他捕快还茫然着，刘华捕头脸色就不对了，好不容易回了点儿红的脸色，肉眼可见地又白了下去，煞白煞白的。

"土城那年发生了一件灭门惨案，全家上下三十六口死绝，其家十三岁女儿惨遭凌辱，脱阴而死。

"仵作不眠不休验尸三日，得出线索直指土城权贵，公门不敢动，百姓皆噤声，权贵家公子大摇大摆，出入花街柳巷，好不潇洒。

"在一个风雨交加的夜晚，仵作对尸起誓，执解尸刀入权贵门，以彼之道还施彼身，杀绝权贵满门，活剥权贵公子之皮，让其哀嚎三天三夜而死……"

孙大娘说到这里就不用再往下说了，刘华捕头身后捕快们惊呼出声：

"鬼手佛心！"

"天下第一仵作，无师自通，自解剖尸体悟出人体杀法，一把解尸刀杀尽权贵门，逃亡中追者皆杀，名传天下。"

"……"

叶萧回过头，看着迪迪，问道："手撕羊肉，还吃不吃了？"

在他想来，迪迪肯定脸色发白，"呕"出声来，小道士都做好了脱袍退位，一让三丈拿村长顶缸的准备，不承想迪迪眨了眨眼睛，理所当然地道："吃，当然吃，为吗不吃，羊脖子肉好吃。"

牛魔人一边说着，一边还对着老羊倌手里提着的羊脖子直流口水，一副垂涎欲滴模样。

"我去……"

叶萧整个人都被打击到了，深深地发现谈到吃货等级，迪迪这憨货比他要高多了，有好几层楼那么高。

以正常人的观点来衡量迪迪，他错了，错得很离谱。

好在这个时候，那位鬼手佛心仵作老羊倌开口说话了，分散了小道士的注意力，让他没有再自怨自艾下去。

"我是仵作，我父亲是，我爷爷也是。"

老羊倌咧开没剩下几颗牙齿的嘴，笑呵呵地道："家里有祖训，说的是人们都说我们仵作是鬼手，鬼手技术要过关，佛心却是更重要的。

"那天老倌儿原本是去找死的，求个心安，只是没想到……"

他拿刀切开羊肉，骨肉分离，以手撕成一条条地放入口中大嚼，"……杀活人和解死人，原来是一样一样的啊。"

"您老说得是，说得是。"

刘华捕头一只手背到身后，猛地摇来又摇去，悄无声息地往后退。

这破村子，他一眨眼的工夫都不想再待下去了，一个卖手撕羊肉的都是鬼手佛心杀人仵作，还让不让人好好执法了？

刘华捕头不敢明目张胆地跑，生怕惹得在场任何一位不高兴，他们一行人就一个都别想走出遗人村了。孙大娘却没有顾忌，一个个地介绍着：

"这是打更的……

——绝命更夫，更不二。"

"卖肉包子的……

——米肉厨子，不羡羊。"

"养蚕的……

——虫娘子，苗痴情。"

刘华捕头听得挪不动步子，面如死灰，呆若木鸡。

黎胖子等捕头互相抱在一起，抖若筛糠。

叶萧嘴巴张大，看看这个，看看那个，开始怀疑自家的眼睛是不是瞎的，自家的命是不是太硬了一点儿，在这些人当中晃悠着，竟然还囫囵着胳膊腿，还喘着气。

孙大娘嘴巴不停，扯出来的人越来越多：有独行大盗，此树是我栽；有黑店掌柜，专卖人肉包子；有纵火狂人，有投毒成性……

每个人都曾牵动风云，名噪一时，或为天下敬，或为天下恨，现在一个个在遗人村里，当着更夫，撕着羊肉，卖着包子，养着蚕宝宝，日落月升一天天。

"这是什么村子？"

叶萧震惊地看着所有人，最后目光落在村长的身上，心里则无比地怜悯刘华捕头等人，哪怕是冲着他们来的。

"他们这得有多倒霉，全村上下，除了那条狗，他们就惹得起我们吧？"

小道士和牛魔人心有戚戚然地看向傻傻的、被一个个强人镇得连后退都给忘了的刘华捕头，默默地为他掬了一把辛酸泪，他心里该有多崩溃？

"你要抓的，是他们吗？"

刘华捕头机械地摇头，从这边，摇到那边，目光老实地落到鞋尖上，生怕

// 155 //

引起了什么误会。

"都不是啊。"

孙大娘遗憾地道："既然是这样……"

"我们可以走了？"刘华捕头惊喜地问。

孙大娘摇头，目光跟叶萧一样，落到了村长身上，一指他道："你们一定是冲着他来的，他可是我们村长哦。"

"你们想知道，他是谁吗？"

## 第四一章　君王妃，公子无忌

……我想知道。

叶萧眼睛里放出光来，死死地盯着村长不放，看得他浑身肥肉都在恶寒，好像被饿了三天三夜的恶狼给盯上了一样。

"小道士，你那是什么眼神？"

村长顾不得孙大娘拿他说事，小心地避开叶萧三步。

小道士嘿嘿一笑，道："老丈啊，小子一直在想，遗人村里都是这样惊天动地的人物，那么把他们收容在这里的老丈村长你，又该是什么人物呢？"

"什么人物都不是。"

村长摇头，脖子太粗太短不太看得出摇过脑袋，反倒是一身肥肉波涛汹涌，摇来摇去。

"我老子就是村长，于是老夫成了村长，就这么简单。"

"是吗？"

叶萧很想扭头问问刘华捕头信不信，反正他不信。

刘华捕头听到他是村长，捂耳朵这么丢人的事情他干不出来，就掉头向着村外挪，一边往村外去，一边高喊：

"误会，完全是误会，刘某先走一步。"

他心里七上八下，全是一个念头、一个声音："别叫我，千万别叫我，我不想知道，什么都不想知道。"

刘华捕头示意着手下跟上，做好了不管这村长是江洋大盗还是什么鬼，哪怕说他是山海主，捕头大人都不准备停下来了。

反正只要不留下他，村长是什么身份不重要了，刘华捕头半点儿没有打算带人来剿匪，他根本就没这胆儿。

任凭刘华捕头怎么做心理准备，都料不到孙大娘后面说出来的话是如此的劲爆，以至于他忍不住还是止步了。

不仅仅是刘华捕头，连叶萧也有掏耳朵的冲动，带着迪迪一起用看珍稀动物般的目光，死死地看着村长。

孙大娘说的是:"咱们村长姓君,名莫笑,君莫笑。"

君莫笑这个名字一出,刘华捕头等人一脸狐疑,没听说过啊,叶萧则捂着嘴巴,面对村长杀人的目光狠狠摇头,表示他没笑。

这名字,太有喜感了。

孙大娘完全不顾各人反应,自顾自地往下说道:"村长一辈子没出过村子,你们没听说过不奇怪,不过他的妹子可是大大有名,你们一定听过。

"啧啧,那可是王妃——君王妃。"

君王妃?

这三个字好像有魔力一样,让第一次听闻的叶萧、刘华捕头等人全都怔住了。

君王妃是王妃,是摄政王的妃子,小家碧玉出身,关心民间疾苦,又对摄政王有绝大的影响力,多次劝谏他行善政,惠及民众无数。

传说中她手腕高绝,帮助摄政王在政治斗争中挫败对手无数,真相如何,就没有人能知道了。

更为人所熟知的是他们堪称传奇的爱情故事,早就在比奇王国每一个角落的茶馆里传唱了多年,连叶萧都称得上是耳熟能详,遑论公门中人的刘华捕头了。

"君王妃,号称天下最慧眼识珠的君王妃,竟然是你妹妹?"

叶萧震惊不已地望向村长,知道他不一般,没想到这么不一般,这是真真的皇亲国戚啊。

君王妃的故事流传天下多年,有着各种各样的版本,简单说来就是当年在比奇城发生过一场现在谁也说不清楚的政治斗争,摄政王的父亲在其中惨败,满门几乎死绝,只有还是少年的摄政王一个人背井离乡逃离。

他逃到一个偏僻的地方,成为当地大户人家的花匠。

传奇的地方来了,那个大户人家的千金小姐竟然看出了这个花匠与众不同,因好奇而靠近,日久而生情,最终私订终身。

后来比奇城中那场政治斗争余波结束,落难的王子雄心再起,与千金小姐一起私奔回了比奇城。

一路如何相濡以沫,怎样东山再起,又是如何高居到摄政王位,那就是另外一个故事了。

总之,君王妃俨然就是天下女子的偶像,自从有了她的先例后,不知道有多少好幻想的千金小姐看着家中花匠眼放奇光,却再也没有人能重演她的传奇。

"看什么看？"

村长呵斥了一声，紧接着对孙大娘、刘华捕头怒目而视。

刘华捕头连忙低头不敢看，孙大娘则狠狠地瞪回来，最后还是村长先缩了。

他叹了口气，道："什么王妃不王妃的，跟我没关系。

"她成为君王妃那天，家里老头子就下了两个命令，一个是：铲平家里花园，以后再不准种花；一个是：断绝父女关系，老死不相往来。

"就这样，没什么好说的。"

……呃，叶萧眨了眨眼睛，没想到是这个结果，歪着脑袋想想，村长家里有种花没有？想半天也没想出个所以然来。

村长——君莫笑，摆了摆手，冲着在场所有人喊道："好了，散了散了，做馒头的做馒头，撕羊肉的撕羊肉，日子还得过下去。"

众人拖拖拉拉，没一个利索的，平日里村里多无聊啊，好不容易有点儿乐子，没谁舍得走。

君莫笑本来就圆的脸一下拉下来——还是圆的，大喊道："还不散？信不信本村长加收你们租子，多征一轮税，嗯？"

"哗啦"一下，扛着锄头拎着刀子，怀抱羊脖子与馒头，一个个遗人村民做鸟兽状散去。

叶萧看傻眼了。

他揉揉眼睛，很是怀疑刚才所见的是不是幻觉，那一个个被点出身份时放出气势、牛得不行的人物，被君莫笑一句加税收租给吓得比兔子跑得还快。

也就是这一哄而散的速度之快，稍稍能体现出他们的牛逼之处了——一般人跑不了这么利索。

转眼间，闹腾好半天的村东头，就只剩下药庐外苦笑的游戏，叉着腰不依不饶的孙大娘，以及进退维谷的刘华捕头等人。

君莫笑摆够了威风明显心情大好，冲着刘华捕头等人再一摆手，道："你们也走吧，以后没事别到我们遗人村晃悠——有事也别来。"

……竟然真的能走？

刘华捕头以下，黎胖子等人，一个个喜出望外，心里赌咒发誓，不管有事没事，他们别说靠近了，提都不会提"遗人村"三个字，这地方也忒恐怖了。

"多谢村长大量，全是误会，我们这就回去，这就回去。"

刘华捕头不敢失了礼数，拱手作揖的，终究不敢久留，带着黎胖子等人就要离去。

至于叶萧和迪迪就大咧咧地站在村长旁边，一群资深公门中人就当没有看过，眼神都不往那瞥一眼，一开始捧在手里的画影图形更是揉成一团悄悄地扔掉了。

刘华捕头刚一扭头，一个声音就在身后响起：

"等等。"

捕头心里面"咯噔"一下，两条腿很想化作风火轮，"噌"地一下有多远跑多远，问题是肩膀上顶着的脑袋表示不敢，只能僵硬地回过头来。

叫住他的是叶萧，小道士指了指还戴着镣铐一脸看热闹的沈凡道："把他留下，没问题吧？"

"留下留下。"刘华捕头使一个眼色，黎胖子难得机灵一回，上前就给沈凡打开了镣铐。

做完这些之后，看再没人理会他们，刘华捕头松了口气，连忙带着人向着村外走去。

他们一开始还是慢慢地走，紧接着越走越快，近乎跑，再是奔，刚一出村，烟尘"腾"地就起来了，化作一条黄龙滚滚而去，要多快就有多快。

"小兄弟，好巧啊，我们又见面了。"

沈凡高举着手臂打招呼，他乡遇故知般的兴奋模样，快步走了过来。

君莫笑村长的谱摆得够够的，背负着手，仰望天上白云苍狗，一副坐等别人来拜见的范儿。

沈凡拱着手就想去跟村长说话，半道上就让叶萧扯到了一旁，喝道："死奸商，你别告诉我你恰巧又在这里做生意，又是巧合。"

小道士一边说着一边拿脚踢迪迪，牛魔人会意地双手抱胸挤出胸肌鼓囊囊的，一副凶神恶煞模样。

"所以说好巧嘛。"

沈凡"惊喜"无比地道："这不就遇上小兄弟你们了，我们真是缘分。"

"是吗？"

叶萧一脸狐疑，怎么都觉得这货靠不住，满嘴车轱辘话，天知道哪一句是真的。

"比珍珠还真。"

沈凡一本正经，道："哪里有生意，小货郎就在哪里；只有你想不到，没有我不卖的。"

……这时候你又成货郎了？有没有准主意？

　　叶萧从心中生出无力感来，不想跟他纠结这些问题了，扯着沈凡的袖子道："沈兄，你不是说这里跟那个啥有关吗？"

　　小道士做出了一个三根手指向下捏东西往上提的动作，眨着眼睛暗示。

　　"那个啥是啥？"沈凡茫然地反问，随即看到叶萧杀人的目光，讪笑道，"哥想起来了，喏，你看他……"

　　小道士循着他所指的方向望过去，那边是犹自摆着谱做思考人生状的遗人村村长君莫笑。

　　"怎么了？"

　　叶萧小声地问，沈凡用更小的声音答道："当年山海主手下有一个谋主，以美风仪著称，最擅长折冲樽俎，辩才无双，整天一把羽毛扇子摇着。

　　"他的名字叫作：君无忌。

　　"无忌公子，君无忌！"

## 第四二章　通识球

"沈哥你的意思是……"

叶萧这时候就喊"沈哥"，刚才还一口"死奸商"来着，这个"耻度"跟沈凡也是不相上下了。

迪迪是憨厚人，虽然心里好奇凑过来竖着耳朵不舍得躲开，但脸上还是一阵阵羞臊。

小道士哪里有空儿理他呀，贼兮兮的目光直往村长身上瞟，摸着下巴道："……不可能啊，他怎么可能是？"

面对叶萧狐疑不信任的目光，沈凡一副受了侮辱模样，叫道："谁说是他了，山海主的谋主是无忌公子——君无忌，不是他君莫笑。"

"我也没说他是什么无忌公子啊，激动什么？"

叶萧拍拍沈凡的肩膀，莫名地觉得好像有什么东西不对，一时没把握住，顿了一顿，就继续道，"我的意思是村长真的是那个无忌公子后人？"

算算时间也知道不对，君莫笑如果说是无忌公子的后人还差不多，不然就成老妖怪了。

沈凡扭了扭身子，问道："怎么说？"

叶萧清了清嗓子，声音压得更低了，道："沈哥你不是说无忌公子以美风仪著称吗？那就是个美男子喽？"

沈凡点头。

小道士冲着君莫笑努努嘴，一脸不忍目睹的样子。

顺着他的目光再望过去，沈凡和迪迪都看到村长两只手艰难地捧着肚子，往上抖了抖，长舒一口气，好像这个动作可以暂时摆脱他肚子重到快要掉下去的惨况。

"……"

"好像真是哎。"

沈凡和迪迪默契地点头，呈默哀状。

可怜一代谋主，羽扇纶巾的无忌公子，后人竟然长残成这个样子，要不是还有一个君王妃撑场面，真让人怀疑他是不是真的帅哥一枚。

"嗯，你们在嘀嘀咕咕什么？"

君莫笑等半天没等到沈凡的拜见和感谢，不耐烦地结束摆谱，向着叶萧等人吼了一嗓子。

"咦，你们那是什么表情？"

"难道是在说老夫的坏话不成？"

村长面露狐疑之色，双手捧着肚子又是一抖，明显产生了怀疑，一步步走过来。

……我去，要不要猜得这么准？

叶萧连忙把手从沈凡空荡荡的肩膀后背上收回来，二人默契地将两只手全举了起来，连连摆动表示没事。

这就叫欲盖弥彰了，君莫笑愈发地怀疑，脸上神情都不善了起来。

眼瞅着不是事儿，沈凡转身就要溜。

恰在此时，叶萧看着自己从他后背上收回来的手，猛地反应过来刚刚是觉得哪里不对了。

……他肩上没褡裢。

……他背上也无包袱也无斗篷。

……钱！我的钱！他什么都没有怎么付账？

"站住！"

小道士顾不上君莫笑了，大吼出声："你的悬赏我们完成了，海贼就是没死绝也差不多，附送猪头一箩筐，报酬交出来！"

他好悬没把这事给忘了，遗人村诸位身份暴露出来实在是太过震撼，害得叶萧差点儿连要账都给抛到脑后去了。

迪迪本来还一头雾水，听到叶萧一声吼才反应过来，伸手要抓沈凡，可惜慢了半拍，只抓了一把空气回来。

"你们村长太凶，太厉害，哥先走一步。"

沈凡头也不回，越喊越跑，扔下一句话："那个啥……下回，下回咱们再算。"

叶萧拔腿要追来着，听到这句话忽然停了下来，隐隐咀嚼出点儿滋味来。

"太凶……太厉害……"

"他是话里有话啊。"

叶萧暗暗记了下来，反正不管怎样，赖账怎么能忍？

迪迪动作比他还要快上三分，在他眼中赫然是一条大猪腿都烤熟了，竟然还敢跳出烤架往外跑，岂有此理？

　　不承想，他一个箭步刚跨出去，沈凡从怀里手忙脚乱地一阵掏摸，掏出个什么东西往后面一砸，牛魔人本身的皮裙子本来就重，动作也不快，险些给砸到脑袋上，两只手跟摸烫手山芋似的半天才接住。

　　东西是接住了，沈凡也跑远了，只有一句话远远地飘过来："这个就当利息了，看完记得还给哥。"

　　叶萧和迪迪二人觉得眼前一黑，遗人村村长一脸不善地站在他们面前，脚边是狐假虎威的黑背大狗在龇牙。

　　"老丈你要相信我们，我们才没有说你坏话，全是那个死奸商干的。"

　　小道士反应奇快，挤出灿烂笑容，毫不犹豫地撇黑锅，一指沈凡逃跑方向，却连人影都不见了，跑得可真快啊。

　　……赖账就跑这么快，被猪头人和捕快逮住时候咋不见他那么能跑。

　　叶萧悻悻然地收回手，准备顾左右而言他，来个岔开话题大法，话都到嘴边了，"呃"，又给咽了回去。

　　君莫笑摆摆手示意他挡着路了，肉乎乎都看不到骨节的手，把小道士一扒拉，整个人都凑到了迪迪面前。

　　擦肩而过瞬间，叶萧整个人就跟被皮球弹出去了一样，在君莫笑一身肥肉下全无反抗之力。

　　"啧啧……"

　　小道士想起刚刚戳来戳去的手感，那叫一个好，再想到这到底也是一个皇亲国戚，还是牛人之后，爽度便更上一层楼。

　　"好东西呀。"

　　君莫笑捧着肚子直起身，一边捶着老腰，一边指着迪迪怀里抱着的东西说道。

　　"死奸商还能留下好东西当利息？"

　　叶萧想起沈凡赖账狂奔时说的话，好奇心顿起，也凑上去看。

　　迪迪接住的东西原本包裹着一层麻布，空中翻飞的时候就已掀开大半，以至于引起君莫笑的注意，现在更是完全被扒拉开来，露出里面东西。

　　阳光落在上面，反射出七色光晕，还有些刺眼睛，赫然是一颗拳头大小的水晶球。

　　"这是什么？"

叶萧和迪迪异口同声地问道。

"土。"君莫笑一脸鄙夷,"捉奸球,啊呸,是通识球都不知道。"

小道士这时候顾不上计较村长说他们土了,谁叫人家是皇亲国戚祖上曾经阔绰过,全部注意力都被"捉奸球"三个字吸走了。

看两个少年神情都是怪怪的,不知道发散到哪里去了,君莫笑叹息一声,解释道:"这是法师的宝物——通识球,贵着呢,一百个法师也没见一个人有的,它的作用是可以记录下来某些场景,再原样播放出来。

"法师们总说知识就是力量,通识球可以让他们见识到很多新东西,所以取了这么个名字。

"只是……"

君莫笑一副"明珠暗投世人愚昧"脸,鄙夷地道:"比奇城中的权贵们,却用它来捉奸在床,记录证据,嘿嘿嘿……"

"原来如此。"

叶萧和迪迪全懂了,简而言之,捉奸球真的能用来捉奸哎。

一时间,两个少年眼睛全在放光,落到了捉奸球,不,通识球上。

"你们起开。"

君莫笑拿过通识球,在上面一阵摩挲,水晶球体大放光明,映照在他一张胖脸上。

他的动作太过敏捷,叶萧和迪迪一时都怔住了,还没反应过来,震惊地看向村长。

君莫笑轻咳了两声,一本正经地道:"本村长先鉴定一下,看看里面有没有什么少儿不宜的东西。"

这就算说得过去了,他再也不理一起兴致勃勃凑过来的两个"少年",聚精会神地望向通识球上浮现出来的光影……

## 第四三章　危险逼近

会是什么呢？

叶萧心里扑通扑通，脸上红扑扑的。

迪迪更惨，两只牛角之间都开始冒烟儿了，兴许是太阳底下待久了，给热的。

通识球上光影浮动，不住地投射出去，引得周遭空气涟漪阵阵，染上一层层光晕，似乎有什么景象正在一步步地成型。

叶萧在焦急等待的同时，心里想道："死奸商留下这东西当抵押，要还的，里面的东西就是利息。

"这个……不会真是捉奸吧？

"那样的话沈哥未免太不厚道……啊呸，是太不地道了。"

浮想联翩中，君莫笑、叶萧、迪迪，三个人全都屏住了呼吸，旁边黑背大狗虽然弄不明白发生了什么事情，竟也有样学样地屏息望了过来。

通识球上，犹如画卷展开，虽然没有声音，景象却清晰如在眼前。

"啊！"

三个人，同时出声。

村长是失落的，叶萧是吃惊的，迪迪则是茫然的。

通识球上景象刚落入小道士眼中，他瞬间就认了出来。

一片焦土，青烟犹自袅袅地升起，遍地都是雷霆肆虐过后的痕迹，横陈的尸体都是焦黑状的。

这赫然就是当日乾坤一掷之雷动九天留下的痕迹。

当日隔着烛照天下，后来伤重在梦中，叶萧全都看到了类似场景，铭记在记忆当中，抹都抹不掉，所以第一时间就认了出来。

"难道……"

叶萧隐隐地有了猜测，凝神看了过去。

平静的焦土在通识球释放出来的情景中，并没有能持续太长时间，认真算起来不过一两个呼吸罢了，可是落在紧张凝视的小道士眼中，却觉得恍若过去了好长时间。

突然——

焦土边缘，有一块土壤鼓起如小坟包，"嘭"，有一只手破土而出，高高地举起。

手的半截，小臂和手掌不见，代之的是铁钩森森，寒光四射。

"王倬！"

叶萧即便是早有预料，联系梦境，还是不由得惊呼出声。

这样的特征，不是王倬，又能是何人？

不仅仅是他，迪迪倒退数步，村长庞大身量向后一仰，黑背大狗"呜"的一声拿爪子捂在眼睛上。

通识球展现出来的逼真画面，犹如那一幕发生在眼前，几人全是被吓住了。

那个动作怎么看怎么像一个人被放在棺材里，埋入土里面，又给填上土，然后死都死了的人猛地抬手，洞穿了棺材板子外加土层，破土而出。

也忒吓人了。

在三人一狗的注视下，土层崩开，一人从中坐起，"嘭"地一下，一个沉重的东西被其甩到了一旁，落在地上发出闷响声。

"啊！"

叶萧等人眼睛都瞪圆了。

不知道这通识球记录下来的景象是不是沈凡所为，此人的水平相当之了得，没有放过任何一个关键点。

叶萧他们看得真真的，那个被扔出去重重地砸在地上的，赫然又是一具尸体。

尸体通体焦黑，仿佛焦炭一样，看出身份是不用想的了，只能看出是一个人。

还原起来就是：王倬在地上挖了一个洞埋了自己，同时抓了一个人挡在身体上方，逃得了性命，被他当成挡箭牌的那位自然就是那具焦尸了。

"够狠。"

"厉害。"

"不愧是海贼头子。"

"命比蟑螂还硬，真不容易杀死。"

"汪！"

三人一狗，感慨出声。

// 167 //

通识球投射出来的景象还在继续，王倬看都不看焦尸一眼，用蹒跚的脚步，一步步地向着远处走去。

眼看着他就要走出通识球能记录的范围了，叶萧等人的心神放松下去，却见王倬忽然张开双臂，做出仰天长啸状。

叶萧他们听不到声音，然而只是看他背影的颤抖，便清晰地感受到其中悲愤、狂怒，以及疯魔。

"这事没完，小道士，你要注意。"

君莫笑难得正色地说话，一脸凝重。

叶萧这回没有插科打诨，重重地点头。

谁都看得出来，王倬不死，其祸不止，用不了多久，他就会带着重新召集的人手，出现在他们的面前。

小道士不去纠结那个噩梦如此照进现实的问题，心想："死奸商倒是做了一件好事情，这是怕我疏忽大意，被海贼头子暗算了。

"我在明处敌在暗，还真是说不准的事情。"

他念头还没闪完，通识球一颤，之前景象破碎，新的影像出现。

"咦？"

三个人同时惊疑出声。

新的景象不像之前如在眼前般一点点儿地发生推进，而是"唰唰唰"地不住闪过，仿佛一段段情景碎片拼接而出。

里面有一群大蜥蜴在撕咬着什么，血光四溅；

有一群猪头人，在追着一个白衣猪头人。

越到后面，景象越是凌乱，叶萧只能判断出前面部分应该跟王倬那部分一样，是"雷动九天"过后，猪头人一方的情况。

至于后面那些东西，给人的感觉就好像是一个人在被追着跑，浮光掠影所见。

恰似有什么东西，在——逼近！

沉默地看完，通识球暗淡下来，仿佛从水晶球变成了石头球，内里有一种浑浊的感觉。

叶萧将其拿过来，默默地收好，与孙大娘给他的还没来得及看的包裹一起，带在了身上。

"后面好像是村子外头。"

君莫笑的语气不太肯定，拍拍叶萧的肩膀，道："大家都挺喜欢你的，他们寂寞惯了，你们来了后，村子里倒是多了几分活气。

"多待待，少往外去。"

叶萧若有所思地点头，村长得到满意答案略有宽慰，倒是迪迪一脸狐疑地看向小道士。

"好了，老夫回去了，哈欠，该睡觉去了。"

君莫笑一摇一摆地转身就走，身后留下一脸无语的叶萧他们。

"对了。"村长走出两步，想起什么似的又停了下来，指着黑背大狗道，"小道士，它这两天先跟着你们。"

"啥？"

叶萧睁大眼睛，迪迪流出口水，黑背大狗一个踉跄，给自个儿绊了个狗啃泥。

君莫笑神秘地一笑，道："你会用得上的。"

……用上它？它能干吗，肚子饿的时候炖上一锅吗？

叶萧在疑惑，黑背大狗浑身狗毛都竖起来了，呜咽有声，神情叫一个惊恐，翻译过来就是：

"主人，主人，你要干什么？"

它的两只爪子都抱到了君莫笑的小腿上，惊恐地"汪汪汪"。

"为什么？为什么要把我留给这头随身带着陈皮、看着我流口水的两脚牛？"

## 第四四章　深受打击的游某人

"老夫去也。"

"哈哈哈……"

遗人村村长君莫笑，仰天大笑，一脚踹开自家狗，龙行虎步而去。

看他去向，正是自家被其父亲勒令不准种花的老宅子。

"呃……"

叶萧和迪迪面面相觑好一阵，相视摇头。

"村长看来是憋坏了，一辈子闷在这个小村子里是图什么，吼一声加税收租大家一哄而散的威风吗？"

小道士接着摇头，想也知道不是。他唯一能理解的就是此刻村长的得意，那种深藏功与名，上街被人认出来要墨宝传家一样的爽感。

"呜呜呜，呜呜呜。"

叶萧和迪迪分别疑惑的疑惑，感慨的感慨，轮到黑背大狗，就剩下惊恐了。

它浑身都在哆嗦，四条腿小碎步向着后面移，看那架势似乎叶萧他们一不留神儿，它就打算撒丫子跑。

可惜，迪迪垂涎欲滴地看着它，半点儿空子都没的钻。

等到叶萧也扭过头来望向它，摸着下巴喃喃自语："是上陈皮呢，还是香叶呢？这是个问题。"

吓……

黑背大狗惊吓完，反而不抖了，站立而起，后腿吃力地支撑着身体，两只前腿蜷缩在胸前呈可爱状，咧开嘴巴笑，舌头吭哧吭哧地吐着。

"这是卖萌吗？"

叶萧哈哈大笑，觉得这狗好玩儿，识时务到了极点，"好啦好啦，不欺负你了，但是，不准跑，不然……"

不然什么他没往下说，不过目光直往面露遗憾之色的迪迪身上瞥，这个动作就说明一切了。

黑背大狗何止是通人性，简直是通灵，它每一句话都听得懂，立刻开始摇尾巴，屁颠屁颠地扑上来，绕着叶萧的两条腿兜圈子，一步不肯离开。

"这还是狗吗……"迪迪喃喃自语，"……这都快比俺精了。"

……有这么比的吗？叶萧一阵无语，叹息着拍着他的肩膀，道："它是比你精上那么一点点儿。"

此时，遗人村的村民被君莫笑吓跑一空，刘华捕头等人狼奔豕突得连影子都找不到，村东头只剩下药庐外的游某人了。

他一个人呆呆地坐在平日里下棋的位置上，怔怔出神不知道在想什么。

在叶萧他们想起这位白衣王师看过来的时候，孙大娘不知道在发什么脾气，一甩袖子，怒气冲冲地走了，他们只来得及看到一个背影。

叶萧摸了摸下巴，举步向着游某人走去。

"游前辈，游前辈……"

他足足喊了数声，游某人才听到一般，茫然地抬起头来，定定地看了叶萧好一会儿，方认出他一般地道："是你啊小道士，有事吗？"

有事吗……有事吗……有事吗……

叶萧整个人都不好了，无论是游某人茫然的神情，还是这三个字，全都跟从龙脊火山之巅滚下来的巨石从身上碾过去了一般，一万吨的伤害。

就在小道士被打击得够呛，还没有想到要怎么说的时候，游某人一拍脑袋，仿佛想起了什么似的，道："双符境界，身上伤势是吧？"

叶萧点头，心中一片悲观，看游某人这个状态，他觉得十之八九是没戏了。

"这个吃了。"

游某人出手一按小道士的脸颊，他不由得就张大了嘴巴，然后惊恐地看到游某人一颗黑乎乎足有大拇指大小的药丸飞了过来，直入口中。

"咕噜咕噜噜。"

游某人闪电般地一托叶萧下巴，再在他喉咙处抹过，顺了一下。

"游前辈……你，你给我吃了什么？"

叶萧"呕"了两下除了酸水什么都没有，那么大的药丸竟然一吞到底。

"没什么。"

游某人依然是懒洋洋提不起精神的样子，有气无力地道："'定阳方'罢了，不管什么伤势，定个七天七夜没问题。先这样吧，具体的医案容游某细细思量。"

叶萧作呕的动作立刻就停止了，抚着胸口，一副生怕一不小心就把好东西呕出来的样子。

这一听就是好东西。

怎么有暴殄天物的感觉呢？

叶萧想来想去，得出的结论是这颗"定阳方"怕是比治疗他伤势的药物要贵得多，没听不管什么伤势，定个七天七夜没问题的口气吗？大到天都能包过去了。

换个人说他一定不信，可游某人是谁？医卜星相无一不精，号称最接近神的人，小道士不管别人信不信，他是瞬间就信了。

至于"细细思量医案"，叶萧一个字都不信，分明是游某人状态不对，懒得都超过了在他脚边翻着肚皮晒太阳的黑背大狗。

"至于双符境界……"

游某人有些犯难，落在叶萧眼中，这是实在嫌麻烦。

他叹口气，道："想要达到双符境界，一息两符箓，至少得学会左手画方右手画圆分心二用本领……"

游某人话没说完，就看到小道士兴冲冲地蹲下来，在药庐前土地上，左手一根手指，右手一根手指，划拉出两个图案来。

方的，扭曲如用了十几年的梯子，随时可能要散架；圆的，倒像是被黑背大狗啃了一大口的馒头。

游某人瞥了一眼，毫不奇怪，这左手画方右手画圆，乍看是简单，其实涉及分心二用、诚心正意、心中空灵、有无之间……一系列复杂的说法，他当年也是吃足了苦头的。

叶萧看着画出来的东西，自个儿都脸红，"哗啦"一下把袖子挽起来，埋头继续，口中嘀咕着："我就不信了，看起来很简单嘛。"

"简单？"

游某人摇了摇头，抬头望天，心想："等他多失败几次，我再教他秘诀，正所谓法不轻传，免得小儿辈不知道珍惜。"

想到"珍惜"二字，他心中一痛，看天上白云苍狗，感慨万千。

过了一小会儿，估摸着叶萧也该知道其中难度了，游某人低头望过去，道："没你想的简单吧，这很难的……"

"呃？"

游某人眼睛瞪大了，身子前倾，差一点儿屁股就要离开椅子面儿。

他看过去的时候，叶萧正好收手，拍着手掌打掉沾上的泥土。

没了小道士身体的遮挡，地面上一左一右出现了两个图案。

方者，正方；圆者，浑圆。

规规整整，半点儿不像是信手涂鸦，倒更像是老泥瓦匠用规矩等工具，细心画出来的。

"你是怎么做到的？"

……这才多大一会儿，游某人想想自己当年为这个吃的苦，手指头都磨秃噜了好几层皮，怎么到叶萧这儿，就这么简单了？

"很简单啊。"

叶萧抬起头来，一脸无辜，"多画两下就成了嘛。"

……多画两下就成了？

游某人无语问苍天，他自诩天才都要苦练许久的东西，到小道士这儿就是多画两下？这找谁说理去？

"这个……你……拿去。"

他定了定神，从怀中掏出一件东西来，塞到叶萧手里，然后无力地扶着桌子站起来，道："小道士，你要的东西都在里面了，自个儿看去。游某累了，改天再说。"

话音落下，游某人跟跟跄跄地向着药庐里走去，身后叶萧叫唤了几声，他就摆了摆手，算是听到了。

等药庐门"嘎吱"一声关起来，叶萧摸着脑袋，一脸茫然地问道："迪迪，我说错什么了吗？"

迪迪在他旁边一样蹲着，两只手上都是泥巴，闻言忽地抹掉地上扭扭曲曲的图案，艰难地道："没，没什么。"

"哦。"

叶萧瞬间就信了，看向游某人塞过来的东西，肚子里在吐槽："塞了东西就跑，怎么一个个都这样？"

"这又是什么？"

## 第四五章　绢帛、虎狼药、小九

"哥，你是俺亲哥。"

迪迪肚子里都在流泪，心想这你还抱怨，怎么没有人往俺怀里塞东西，塞完尽管跑啊。

抱怨与打击掩盖不了好奇，他腹诽着，牛角已经先一步戳了过去。

叶萧刚好把东西打开，那是一块有复杂菱形纹路的明黄色绢帛，颜色鲜艳，光泽流转，瞅着就是上好的料子，不知道从什么东西上撕下来的。

上面有密密麻麻的字，把比巴掌大不了多少的绢布上写得满满的。

这些字一个个龙飞凤舞，如是活物般舒展着，乍一看仿佛一个个墨色的小人跳着舞蹈，就要从绢布上跃出一般。

"好书法。"

叶萧啧啧赞叹，不愧是万法皆通，无一不会、无一不精的白衣王师，看这块绢帛书对看惯了老道士一手狗爬字的小道士来说，简直就是无上享受。

对迪迪来说就不一样了，只是看了一眼，他就觉得头晕目眩，跟被人在脑袋上砸了一锤般，而且还是铁匠师父的碎颅锤。

本来他看字就头晕，行草兼具的游某人墨宝简直就是天书外加强力晕眩道术，牛魔人忙不迭地把目光移开，盯着黑背大狗看了好一会儿，直看到口中唾液横飞，方才缓过劲儿来。

迪迪是缓过劲儿了，黑背大狗却吓得趴在地上了。

叶萧津津有味地来回看了三遍，先不求理解，把内容给牢牢记住了，然后小心地收起明黄绢帛，扭头一看。

"呃，你们什么情况？"

"没，没事。"

迪迪讪讪然地笑着，他才不会告诉叶萧他刚看到旁边晾晒的草药里面，竟然还有香叶大料这种好东西，炖狗肉一绝啊，没忍住，就抓了一把。

"游前辈不知道怎么了，这么消沉，哎，真想帮他开解一下。"

叶萧在感慨，迪迪憋得脸都红了，才忍住没说出实话来："你哪里是开解，你分明是捅刀子,瞧把人给刺激的,俺也被刺激了好不。"

"咦?"

突然,小道士也好,牛魔人也好,齐齐惊疑出声。

"你的脸……"

又一次异口同声。

顿了顿,叶萧和迪迪再次开口:"……红了。"

连续的神同步让两个人一起把手捂在了嘴巴上,没敢再吱声。

等他们把手放下后,迪迪憋话憋出来的脸红消散了,叶萧脸上愈发地红,跟猴子屁股都有得一拼。

"哥,你这是怎么了?"

牛魔人有些担心了,凑过去要试叶萧的额头。

拍开他的手,叶萧摇摇头,道:"没事,应该是药性发作了。"

这么一会儿,他感觉到了,不仅仅是脸上红扑扑的,肚子里也暖洋洋的,好像有一颗小太阳,在肚子里面融化。

"这还没事?"迪迪咋舌地看着叶萧脑袋上都开始冒白烟儿了,心想那药真不是一般的猛。

叶萧不由得动了一下,起身在药庐外一圈圈地绕着,越走越快,仿佛一团炭在飞奔,他心里也在嘀咕:"这是什么药,该不会是什么羞羞的东西吧?身上怎么这么烫,完全停不下来啊。"

绕了不知道第几圈了,他还是停了下来,就停在迪迪面前。

"迪迪。"

叶萧深吸一口气,定了定快被蒸熟的脑子,道:"你不用跟着我了,我多走动走动,散散热气。"

"啊?"

迪迪挠头,有些茫然,他已经习惯了跟在小道士屁股后面了,问道:"那俺去哪里?"

"去找铁匠。"

叶萧想了想道:"他是碎颅教头,小石城第一教头,绝对擅长教人。

"避居在这鸟不拉屎的地方这么多年没有教过人,一定从心里痒痒到手上,你送上门去,他还不好好调教?"

迪迪激灵灵地打了一个寒战,听着有道理,只是怎么有点儿瘆人呢。

"我就在村子里绕着,有它跟着就行了。"叶萧踢了一脚黑背大狗,这货听到可以摆脱整天冲着它流口水的迪迪，别提有多兴奋了，脑袋飞快地点着。

"机会难得，你多往铁匠那里凑凑。"

"回头我再去找你。"

叶萧说到这里，迪迪想了想，觉得小道士在村子里也没啥危险，再说伤势不是被那颗虎狼之药给压下去了吗？至少活动不用人帮忙，于是迟疑地点了点头。

"去吧去吧。"

小道士推着迪迪走了两步，看他还要回头，接着推，"赶紧过去，铁匠师父一定跟村长还有游前辈一样还在激动，趁热打铁。"

"可是……"

叶萧耐心差不多了，一抬脚，作势欲踢，喝道："走不走？"

"走走走，马上走。"

迪迪双手抱头，向着铁匠铺子狂奔而去，一边跑着一边回头喊："哥你要来找俺啊。"

叶萧摆摆手，一直到牛魔人消失在小路尽头，这才长长地舒了一口气。

他浑身上下冒着热气，温度越来越高，头顶上不仅仅是白烟儿，俨然是一道白色的气柱。

小道士十二万分怀疑，游某人是不是拿错药了，这不是什么"定阳方"，是什么虎狼之药吧？

叶萧也就只能想想了，一边想着，一边快步朝另外一个方向走去，与迪迪背道而驰，与遗人村所在的方向背向而行。

"喂，这是往哪里去？"

"进村是这边，这边啊。"

黑背大狗一脑门疑惑，只有化作"汪汪汪"的叫声。

它越叫，叶萧走得越快，黑背大狗想去咬裤腿又不敢，这个可是随身带着陈皮、香叶的主儿，只得屁颠屁颠地紧紧跟着。

眼看就要走出了村口，叶萧忽然心中一动，停下脚步，向着身旁望去。

光晕流转，一个浑身白皙如玉的骨头架子，从虚空中一步踏了出来，静静地站在旁边，用闪动着灵光的眼眶对着叶萧，好像在凝望着什么。

"小九。"

"你怎么自己出来了？"

叶萧诧异地看着它，发现有段时间没见，其实也不久，就几天工夫，小九身上就又发生了变化。

　　往日里出现随身携带的武器不见了，它空着手，个头也没长高，只是身上的骨头愈发地纯白，流转着玉器一样的光泽。

　　玉器也是易碎，好歹感觉比之前要结实了一点儿，关键是——好看。

　　叶萧表示满意，也不深究为什么没有护法符召唤，小九能自己出来，反正他深信小九不会害他。

　　"既然出来了，那就跟我一起走吧。"

　　叶萧笑着道："我们，出村！"

## 第四六章　只身出村

迪迪要是在这里，一定会问"为什么"，会劝"不要出去危险"，最后还是会跟上，拿庞大的身躯挡前面，一遇到危险第一个冲。

小九则一声不吭，微微颔首，点了点头。

紧接着，叶萧就看到了让他为黑背大狗默哀三息的一幕。

小九无声无息地答应下了，然后手在黑背大狗身上一按，犹如一片白云般飘飞起来，落到了大狗背上。

可怜黑背大狗只来得及浑身一僵，就感觉到有两条腿一夹，两只手抓住狗脖子上的浓密黑毛，在它背上坐得稳稳当当的。

咽了口唾沫，叶萧想到来遗人村之前，被小九骑的那只鹰隼凄凉的下场，忍不住提醒道："小九，悠着点儿。"

黑背大狗连连点头，感动得眼泪都要流下来了，想要把小九抖下来，愣是没敢。

刚想扑上去狠狠舔，为叶萧的善解狗意表示一下，不承想小道士后面又补充了一句："别给弄死了就好。"

"啥？"

黑背大狗觉得眼前一黑，后背上坐的好像不是一个轻飘飘小骷髅，而是死沉死沉的牛魔人一样，脚步都沉重了。

"走吧。"

叶萧看到小九出现、寸步不离的样子就心情大好，哪里管黑背大狗的残念，脚步轻快地向着村外走去。

黑背大狗想过反抗，想过抗议，想过趴在地上不走了，只是不知道怎么回事，小九只是紧了紧抓在它后脖梗上的毛，它就不由自主地向前走去。

渐渐地，他们踏上了村外的小道。

小九骑着黑背大狗跟在后面，稍稍动动手、踢踢腿，大狗就乖乖地左边转、右边弯，听话得一塌糊涂。

叶萧一手背负在后面，一手虚握在前头，悠然地走着，除了浑身冒着热气红得跟煮熟的大虾一样外，他自己都没有察觉到，他不知不觉地有些在向着游某人学习。

当然，指的是白衣王师范儿的绝世游某人。

人已经出了村子，只有依稀的声音还在回旋：

"小九，你这几天是不是天天晚上都在守着我？"

"……"

"不答就是了。我就说嘛，怎么每次迷迷糊糊地都觉得有人在看着我，醒来又不见，我还不害怕，就知道是你，只有你才能让我这么安心啊。"

"……"

小九的背影发红，粉红粉红的，难道是阳光染上的羞涩吗？

"哟，你变色啦，害羞什么，因为偷窥我？"

"安啦，我就爱被你偷窥。"

小九这下不仅仅是粉红，都通红了。

它在黑背大狗身上扭动着，似乎手脚没地方放的样子。

叶萧误会了，很是嫌弃地瞥了一眼黑背大狗，拍着胸脯道："先将就着，以后，我要给你弄只大大的坐骑……"

当叶萧、小九、黑背大狗，一人一护法一宠物，迎着夕阳向着村外走去的时候，铁匠铺中"哐当哐当"的暴雨般密集响动停了下来。

赤着精壮身躯、露着铁铸肌肉的铁匠不用抬头，就知道来人是谁了。

庞大身躯将阳光挡得结结实实的，铁匠铺里一下暗了下来，遗人村中有这样身量的除了铁匠自己，就只有牛魔人迪迪了。

"你来了。"

铁匠语气淡淡的，又补充了一句："一个人？"

这三个字算是触到迪迪的神经了，他哭丧着脸走过来，低着脑袋，有些落寞地喊了一声："铁匠师父。"

"你这牛犊子，竟然没继续跟在小道士身后当跟屁虫，怎么有空到我这儿来？"

铁匠话比平常有些多，扔下打了一半的铁器，踱步到铁匠铺后面，打了一桶井水，当头浇下。

冰凉的井水浇在他身上，竟然发出"哧哧哧"的声响，像极了刚打好的铁器在淬火的声音。

"俺哥让俺来铁匠师父这里学东西。"

迪迪闷声闷气地说着。

铁匠往头上浇水的动作一顿，摇头笑了，心想这牛犊子也忒憨厚了，要是换成其他人怎么敢这么说？遇到心眼小的师父小鞋可以穿到牛蹄子都给剁掉。

不过他就喜欢牛魔人这样性子，像极了当年小石城里那些战士学徒。

铁匠心里一痛，强迫自己不再想起，将胸中波澜尽数压了下去，道："小牛犊子，你怎么这么听话，是有自己想法了？"

迪迪点头，声音有些落寞："俺不知道哥要干啥，但俺知道，要是他想干点啥，俺跟着不是好事。"

"嗯？"

面对铁匠从鼻音里发出了的疑问，迪迪挠着头，有些艰难地解释道，"俺哥以为俺不明白，其实俺心里有数着呢。"

"怎么说？"

"俺刚跟哥离开白日门城，洗盘子的馆子就着火了，然后海贼就跟韭菜似的一茬茬地在俺们身边冒出来，这个……这个……"

迪迪头皮都挠破了，才说出了结论："俺觉得，海贼可能是冲着俺来的。"

"俺哥要是想做什么，俺还是别凑在他旁边的好。"

话说完，他长长地出了一口气，浑身上下顿时轻快下来，肚子里咕咕地开始叫，果不其然，动脑筋就是饿得快。

"不容易啊。"铁匠在心里面感叹，"这头小牛犊子一根筋，嘴巴比脑子还笨，能把话说顺溜到这个地步，算是难为他了。

"也可以知道这个念头他怕是早就有了，闷在肚子里不知道考虑了多久。"

铁匠想了想，问道："然后呢，牛犊子你以后都不跟着小道士了？"

"那怎么成？"

迪迪顾不得上左顾右看找吃的了，嚷嚷道："俺肯定要跟着俺哥的，海贼算什么，俺们牛魔人祖上全是海贼，谁怕谁？来两个俺剁一对！"

铁匠笑了，一指烧得通红的铁块，道："那还等什么？"

"又来……"

迪迪哭丧着脸，穿着死沉死沉的皮褂子，往双手掌心吐了口唾沫，高举起更沉的碎颅锤，狠狠地挥落下去。

"当！"

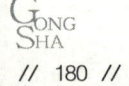

夕阳西斜，好像被人用钓鱼竿钩住了一样，久久不能落下。

叶萧和骑着大狗的小九就像要走进太阳里，远远落在身后的是遗人村。

"小九。

"你猜迪迪在想什么?"

"……"

"那憨货，他一定以为海贼是冲着他来的。

"其实，不是的。"

## 第四七章　扪虱谈人生

"现在回想起来，海贼第一次出现，应该是在迪迪洗盘子那家馆子，那时候我跟迪迪在城外看到火光冲天，烧得半边天都红了。"

叶萧对着不会说话的小九，手舞足蹈地说个不停。

别说有外人看到，就是小九骑着的黑背大狗一张狗脸上都露出狐疑之色来，他们两个自己却丝毫不觉得有什么不对。

一个说得兴高采烈，一个听得专注无比。

"白日门城里治安很好的，我就是在那里长大的，除了上岸的海贼，我想不到有什么人会有那么大的胆子，在老车道那样地方做下那么大的事情。

"一开始，我也怀疑海贼是冲着迪迪来的，特别是在憨货跟我说他骑着鲨鱼渡海过来，中间还遇到一个老海贼，弄了一张海贼王的藏宝图时，只是没有说破而已。

"不过……"

叶萧脸上挂着灿烂笑容，有点儿小骄傲，有点儿小自得，"……我很快发现不对劲儿了。

"其实，迪迪洗盘子那家馆子，那天我也在的。

"比起那憨货，我身上更可能有让人图谋的地方。"

叶萧拿手指点了点自家鼻子，扭头对小九道："小九，你不觉得奇怪吗？以前不觉得，现在我见得多了，也越来越觉得我家那个不着调的老爷子不是一般人。"

小九点头，连黑背大狗都在连连表示赞同。

听过叶萧讲老道士故事的，没有一个人会将那个好吃懒做，好色，但说的话每一句都很有道理的老道士当作一个普通人。

"还有，以前不觉得，现在想想，小结巴那丫头怎么生出来的，明明什么都没有练过，一把平底锅我现在都没有把握打得过她。

"神烦的死奸商，次次都那么巧，他是有意的还是无意的？

"很多很多……"

叶萧声音稍稍低了一些，似乎情绪没有那么高涨了，旋即想起了什么似的，昂起头来，笑容灿烂，"小九你不一样，因为我跟幽灵们当了那么久的朋友，才能找到你。

"迪迪也不一样，他是我自己找来的。

"你们，全都不是安排好的……"

叶萧不知不觉停下了脚步，仰望着夜空，夕阳悄无声息地落了下去，有一颗颗零落星辰开始闪着光，好像在冲着他眨着眼睛。

他的肩膀上，忽地搭上了一只手——小九的手。

小手冰凉，没有暖暖温度和软软的肉，但是搭上去，就不放了。

叶萧回头过，对上的是小九闪着灵光的双眼，兴许是夜色温柔，今天看上去那灵光分外地柔和，犹如会说话一样，在轻声地安慰。

"没什么的。"

小道士拍拍小九的手，"嗖"，小九把手飞快收了回去，粉红粉红的颜色弥漫全身。

"以前老头子说过，我们人啊，就像是打水漂儿的石头，一甩扔出去，弧线是固定的，结局也是固定的沉水里，区别只在于能在水上打出几个漂儿。"

叶萧在笑，笑得很干净，就好像是当初搬着小凳子坐着听老道士口沫横飞的小小道士一样。

"老头子接着又说，以上都是放屁，谁信谁是傻瓜。

"石头扔出去不会接回来啊，风大点儿弧线就偏，几个水漂儿过去，万一就冲上陆地了呢？

"什么运命唯所遇，什么宿命不可逃，什么人生天注定……全是狗屁。

"他说：人生，就像是他自个儿，不把那件破道袍掀开，细细地数过，谁知道里面藏着几只虱子？"

叶萧胸膛挺起，腰杆笔直，昂首阔步，回头道："我觉得很有道理。

"我不带着迪迪，是因为在遗人村里，我们都有很多机会，我的收获很大很大。"

他下意识地摸了摸胸口，已经不太合身的道袍里藏着的不是虱子，而是孙大娘的秘术"谛听"，是白衣王师的明黄绢帛，是沈凡的捉奸球，啊呸，通识球。

"迪迪因为一直要跟着我，连铁匠那边的机缘都没有抓住，这不公平。

"我要出村子，刚刚已经分析过了，他们很可能是冲着我来的，他跟着我，不安全。"

叶萧絮絮叨叨地说了很多，小九有的点头，有的没有，不变的是默默地跟着，小道士在哪里，它就在哪里。

"还有，我想试试。"

小道士摸着胸口，隔着道袍，他能清晰地感受到胸膛在起伏，心脏在搏动，有热血随着心脏每一下的跳动，涌遍全身。

"那天，乾坤一掷之雷动九天之后，不知道是不是因为受伤的原因，我一直在心慌，我和谁都没说哦小九，我一直在慌，越来越慌。

"原本还没有感觉，但自从看到了遗人村里那些叱咤风云过的人物现如今的样子，我就想试试，走出来。

"果然……"

叶萧笑得很开心，哪怕浑身发烫，头冒白烟，笑容依旧阳光灿烂，"我现在不慌了，而且，很兴奋。"

他的兴奋，或者说是亢奋，流露在每一句话、每一个字、每一点儿神态里，好像一颗小太阳，即将喷薄而出。

"只是……

"……忒热了！"

叶萧发现自个儿张开嘴巴都在冒着热气，周身所在就跟蒸笼一样，黑背大狗一直想躲着他远一点儿，但小九没让。

"那里好像有水。"

小道士侧着耳朵听了听，有水声潺潺，叮叮咚咚，似乎是浅浅的溪流在欢快而过。

他再顾不得什么"我想试试"，一脑门都是两个字"有水"，迈开大步就冲了过去。叶萧动作那叫一个快，黑背大狗被小九都催得直吐舌头了，吭哧吭哧地一阵跑，还是没能追上。

等他们在月色下追上叶萧背影时候，他上半个身子已经全埋进了溪水里面，周遭"哧哧哧"作响，被浓密的水汽包裹着，仿佛是一块烧红的人形烙铁扔进了淬火池里一样。

月亮不知什么时候偷偷地爬上了云头，如水月华流转在小小溪流上，让只有两人宽的水面泛着银白色柔和的光，一路爬上了小道士的身体，漫到了小九的身上。

突然——

埋头在水里觉得透心凉浑身舒畅的叶萧，发现了一点儿不对劲的地方，怎么在水里看来，整个世界都在一点儿一点儿地变红，红得吓人。

"哗啦"一下，叶萧猛地从水中抬起头来，骇然望去，只见整条溪流从上游而下，染上了一层血红的颜色。

——血的颜色！

## 第四八章　惨烈血战场

"啊呸。"

"哪里来的血？"

叶萧连"呸"数口，不知是不是心理作用，还觉得嘴巴里都是血腥的味道。他忍不住抬起头看了看天上月亮，银白雪亮，没有变成血色。

"看来是上游的问题了。"

小道士抽了抽鼻子，这回不是心理作用了，的确有淡淡的血腥味在弥漫。

霍地一下，叶萧长身而起，丝毫顾不得道袍下摆湿了大片，凝神望向上游方向。

片刻之前，小小溪流上浮动的还是如水月华，仿佛是一条月色凝成的河流般清幽，忽然之间尽染血色，不用说也是上游正在发生着什么。

循着叶萧的目光，可以看到溪流蜿蜒而下，两侧多是荆棘或者山石，根本不是走人的地界，换句话说，循着溪流向上游回溯是不可能的事情。

"大黑。"

小道士眼珠子一转，落到了黑背大狗身上。

这狗不知道君莫笑是怎么养的，多通人性啊，立刻就明白了叶萧的意思。

它想要拒绝来着，小九已经默默地再次爬上了它的后背，两条腿夹紧，两只手拽住了大黑后颈上的毛。

大黑立刻就不敢有小心思了，它对小九怵得慌，都快赶上陈皮、香叶不离手的迪迪了。

"汪"，它撒开步子，抽着鼻子，向着一个方向一头扎了过去，速度之快，犹如一道黑色闪电。

"这死狗，不怀好意啊。"

叶萧摸着鼻子，知道大黑是心不甘情不愿，不敢罢工但想用另外一种方式报复。

"可惜，选错时候了。"

他冲着回过头看过来的小九摆了摆手，示意没事，迈开步子就追了上去。

此刻的小道士哪里有不久之前走路大喘气还要靠迪迪来背的狼狈样子？他脚步轻快，气脉悠长，刚刚呼吸急促一下，身体内部凭空就生出一股力量流转全身，暖洋洋的似乎有使不完的劲儿。

叶萧越走越快，越走越轻松，浑身燥热消散，全身上下每一处都在凭空生出力量来，恍惚间觉得就这么走下去，可以一直走到世界的尽头一样。

这当然只是想想，前方大黑脚步越来越慢，方向却越来越明确，低头嗅个不停的情况再不出现，稳稳地朝着一个方向奔去。

到了这个时候，别说大黑的狗鼻子，就是叶萧隐隐地也能闻到空气中淡淡的血腥味道，在微风中萦绕不散。

"从发现血水到现在才几十个呼吸时间，我抄的又是捷径，这距离实际上不远。"

"再加上溪流的速度……"

叶萧的神色，渐渐凝重起来，全神贯注以至于都没心思去呵斥止步不前的大黑。

拨开前方灌木丛，眼前豁然开朗，不远处有潺潺溪流声，空气中弥漫的不是清新水汽而是浓郁得熏人作呕的血腥味道。

转眼间，叶萧目光一凝，落到了所有血腥味道的源头。

数十步开外的地方，横七竖八地倒伏着一具具尸体，不用细数，一打眼儿间就知道有数十具之多。

左侧一样数十步距离，空旷一片，尽头是溪流蜿蜒而过，在此处形成了一处弯道聚成宽敞水面，溪水清澈，好像月亮误坠了凡尘，融化成这一泓清泉。

叶萧一步步地走出来，依然是一手虚握着自然地搁置在丹田处，一手背负在身后的白衣王师的范儿。不同的是，这回背负在后面的那只手在他走出来的同时，向着后面摇了摇。

灌木摇动，终究没有发出声响，也没有大黑或是小九跟着叶萧一起踏出来。

小道士独自一人，踏着月色，周遭尽是血腥味道，向着横陈着的数十具尸体走去。

远远地看过去，叶萧脸上神情就是一沉，他在尸体当中，看到了好多熟悉的面孔。

"你你你你……"

不管多少次，照几回面，永远是反应不过来认不出来的黎胖子。

"误会，误会，这全是误会。"

一身官威，形势所迫，不得不低头做小的刘华捕头。

议论声声，专门负责惊呼"碎颅教头""九子鬼母"等的小捕快们……

就在半个时辰工夫前，还在遗人村里进退维谷的公门中的人们，现在再也不用担心敢不敢抓人、能不能走得了的问题了，他们永远地躺在了这个溪流弯边上。

叶萧的脚步稳稳的，每一步都好像丈量过一般，不快一分，不多一尺，渐渐地靠近。

越是靠近，他看到的细节就越多，天上月亮似乎也在配合着他，从淡淡的云气中冒头，毫不吝啬的如水月华将周遭照得透亮。

捕快们倒不寂寞。

在他们的身体周围，有一具具鬼豚族人的尸体，一头头大蜥蜴趴卧在一地血泊中。

到死他们都纠缠在一起，有的捕快持刀插入鬼豚族战士胸口，后面被大蜥蜴扑倒；有的猪头人死则死亦还咬着一个捕快的喉咙不放；有的大蜥蜴从肚子里被一只手破开，开膛破肚而死……

尤其是刘华捕头。

这个叶萧半个多时辰前第一次见过面，然后所见都是他卑躬屈膝、委曲求全样子，完全看不出他是怎么当上下关城捕头的。

小道士现在知道了。

以刘华捕头尸体位置为中心，四面八方倒伏着的鬼豚族战士，以及他们豢养的大蜥蜴，加起来有十余具尸体之多，皆呈圆形向外倒伏着，可见全是死在刘华捕头一人之手。

刘华捕头全身上下的衣服被撕成了一条条，裸露出的是或撕咬，或刀斧或箭射的伤痕，密密麻麻，看不见一块好肉。

他身下的鲜血更是泅出了好大一摊，尸体用一柄长刀支撑着蹲伏在血泊当中，至死不倒。

看着这具诉说着惨烈与刚毅的尸体，叶萧不由得面露敬意。

刘华捕头这分明是激战到最后，至死不退一步，伤势奈何不了他，鬼豚族战士敌不过他，甚至远远地用弓弩攒射也杀不死他，一直到流尽了身体里的最后一滴血，他才无奈地停了下来。

永远地停了下来。

或许，鬼豚族人、虹魔教徒们，也在敬畏着刘华捕头，这才让他至死不倒的雄姿保留到现在，被叶萧所见。

"虹魔教徒为什么会跟公门中人冲突，还是这样的死战?"

叶萧越看，越是疑惑。

忽然——

"呜呜呜……"

一声闷叫，尸体堆中，靠近刘华捕头方位，有一个白袍猪头人尸体仰起半个身子，呜呜有声。

## 第四九章 次序，小白

"吓！"

叶萧身子后仰，好悬没有被惊个倒退几步。

死都死了，还要玩诈尸？不带这么吓唬人的。

"咦？"

小道士定睛一看，顿时发现了不对的地方。

从尸体堆里面坐起来的赫然是一个猪头人，一身白袍，皮肤亦白，算上额头刺青，俨然是猪头人当中地位甚高的祭司。

问题是这个祭司状况也太惨了一点儿吧。

他挺起身来动作之所以如此诡异犹如诈尸一般，是因为他脖子上挂着厚重的铁枷，有几十斤分量，戴上这样的铁枷连直起腰都成了一种奢望。

铁枷就算了，叶萧瞄了一眼过去，看到白袍祭司身上除了这玩意儿外，还有只听过、从来没亲眼见过的"桎梏"。

他从铁枷前洞中伸出来的手上，挂着铁手铐，脚上同样挂着粗如婴儿手臂般的铁脚镣，稍稍一动，"哐当"乱响。

脚下的镣铐称"桎"，手上的称"梏"，连在一起就是桎梏！

铁枷加上桎梏全套齐全，叶萧还是第一次见，只是听说公门中人经常用这样的手段来对付穷凶极恶者，一般上了这样的手段，哪怕再不动用任何刑罚，时间长了就能将人生生地"枷"死。

"是刘华捕头他们下的手。"

这样公门标志性手段一出，叶萧立刻做出了判断。

"只是……"

小道士眉头皱在一起，露出疑惑之色来。

"既然有闲工夫上铁枷桎梏，也就是说白袍祭司出现得比其他猪头人要早，是在血战还没有开始的时候就落到了捕快们手里。"

"不然的话，打生打死都来不及，怎么会有空儿上这样的手段？

"刘华捕头他们捉到了白袍祭司，然后走到这里，受到了袭击。

"可是……怎么会出现现在的情况呢?"

叶萧念头转动只是顷刻之间事情,这点儿工夫里,白袍祭司"呜呜呜"地挣扎着,有涎水哗啦啦地落下,看上去又平添了三分惨状。

"呃!"

小道士这才注意到白袍祭司不仅仅是被铁枷桎梏招呼,他的嘴里面还塞着一个多孔的铁球,跟给牛马上衔一样让白袍祭司含着,保证他说不出话来。

小东西,怎么看怎么阴损。

叶萧稍稍眯了眯眼睛,看得真真的,那小铁球塞得快顶上喉咙了,上面每一个孔都在流淌着涎水,仿佛就是为了这个作用而准备的。

白袍祭司长着猪头人天生的獠牙,不过想来是因为捕快们塞入铁球时候粗暴了些,獠牙全部齐根而断,看着竟然有一种莫名的清秀感觉。

"等等,这货我好像在哪里见过。"

叶萧因为"清秀"之故,一开始还真没认出来,这会儿仔细一瞅,越看越眼熟。

"难道是……"

小道士脑海中浮现出那一夜,虹魔教营地里所见的一幕幕,耳中依稀还能听到数十虹魔教徒在祭祀中振臂高呼的声音:

"谁曾带给我们辉煌?"

"阿金纳!"

"谁曾在荒芜中起祭坛,封正为神?"

"阿金纳!"

"我们的神,我们永恒的主啊。"

"阿金纳!"

"你们忘了他吗?!"

"不敢!不能!不会!"

叶萧眼睛睁大,他完全想起来。

"是他!"

当日,虹魔教营地里,引领祭祀的是地位最高的老祭司,然而在庞大篝火前浑身颤抖,引来阿金纳散失灵魂的却是个年轻祭司。

白袍年轻祭司身后,阿金纳通天连地的虚影张开双臂,胸前有金色符箓如烙铁印记,那一幕即便时隔多日,还深深地刻在小道士的脑海里。

现在他面前这个惨兮兮的家伙，赫然就是当日的那个年轻白袍祭司。

"这是从云端跌落下来了？怎么落到如此地步？"

叶萧用脚指头想也知道能召唤出阿金纳的不会是普通祭司，在虹魔教内部地位想来也是相当高的，竟然会落到刘华捕头手里。

他在这边冥思苦想，脚下一步不动，那一头在尸体堆中艰难抬起上半身的年轻祭司死命地挣扎着，"呜呜呜"声都要演奏成了悲伤曲调。

"你这是想我去救你？"

叶萧拿手指着自家鼻子，语气诧异。

白袍祭司"呜呜"不止，身子那个扭动，手腕、脚腕、脖子在刑具上摩擦出的鲜血把黑铁都染红了。

……这是什么意思？

叶萧来到这血战之地都有十余个呼吸时间了，周遭静悄悄的，四面灌木丛里连鸟鸣虫噪的声音都没有，清幽得让人放松。

他终于抬起脚步，向前迈了出去。

前方五十步外，就是白袍祭司。

看到叶萧动作，白袍祭司愈发地激动，大半个身子都要从地上撑起来了，终究顶不过铁枷桎梏的威力，重重地跌落下去，半个身子都在血泊当中，拼命地挣扎着。

小道士看都不看他一眼，淡定地举步，落足。

此时，天色彻底黑了下来，远方有隆隆隆的雷声在渐近，狂风在呼呼呼地吹，推得漆黑如墨的云气向着血战场方向飘过来，犹如一座城池在重重地碾压下来。

潦水沼泽这段时日里的所谓雨季鬼天气，叶萧早就领教得够够的，习惯了，今天到这个时候才下算是好的了。

他一边闲庭信步般地上前，一边抬头望天。

有一小片夜空还没有被乌云所遮掩，零落星辰争取着最后时间在闪烁着星光，整个夜空在风云如怒的情况下，显得分外美丽。

忽然，有一颗星辰摇落，带出扫帚般的焰尾，横扫过星空，冲入无尽的漆黑中不见。

流星一瞬，轨迹是如此的美丽，犹如刀痕，冲散了叶萧心中的迷雾。

莫名地，他忆起了怀中明黄绢帛所书的内容。

——次序才是美！

——日升月落，四季轮转，次序井然，是为自然之美。

——行吟泽畔，跬步星空，亿万星辰都在按着固定的轨迹发光。

——这世上，从无真正的同时，永远能分出先后，次序之永恒，由此可见。

——有了次序，才有了变化，因为先有了黑暗，所以要有光，于是就有了光。

叶萧自己都不清楚是第几次在心中咀嚼着白衣王师这番话，正如他陷入沉思当中，忘记了是第几次抬脚并落下。

"原来如此。

"我好像懂了。"

小道士喃喃自语，想要抬头再看一眼小天窗般的星空，不承想任凭如何寻找，偌大夜空尽数为铅云遮掩，闷雷声滚滚而来，仿佛巨人在仰天咆哮。

"话说，游某人真不是老道士变的？很可疑啊，说个话云里雾里的。"

叶萧悟到了双符境界的精髓，无法言述的喜悦从心底冒出来，浑身都放松了下来，两只手在颤抖，好像迫不及待地想要夹着两张符箓一起飞出去，真切地感受一下。

"好头疼啊，附近除了你，竟然再没有旁人。"

小道士回过神儿来，发现他与白袍祭司之间距离竟已缩短过半。

他继续一步步地走过去，不紧，不慢。

"祭司兄，你或许是第一次见我，我却是第二次见你啦，名字什么的我就不问了，反正你也说不出来，不如就叫你小白吧。"

大黑对小白，叶萧隐隐地听到身后他走出来的地方，有打喷嚏一般的声音，大黑不高兴吗？

"小白啊，四下除了你，连个会喘气的都没有，看来具体发生过什么只能靠猜了。

"我猜，小白你因为什么原因，迎面撞上了刚刚从遗人村出来的刘华捕头一行，嗯，十之八九还是你有意找上门让他抓的吧？

"不然的话潦水沼泽这么大，捕快们又是抱头鼠窜，哪能这么巧就抓到你这个虹魔教祭司？我不信。"

叶萧歪着脑袋，分不清楚是推测还是猜测地说着。

他说到这里，一直挣扎个不停、呜呜不休的小白整个人都僵住了，艰难地从血泊中抬起头来，望向小道士的目光里满是诧异。

"我猜对了吗？"

叶萧连看小白反应来确认判断的心思都没有，浑身放松，脚步轻快，语气中也带出了一种漫不经心的味道来，继续说道：

"然后刘华捕头他们给你上了这些家什，我看上得好，谁让你们祭祀时候把人当羊，活该。"

叶萧"呸"一口，愤愤不平，语速加快。

"接着走没多久，捕快们就被前来救你的虹魔教徒追上了，好家伙，又是虹魔战士，又是大蜥蜴的，大阵仗呢。

"双方两败俱伤，抓你的，救你的，全死了。

"那么……"

叶萧声音转厉："你还活着干吗！"

"轰隆隆……"

一道闪电划破铅云，雷霆怒吼的声音紧随其后，与叶萧的厉声相迎合，激发出肃杀与凌厉，刚猛与霸道。

叶萧的脚步，第一次停了下来。

他的身边是刘华捕头至死不倒的身躯。

小道士收敛起怒容，正了正道袍，先是躬身对着刘华捕头遗体一礼，再伸手在他身上掸了掸灰尘。

"刘华捕头，你是个英雄，一路走好。

"剩下的，交给我吧。"

话音落下，不知是他触碰导致，还是执念消散，刘华捕头的遗体缓缓倒下，似乎是站得太久，终于疲惫了要小小地休憩一下，再起来战斗一般。

"你还活着干吗？"

叶萧转过身来，声色俱厉，第二次重复，铿锵有力，掷地有声。

他双手在腰间神龙道书上抹过，左右就各有一张符箓夹在两指之间。

灵力涌入，符箓微光，叶萧双手交叉在胸前，蓄势待发。

"隆隆！"

惊雷炸响，叶萧动了……

## 第五○章　我一开始就知道

叶萧交叉在胸前的双手晃动了一下，似是有千手在逐次打开，在每一个位置都留下残象，神秘而舒展。

"次序……次序……次序……"

小道士第一次按照双符境界施展，体内灵力奔涌，指尖符箓滚烫，仿佛在雀跃着，期待着。

他的头顶，有闪电乱舞，雷声隆隆；他的脚下，有遍地尸骸，祭司惶恐。

在两张符箓几乎同时激发，眼看就要激射而出的时候，对面小白不知道哪里爆发出来的气力，竟然硬挺着脖子上的铁枷从血泊中挣扎了起来。

"呜呜呜……"

口塞之下，他依然发不出完整的声音，涎水长流，呜呜有声，因为痛苦而恐惧导致五官扭曲，有青筋如蛇毕露，爬满了他的白皮肤。

叶萧从无法名状的情境中拔出来，在出手之前的刹那，向前望了一眼。

他看到白袍祭司狰狞形貌的身后，有一个庞大虚影挣扎着要浮现出来，在无声地咆哮着，仿佛要摆脱天地束缚，漫天闷雷狂怒之声，似在为它助威。

——虹魔教主，阿金纳！

显赫一时，举世称神，最后陨落在封魔谷，身体与灵魂尽数被封印，永世不得解脱的阿金纳。

叶萧第一眼，就将他认了出来。

遮天蔽日的庞大阴影是一个，胸前金光闪闪的符箓是一个。

面对白袍祭司身后仿若要盖过漫天风雨飘摇的威势，叶萧的反应只是撇了撇嘴，"纸老虎！"

"去死吧！"

他双臂打开，留下的残象破碎，小臂带着手腕翻转，两道符箓无风自燃的同时，向着白袍祭司方向激射而出。

十余步的距离下，被两道符箓分别带出的墨绿和火红光芒一掠而过。

刹那间，符箓燃烧过半，无限逼近白袍祭司。

在这个紧要关头，小白反而不动了。

他全身上下，从脚指头到头发丝，纹丝不动，只有眼珠子在转动，死死地盯着两张符箓飞近。

三步，两步，一步。

"嗖！"

小白两只眼中只有无比的专注，没有紧张，没有恐惧，甚至隐隐地有一种狂喜在浮动。

忽然——

白袍祭司左右两只眼睛里的眼珠子发生异动，左边的眼珠子转到左侧，右边的眼珠子转到右侧，天知道他是怎么做到的，就像是同时在竭力地要用眼角余光看到自家的两只耳朵一般。

在这个生死关头，如此举动何其之诡异，然而叶萧却毫不在意，原本的轻松姿态消散一空，浑身肌肉绷紧，好像之前的悠然从来没有存在过一般。

小道士的目光移动，越过白袍祭司，越过处在存在与消散之间的阿金纳残魂，最后落到了小白身后的灌木丛中。

"咻……"

白袍祭司耳侧的头发被烧焦，猪耳朵险些被烤熟，他还是不动，两道符箓所化的火光擦着他的耳朵一掠而过！

失手了吗？

叶萧神色不变，嘴角诡异地弯起一个弧度，好像在狡猾地说：骗到你了吧？

生平第一次双符出手，圆满的双符境界，岂是对着一个没有还手能力的人施展？

杀鸡，哪里需要牛刀。

从头到尾，幌子罢了。

两张符箓掠过白袍祭司，带起呼啸之声向着他身后的灌木丛中激射而出，墨绿色和赤红色的火光大盛。

小白猛地向前扑倒，以狗啃泥的姿势狠狠地扑进了血泊当中。

叶萧，缓缓地闭上了眼睛。

"就是这种感觉！"

没有错了，就是这种感觉。

小道士的世界里，没有在血泊泥泞当中挣扎的白袍祭司，没有掠过数十步距离，没有燃烧到极致以一种玄妙的次序感扎入灌木丛中的两张符箓，有的只是一种玄之又玄、一种酣畅淋漓的感觉。

那是一种仿佛有一层厚厚的膜，被一捅而破的感觉，叶萧想要沉浸，想要回味，想要明白个中真正的意义，却知道现在不是时候，不得不遗憾地睁开眼睛。

眼睛一睁开，冲天火光映入。

白袍祭司身后的灌木丛中，以一个微小的、几乎无法捕捉的时间差，墨绿符箓先行投入，燃尽，散开墨绿的光浸染周遭。

紧接着，火符追至，"轰"，灌木尽燃。

滚滚浓烟，升腾而起，仿佛燃烧的不是灌木，而是干燥的狼烟一般。

浓烟带着墨绿，泛着黑气，有一股恶臭，熏人欲呕。

"咳咳咳……"

"有毒！"

"……"

火光与浓烟当中，灌木丛里，声声呛咳的声音传来，一个个身影攒动，似乎竭力要站起来，要扑出来把阴他们的小道士撕成碎片，却又不能够。

每一个身影都身高体胖，痴肥健壮，甲胄齐全，武器狰狞。

虹魔教徒，鬼豚战士！

此处，有埋伏！

原本的埋伏尽起，掩杀而出，小道士措手不及，束手就擒被砍成数十道的精心布局，在以白袍祭司为幌子的双符出手后，完全成了笑话。

埋伏的反被偷袭，风雨欲来的夜空下，最大的笑话化出了无数站起又跌倒，强咳不止的身影。

叶萧深深地吸了一口气，在一拍之下，神龙道书打开，数十道符箓不住地冲天飞起。

在无数激发出来符箓的灵光映照下，小道士脸上奇光绚烂，凸显出充满嘲讽意味的冷笑。

"你们以为，我会相信好死不死，同归于尽这种事情吗？"

"你们以为，把小白留在原处我的注意力就会全放在他身上吗？"

叶萧双手徐徐展开，在前方一抹，数十张符箓轮转成圆，散发出来的灵光映照数丈，将他脸上每一个细微神情都照得纤毫毕现。

猎猎作响是道袍，小道士浑身灵力爆发，从脚掌落地变成足尖点地，似乎随时都可能会被酝酿中的"乾坤一掷"带的御风升起。

"最近的尸体离溪边还有十余步,难道尸体会自己到水边洗手吗?

"你们真要是来救人,刘华捕头鏖战到最后才力竭身亡,岂会不先下手杀了小白?

"明知道还有活人的情况下,小白却留下来给我当靶子,所以我一开始就知道……

"你们不是来救人的,你们是来追杀的!

"我说得对吗?"

叶萧话音落下,"嘭",酝酿到最强的威势爆发,他两手一振收回,漫天符箓旋转如故,一头乌黑头发向后飘散开来,尘土以他为中心四散飞扬。

"哈!"

开始吐气声中,叶萧一只手臂旋转着,向着旋转的符箓环圈当中一穿而过……

## 第五一章　乾坤一掷之烽烟相望

"狡猾的狗道士。"

"你竟然敢戏耍阿金纳的仆人，神会惩罚你的。"

"咳咳咳……杀了他，快杀了他！"

"……"

毒烟与火焰笼罩的区域里，浑浊含糊的鬼豚人特有声音全都变得高亢而尖厉，伴着剧烈咳嗽声、惨烈呼痛声，时不时可以看到有虹魔战士倒下，任凭火焰燃烧，一动不动。

再是双符同发一加一大于二，再是小道士长足进步今非昔比，再是突如其来狂风骤雨……

只是，赢得了一点点儿时间。

这点儿时间，只足够叶萧做一件事情。

时隔多日，乾坤一掷之雷动九天，惊心动魄的一夜之后，再来一次——乾坤一掷。

"胜者可以负，负者可以胜；强者可以弱，弱者可以强。"

"一切都是，平衡！"

叶萧的右手旋转着角度，从胸侧穿入，准而又准地冲着旋转着的符箓圆环当中一穿而过，脑海中浮现出来的是一尊漆黑的巨大造像。

造像有千手，各执剪刀、石头、布，无穷无尽的猜拳，用最简单的元素，组成无以穷尽的变化。

——千手猜拳圣像！

叶萧觉得自己仿佛化身成了那尊造像，以各种奇思妙想为千手，以无尽符箓搭配为剪刀、石头、布，猜出最强的一拳。

或者，强者可以弱，弱者可以强，但在早就有准备，提前布局，反将一军的当前，他就是最强！

"轰！"

一声轰鸣巨响，数十张旋转的符箓一张张依次燃起，或光放碧绿，或火燃赤红，或生机勃勃，或风起云涌……

"嗖嗖嗖……"

一道道从乾坤一掷当中飞出的符箓，仿佛一颗颗划破天幕的流星，带出各自不同的轨迹，充满着次序美感地向虹魔教徒藏身的灌木丛落下。

毒符浸染灌木；

生生不息催发灌木、蔓藤将一个个鬼豚战士束缚；火符化蛇将灌木丛成片地点燃。

更有……

"风！"

叶萧双臂一振，激射过后犹自悬浮在他面前的符箓通体一振，飞速地燃烧殆尽，溃散成灰，向着对面一扑而去。

"呼呼呼……"

从小道士的身后开始，有风乍起，呼啸而过，风助火势，带起毒烟，席卷而蔓延了一切。

在风火当中，在烟雾里面，一声声惨叫此起彼伏，虹魔战士一个个倒毙。

毒、生、火、风……

在乾坤一掷当中，叶萧融入了他能掌控的诸般符箓，以奇妙的次序与平衡为搭配，终于施展出了当前情况下最有威力的一击。

他独创的：乾坤一掷之烽烟相望。

在叶萧与虹魔教徒之间形成了一道烟火铁幕，恰似边塞烽烟四起，敌我隔着城墙相望。

只能相望，不能相接。

虹魔教徒甲胄空坚，武器空利，却只能在毒烟当中倒毙，在火焰里哀嚎。

这便是——乾坤一掷之烽烟相望。

"呼哧、呼哧、呼哧……"

风火声，燃爆声，惨叫声，咒骂声中，忽然混入了一个古怪的声音。

声音的源头处，叶萧两只手搭在膝盖上，汗如雨下，沾湿了额前刘海儿，滴滴答答地落在身前的土地上。

他疲惫的喘气都带出了牛的声音，仿佛胸腔里不是肺而是扯破了的风箱一般，唯独一对眼眸亮得吓人，炯炯有神地望着对面烽烟。

"哐当、乒乓……"

沉重落地，金铁交击，在距离小道士不远的地方，白袍祭司一跃而起，铁枷桎梏扔了一地，最后扔下去的是一把锃亮的古铜钥匙。

这把钥匙片刻之前还挂在刘华捕头的腰间……

时间倒退回几个呼吸之间，叶萧对着刘华捕头的遗体躬身行礼，然后伸手掸落他身上怎么也掸不干净的尘土。

这个仪式般的无意义动作，掩盖的是他将刘华捕头腰间的一柄古铜钥匙拂落到地面，再一脚踢给白袍祭司。

"真是神演技。"

叶萧累得大喘气，心里在啧啧地赞叹。

他一做出那个举动，白袍祭司瞬间就明白了他看破陷阱了，却还能唱作俱佳地做出惊怒状、恐惧状配合演戏，连阿金纳的残魂都唤出来配合。

可以说在那个时候，小白和小道士两个人互飙演技，看得如痴如醉深信不疑的观众全都被带到坑里面去了，这会儿有一个算一个都在乾坤一掷之烽烟相望里哀嚎着悔不当初。

小道士绝对相信自己的判断，抱着敌人的敌人就是朋友，能给敌人添乱绝对要添够的想法做出了那些反应，果然将虹魔教徒骗得一愣一愣的，同时也给白袍祭司带来了生机。

叶萧赞叹的想法刚冒出来，还没有落回肚子里，更没有来得及骄傲呢，一个让他差点儿把眼珠子瞪出来的一幕发生了。

白袍祭司小白挣脱束缚后，头都不回，不看同族的惨状，不去扶叶萧一把，掉头就跑，生生来了个抱头鼠窜。

"你个没义气的！"

叶萧咒骂一声，却不着急，深吸一口气站直了。

他甚至还有空暇回头欣赏了一下白袍祭司狼奔豕突的身姿，然后将食指和拇指搭成一个圈儿，放在嘴里，使劲儿一吹。

"哔！"

一声口哨，"汪汪汪"的一头黑背大狗从小道士走出来处的阴暗里狂奔而出，直扑而来。

"咬他！"

叶萧大喊，黑背大狗想狂吠一声表表忠心，不承想白袍祭司跑得太快了，一条长着腿毛的大粗腿撕裂了白袍，这都到口边了的肉怎能跑了。

大黑无奈之下，只能将狂吠声又咽了回去，冲着小白腿毛最旺盛的地方，"吭哧"就是一口。

"嗷呜!"

小白惨叫一声,眼珠子都凸出来了,一个飞扑狗吃屎,落地惨叫着打滚。

任凭他怎么翻滚,大黑为了表忠心也是拼了,狠狠咬住就不松口。

这头,大黑咬小白,一嘴毛;那头,小九带出白玉般的身影一冲而出,数十步距离一掠而过,在跟叶萧擦肩而过的瞬间,它的右手拖在身后,仿佛探入了九幽当中,拖曳出了一柄长长的兵刃……

"这是?"

叶萧咽了口唾沫,望着小九的身影,似乎有些认不出来了。

## 第五二章　一骑当千的小九

"这还是小九吗?"

叶萧眼前是小九狂飙突进,拖在身后的探入虚空当中,再拽出来,一柄长兵刃已拖在地上,擦出一连串的火花。

兵刃的柄有一人高那么长,刃比柄还长,通体加起来一丈还有余,看在眼里小道士简直想象不出来以小九娇小的身材要怎么施展得开。

"这好歹得是迪迪才够吧?"

叶萧目光落在拖在小九身后的兵刃上,侧着脑袋,依稀想起来,不太确定地自语道:"这是……斩马刀?"

小道士曾经跟着老道士在茶馆里听过从战阵下来的老兵吹牛,他们说在战场上最恐怖的兵刃就是斩马刀,有强悍武将持斩马刀一挥而出,前方人马俱碎,猛得一塌糊涂。

小小年纪的叶萧被"人马俱碎"四个字牢牢吸引住了,威风霸气,凌厉刚猛,显露无遗,故而印象深刻得不行,一下就认出来了。

小九这一回拖着的斩马刀与它之前任何一柄兵器都不同,不再是泛黄骨头质地,而是通体白皙如玉,长且弯曲如新月的刀刃上泛出金属一样的寒光来。

估摸着还是骨头,却不是寻常骨头,应当是什么强横生物的遗骨,不知道小九是怎么找来的。

叶萧还在被斩马刀的威猛所吸引,小九拖着狰狞长刀已然突进到了燃烧的灌木丛前,借着冲势一跃而起,"唰"地刀光一闪,重重地劈落。

那一刹那的寒光,好似有一轮弯月从厚厚的云层中破出,再次闪耀在夜空当中一般。

"哧!"

斩马刀落下,刀锋过处,逼开了毒烟和火焰,小九持斩马刀一步踏入,横刀一扫,血光迸发。

"这还是我的小九吗?"

叶萧怔怔地望着烟火当中,一骑当千、狂飙突进中的小九,一时间无法将其与害羞就变色粉红，害怕就惨绿，打架基本靠装死来阴人的小骷髅联系在一起。

"原来，大家都在成长……"

小道士深吸一口气，双手在神龙道书上抹过，各抓一把符箓在掌中。

遗人村中的日子，他也不是白过的，见缝插针地画符，神龙道书里早已储备满满，不然他也不敢独自走出来。

"这些本来是为海贼而准备的，为王倬那厮留下的，没想到让你们享受了。

"猪头们，感到荣幸吧。"

叶萧耳朵抽动，身后小白的惨叫声变调了，一人一狗不知又换成了什么体位继续一嘴毛，他也没心情关注，全部心神都凝在了纵横于虹魔教徒与烽烟之间的小九身上。

"嘶嘶嘶……"

这是斩马刀弧月斩杀，硕大猪头飞上空中，空荡荡的腹腔被激射出滚烫的热血。

"咔嚓！"

这是斩出一刀后以斩马刀为支点，小九腾身而起，两条白玉般的腿骨绞断了虹魔战士的脖子。

"呼呼呼……"

这是斩马刀舞动成圆，形如龙卷风，逼得刚刚跳出毒雾火海的猪头人在劲风推动下惨叫着重新跌了回去。

"嘭嘭嘭！"

这是近身小九的鬼豚战士被沉重的斩马刀柄敲在脸上，发出声声闷响，面骨尽折的响动。

小九长刀弧月，小九合身扑入；它握着斩马刀柄末尾，左右冲杀，它握着斩马刀中段四处拒敌；小骷髅时而在火光映照里通红，时而在烟雾中若隐若现，时而在刀光中凌厉，时而在一个个绞杀动作当中矫健……

叶萧握着满手符箓，一时间看呆了，一直到小九的斩马刀第一次被两个虹魔战士联手架住的时候，他才猛地反应过来。

"小九勇猛成这样靠的是神奇武技，加上痛打落水狗，一个快字！

"只要它停下来，随时可能会被围杀。

"小九的小胳膊小腿，可不像迪迪那么扛揍。

"我得出手了。"

叶萧脑海中念头电闪而过，开始怀念起为了安全之故，将其留在遗人村中的迪迪来。

他的判断没有错，斩马刀只是被锁住了一瞬间，小九左右两侧就有"沙沙沙"声传来，两个矮壮的身影逼近过来，长长的尾巴甚至扫灭了不少火焰。

"大蜥蜴！"

叶萧神色巨变，连忙从手中符箓中挑出一些往空中一撒，剩下的胡乱塞在腰间随时可以够到的地方。

同一时间，小九抽回斩马刀，借力腾空翻转而起，偷袭而来的两头大蜥蜴血盆大口咬了一个空，撞在一起发出一声闷响。

"飞沙走石。"

叶萧双手如电，带出一道道残影，一次次地从空中飞扬的符箓当中夹住两张，再电射而出。

双符组合，风起，飞沙。

风沙扑过烽烟，席卷到两头大蜥蜴，以及刚刚架住斩马刀又扑杀过来的猪头人身上。

飞沙之下，大蜥蜴伏住不动，猪头人战士以手挡住眼睛，不能视物。

骷髅怎会受风沙影响？半空中的小九眼中灵光化作的火焰一跳，捕捉到了战机。

只见它在空中翻转着身子，以斩马刀的刀柄向下，重重地砸在一头大蜥蜴的脑袋上，发出筋骨折断的闷响。

紧接着，小九落地另外一侧，掉转几乎与地面平行了的斩马刀，由下而上刀刃挑杀在第二头大蜥蜴身下。

"哧哧哧……"

大蜥蜴鲜血狂喷，被挑得飞向追杀过来的两个猪头人战士，在飞沙蒙眼的情况下，他们根本反应不及，生生被大蜥蜴砸倒压在了身下。

小九向着右侧平持斩马刀，狂奔而过，落足时踩在两个被砸晕的猪头人脖子处，发出"咔嚓咔嚓"的声响。

它的脚步不曾停留一下，转眼间，斩马刀卷出刀光，悍然又杀入了另外一处被烽烟所困现出身形的虹魔教徒处，旋即手起刀落，惨叫连连。

小九在沉默中向前，突进！

"生生不息，缠绕。"

// 205 //

刀光如轮，敌人授首四面倒伏。

"风卷残云，烈焰火蛇。"

风与火的肆虐当中，小九兔起鹘落，矫健如龙。

陷地以困敌，出水以慢敌，加持金刚力，毒弱敌人体……

叶萧出手越来越快，小九杀敌越来越多，二人配合得越来越好，数十个呼吸过去，烽烟犹自未散，虹魔教徒死伤不知有多少。

"轰隆隆……"

一声惊雷炸响，叶萧停下手，抬头，有雨滴落在脸上，透心冰凉。

## 第五三章　风雨如晦，鸡鸣不已

小九在狂飙突进，一骑当千地袭杀数十个呼吸后，第一次停下了脚步。

它如同叶萧一般，抬起头来望天。

闪电犹如一条条银色，乱舞在夜空当中，照亮一片片苍白。

雷声轰鸣如怒，滚滚咆哮而至。

雨，越下越大了。

一个呼吸不到的时间里，雨水就从一滴，两滴，激增到铺天盖地的雨幕，借着风势，仿若要将整个天地打沉。

"哧哧哧……"

白烟不住地冒起，却不再是狂风鼓起来的毒烟，而是火焰被雨水浇灭的青烟。

"麻烦了！"

叶萧心一沉，"乾坤一掷之烽烟相望"造成的优势，在天地之威下，顷刻瓦解。

"小九！"

小道士大喊一声，将一直别在腰间的一张符箓闪电般抛出。

——护法符！

它一飞起，瞬间被雨打湿过半，却不妨碍护法符从下缘开始烧起，火苗上蹿，持续了一两个呼吸时间，终于顶着大雨燃烧成灰。

在这短短的一两个呼吸时间里，叶萧觉得好像有一两年那么长。

这是最危险的时候。

护法符从下往上燃烧，这是反向召唤，意为：遣送。

天象变化，风雨肆虐，叶萧第一时间想到了小九的安危。

"据说护法战死，只要用一段时间修养，一样能从九幽之下重新诞生出来，只是这样需要道士付出一定的代价，一般道士不愿意而已。

"我愿意……"

叶萧紧张得呼吸都屏住了，就连风雨拍打在身上也浑然不觉。

"我只是担心，复苏的护法，还是我的小九吗？"

"这个险，不能冒！"

小道士第一时间做出了判断，坚决地利用小九护法身份的便利，反向燃烧护法符，要将其遣送回九幽。

"虽然可能要间隔一小段时间才能再召唤你出来，不过没事，那些猪头，奈何不了我。"

叶萧的心声，既像是对自己说，又像是对小九言。

他判断得很准，风雨抵消了"乾坤一掷之烽烟相望"的效果后，小九立刻失去了纵横驰骋、长刀所向披靡的威势，渐渐陷入了苦战。

纵然它武技神奇，兵刃凌厉刚猛，依然被虹魔战士率领着的大蜥蜴们死死咬住，再不复进退自如之感。

这还不是最要命的，关键是一声声吼叫，由远及近而来，其声时而含糊浑浊，时而尖厉高亢，一听便是鬼豚族援兵。

"该死，他们来了多少人，虹魔教徒死不完吗？"

"还是我闯进猪洞里了？"

叶萧很想怒吼出声，然而心弦绷得紧紧的，张了张口，竟没能发出声音来。

纵然风雨如晦，他依然隐约地看到一个个虹魔教徒从四面八方而来，一头头大蜥蜴吐着舌头践踏大地，汇聚而来的虹魔教徒人数之多，怕有数百。

这些生力军别说是在狂风暴雨袭来的时候，就是在"乾坤一掷之烽烟相望"还能发挥效果之际，依然挡不住，不能挡！

"真是福兮祸之所伏，祸兮福之所倚。"

叶萧不得不感慨老话说得好。

风雨打灭了烽烟，这是祸；风雨也阻拦了虹魔教援军的抵达，这是福。

"赶上了。"

小道士看到护法符反向燃烧成灰的时候，终于长长地吐出了一口气。

他的目光竭力地穿透雨幕，落到刀光席卷，犹自陷在虹魔教徒包围当中的小小身影上。

虹魔战士面目狰狞，獠牙凶厉，甲胄坚固，外加斩马刀长得吓人，愈发衬托出小九在其中如怒海中一叶扁舟，随时可能被倾覆的模样。

"快，快，快！"

叶萧不知不觉地握紧了拳头，在心中吼叫着催促。

突然，有一抹冷色在小九身上覆盖，仿佛是一种无形的隔膜要将它包裹着远去。

看到这一幕，虹魔教徒中怒吼声惊天动地，一时连雷声都掩盖过去了；叶萧则肩膀垮了下来，旋即又猛地绷紧，准备开始——逃命！

就在这个时候，异变突生。

小九动作一滞，扭头，隔着雨幕与叶萧对视了一眼。

它没有眼睛，该是眼睛的位置只有两个窟窿眼儿，里面有灵光燃烧成火焰，因为雨幕之隔，看着有一种随时可能熄灭的感觉。

蓦然间，叶萧心里"咯噔"一下，有浓浓的不祥之感涌上心头。

"这是怎么回事？"

"难道它还能抗拒护法符的遣返吗？"

叶萧抽动嘴角，想要笑一下，但没能笑出来。

可以，它当然可以！

小道士脑海中浮现出小九不由召唤，凭空出现，寸步不离地跟着他一步步走出遗人村的情景来。

能不由召唤而来，自然也能抗拒遣返而还。

"可是……为什么？"

叶萧猛地觉得口干舌燥，他知道为什么。

如果小九听凭护法符的遣返而回，那么在一小段时间里，叶萧面对暴怒的虹魔教徒的追杀，很难得到它的帮助。

狂风暴雨中，小道士能施展的符篆，能组成的各种道术大打折扣，他能逃掉吗？

叶萧不去想这个问题，只想先让小九脱离险地；而小九只考虑这个问题，于是抗拒召唤。

纵风雨如晦，有鸡鸣不已。

"不要啊……"

叶萧终于大吼出声，小九的反应是浑身一震，冷光溃散，几乎要从现实世界剥离出去的隔绝感消散一空。

虹魔教徒的喊杀声骤然爆发，无数刀剑，数张巨口，齐齐向着小九袭来。

叶萧心中大急，掏出别在腰间的剩下的符篆，就要冲过去接应。

恰在此时，小九浑身上下骨节"噼里啪啦"地响动，仿佛鞭炮在一节节地炸响，即便在风雨中，在雷鸣里，依然清晰地传入小道士的耳中。

"嗯？"

叶萧原本迈出去的脚步，顿了下来。

他记得，小九对自身骷髅身份颇为抗拒，对一个动作就会发出"咔嚓"骨节碰撞的声音很是羞耻，不知道多少次为此粉红了骨头。

天知道小九用了什么办法，总之在某个时间之后，叶萧再没有听过它身上发出这样的声音。

此时，小骷髅再无顾忌，怕是有什么大招要放出来。

叶萧稍稍冷静下来，没有去帮倒忙，而是紧张地望过去，随时准备接应。

"呼呼呼……"

寒光炸开，斩马刀在小九的头顶飞速旋转，带出的刀光如巨大莲花在一层层地绽放……

## 第五四章　莲花刀光，割喉示威

"好美……"

叶萧隔着数十步，喃喃地赞叹。

斩马刀在小九头顶绽放出来的莲花刀光，荡起漫天暴雨，俨然是无数的晶莹在迸射，有刀光之清冷，有雷光之跳动，有水光之浮泛，道不尽的绚烂。

甚至连一两个虹魔教徒都怔住了，迟疑了动作和脚步。

"乒乒乓乓，哐哐当当，铿铿锵锵……"

莲花刀光不住旋转，刀光融成了一体，分不清刀锋形状，只有一声声密如急风骤雨的金铁交击之声，还有一个个从刀锋莲花范围吐血倒飞出去的虹魔教徒，在不住地述说着美丽之中的杀机。

"小九……"

叶萧依然紧紧地握着拳头，屏着呼吸，心弦始终没有放松下来。

小九莲花刀光一出，的确是美丽而蕴含杀机，可是这并没有改变它牢牢地被虹魔教徒困住的险境。

一息，两息，三息。

短短几个呼吸的时间里，叶萧仿佛过了经年，当他终于忍耐不住，准备顾不得那么多，冲上去接应的时候；当大蜥蜴们悄无声息地潜了过来，昂起头，咧开嘴，露出獠牙与猩红舌头准备由下而上偷袭的时候；当远方影影绰绰，在风雨中跋涉而至的虹魔教援兵一拨拨地出现，望向刀光莲花目露凶光的时候……小九白玉打造一般的腿骨忽然绷紧，足尖点在一头扑过来的大蜥蜴脑门上，腾空而起。

同一时间，刀光暴涨，如夏日荷塘，一夜之间，莲花开遍。

暴涨的刀光将周遭十余个虹魔教徒尽数笼罩了进去，旋即无数声吼叫，一声声闷响，依次传出。

下方，有大蜥蜴仰头等待小九落下，涎水滴落，獠牙锋利；后方，虹魔教援兵包围而来，等着小九这个奇特的、给他们带来无数杀伤的小骷髅落地而围杀。

在这个最关键的时刻，诡异无比的一幕出现了。

之前被卷入刀光的虹魔教徒一个个从刀光莲花中被甩飞了出去，有的重伤垂死，有的大卸八块，有的却毫发无损一脸茫然……

唯独小九与绽放出莲花的刀之狂澜犹自悬浮在空中，不降，反升！

"啊！"

叶萧惊呼一声，喜笑颜开。

"原来是这样。"

他懂了。

小九出手时候本来就是矫健如龙，灵活胜过猿猴，飞腾纵跃是再正常不过的事情，故而之前并没有引起他的注意。

但是现在被卷入刀光的虹魔教徒都摔飞出来了，小九依然在空中未落，这就有问题了。

叶萧脑海中立刻还原出了小九在刹那间所做的事情。

先是纵跃而起，上有斩马刀飞速旋转，形成一股向上力量，承托起它本就没有多少分量的娇小身躯；

再卷入附近的虹魔教徒，不为杀伤，只为金铁交击时候借力，足踏肩撞地踩着飞腾。

这样才会形成摔飞出去的虹魔教徒当中，有的重伤，有的成了八块，有的只是在脑袋上、肩膀上多出了一个小小的脚印凹陷……诸般诡异情况。

两相结合，小九浑身包裹着斩马刀化出的刀光，飞腾到了一个数丈高的位置。

在叶萧紧张的注视下，在四面合围过来虹魔教徒的怒视咆哮下，刀光一滞，小九双手按在长长刀柄上现出身形来，头下脚上，以刀柄为支点，做出一个甩动般的翻腾动作。

"好！"

叶萧恨不得大叫出声，他真的叫了，只是风雨太大，雷声太隆，连他自己都听得不太真切。

在数丈高的空中，一次翻腾，从落点判断，小九完全能摆脱虹魔教徒们的纠缠。

事实上也是这样的，小九在最高点翻腾向前，同时借着翻滚之势，将犹自转动呼啸的斩马刀狠狠地向着后方蜂拥而来的虹魔教徒掷去。

人刀互相借力，犹如炸开一般，分投前后两方。

"嘭！"

"嘭嘭嘭……"

小九重重地砸落到地上，先以肩膀着地，再弹起，又砸落，终于双手双脚稳稳地撑在地上。

它一身尘土在落地瞬间，为倾盆而下的暴雨洗尽，露出满是斑驳擦伤的痕迹和干净雪白的玉骨。

几无先后之分，斩马刀飞速旋转着，犹如一道刀轮，更像是白色的滚地雷、球状闪电，呼啸着冲入迈着大步吼叫着杀上来的虹魔教徒群中。

霎时间，血肉横飞，惨叫声声，不知有多少虹魔教徒在刀轮之下避让不及，或伤或死。

只知道，当斩马刀无力地坠落下来，插在一个虹魔教徒身上不动的时候，周遭血色连滂沱大雨一时都冲刷不净。

叶萧再也忍耐不住，狂暴地冲向刚刚站起来的小九。

雨，愈发地大了，只是几步之外，一片朦胧中，小九的身影若隐若现，好像随时会被暴风雨冲出这个世界一般。

小道士竭力地睁大着眼睛，向着暴雨冲过去，依稀看到小九缓缓地站起来，转身面对刀锋过处一片狼藉的虹魔教徒，一身骨骼白玉颜色褪去，变成威严而霸道的紫黑色。

犹如紫气东来，织为霞帔。

它带着一身怒雷般的颜色，面对着虹魔教徒，高昂着头，伸出一只手在脖颈处，从左到右，猛地，一划！

——割喉！

这个动作做出来，虹魔教徒一方，骤然安静了下来，旋即爆发出盖过雷声轰鸣的吼叫声，充满了羞愤的味道。

"我去！这是挑衅吧？这是羞辱吧？"

叶萧冲到近前，暴雨终于不能遮挡他的视线，正好看到小九割喉一幕，一阵无语："我的小骷髅学坏了。"

"虽然，很爽！"

他乱七八糟的念头只停留了一瞬，一把拽过小九纤细的手腕，动作之大险些将小骷髅拽得飞起来。

完全无法想象，片刻之前就是这么一只纤细手腕执斩马刀，在虹魔教徒当中来回冲杀，割喉示威。

"啪!"

一声脆响,叶萧一个栗暴敲在小九光滑的脑袋上,喝道:"没看到对面人多吗?妈的,还越来越多,发什么呆呢?还不快跑。"

小九高昂着的脑袋落下来,垂头丧气的样子像是做了什么错事一般,哪里有之前通体紫光威严霸道的模样,乖乖地被叶萧拽着在暴雨中狂奔而去……

## 第五五章　逃离险境

"隆隆隆……"

雷神震怒，漫天尽是雷霆轰鸣之声，乱舞之银蛇照亮夜空，亮如白昼。

大雨滂沱，浑浊了世界。

在这样的暴风雨中，隔着三五步距离就看不真切，十余步外俨然是另外一个世界。

叶萧紧紧地拽着小九纤细的手腕，深一脚浅一脚地狂奔。

暴雨只是下了一会儿，然而这般一片片雨云仿佛坠落的雨势，几十年都遇不到一次，地上片刻工夫就泥泞一片，现出一摊摊的积水。

数十步外就是溪流，汇聚了周遭雨水，水位暴涨，好像老实了一辈子的老蔫，很是发了一回脾气，咆哮着向着下游宣泄。

小道士和小骷髅，每一步落足都如在脚下绽放出了水莲花，速度实在是快不起来。

好在这样的天气，对追击者的影响更加大些，叶萧他们不用回头，单单从一声声不甘心的咆哮怒吼中，就不难知道虹魔教徒们追得一点儿都不轻松。

以这样的能见度，叶萧本来看不到白袍祭司小白，以及村长硬塞过来的大黑，不过这俩货狗咬狗地折腾了半天，动静实在是太大了，愣是隔着小十步就被小道士发现了。

不知道经历了怎样的挣扎与撕咬，小白终于从大黑的口中拔出了自家毛发旺盛的腿，奈何大黑立功心切，又是一口叼在胳膊上不放了。

叶萧远远望去，一猪头人，一大黑狗，一起站起来，又跌倒，再站起来，再跌倒，用乌龟一样的速度在前进。

近了，越来越近，小道士抹了一下遮住了眼睛的雨水，定睛一看，乐了。

双方距离三五步，他看到大黑咬着小白的胳膊，小白另外一只手拽着它的尾巴，双方跟拔河一样较着劲。

可怜小白一身虹魔教祭司白袍被污水浸透，黑的灰的，再撕成一条条，犹如在泥潭里打过滚儿的乞丐。

可怜大黑尾巴上的毛都要被揪秃噜了，全身狗毛这边缺一块，那边少一撮的，被拔得跟癞子一样。

叶萧十分之肯定，这会儿就是没有他的命令，估摸着大黑也放不过这毁它容的猪头人了。

"走！

"逃命了。"

小道士冲到他们身侧，一人一狗，各自赏了一脚，不偏不倚全踹在屁股上。

"呜呜！"

大黑终于松口了，在叶萧的腿脚处一蹭，再蹭，抬起头来隔着风雨都能看到它泪眼汪汪样子。

"这货不是人，他家是卖鸡毛掸子专业拔毛的吧？一定是的吧？

"瞧我这毛，村里的大花、二黄，宠妃们不会再喜欢我了，呜呜。"

大黑算是抛媚眼给瞎子看了，叶萧瞅都不瞅它一眼，一脚踹开，一声吼："跑！"

"噌"，叶萧带着小九，跟一阵风一样刮过去，小白终于摆脱了大黑的纠缠跑得比什么都快，只剩下大黑一脸茫然地在风雨中凌乱。

下一刻，"呜"的一声叫，大黑身上没剩下多少的狗毛都奓起来了，一双狗眼中满是惶恐之色。

它看到什么了？

一字排开，骑着大蜥蜴的虹魔教徒，挥舞着武器，从雨幕中冲杀出来。

脚下溅出来的泥水，被他们生生冲散的雨幕，他们背后照亮夜空的闪电，犹如追赶着他们脚步的雷声，威势如群山般压迫过来。

吓死狗狗了有没有？

一人一脚它就不是大黑，而是大黑狗肉饼了！

大黑连叫唤都不敢了，夹紧没几根毛的尾巴，追着叶萧他们的脚步而去。

"杀！杀！杀！"

"为了阿金纳！"

虹魔教徒们振臂高呼，其声排山倒海而来，于是……

叶萧他们跑得更快了。

"嘣嘣嘣……"

叶萧在埋头向前冲，连东南西北都分不清的当口，耳朵竖起来，隐约捕捉到夹杂在雷声和风雨声当中，有一连串本来不应该出现的异响。

这是什么声音？怎么有点儿耳熟？

叶萧犯了下嘀咕，旋即从记忆中搜索了出来。

在白日门城边，有一个箭手训练营地，小道士翘家不承想被老道士丢到白日观道渊时候，常常会跑去那里玩耍，怎么说那一群群以身材高挑为主的女箭手，总比愁眉苦脸的道士们要赏心悦目吧。

每当小道士跑到那里，偷得浮生半日闲地磨洋工的时候，哪怕是在暖乎乎的阳光下酣然睡去，训练营里"嘣嘣嘣"的弓弦绷动声音，"嘭嘭嘭"的中靶声，依然会回荡在耳边不散。

"不好！"

叶萧直接从尾椎骨开始寒起，要不是雨水把他的头发打得湿漉漉的，呆毛参起都有可能。

"刘华捕头身上的箭镞！"

小道士分辨出来后，脑海中第一个浮现出来的画面不是身材高挑的女箭手，而是刘华捕头身上遍布的箭创。

虹魔教徒，带着弓箭！

叶萧念头动得快，动作更快，本能地一缩脖子，在本来就不好落脚的泥泞地面上，愣是跑出了个"之"字形来规避。

下一刻，"哧"，小道士觉得脸颊一阵火辣辣的，有一根箭矢擦着他的脸就窜了过去，"嘭"地钉在了地上。

"嘶！"

叶萧当即一口凉气倒抽，后槽牙都在疼。

"嘭嘭嘭……"

一个呼吸以内，至少有数十支箭歪歪扭扭地插在他们身前和身侧，有的入地数尺，有的斜斜歪倒，总之不管是哪一种，插在身上都决计好受不了。

叶萧百忙中扭头一看，只见大黑一个狗扑，惊魂甫定，两条后腿哆嗦着不能动弹，两腿之间插着一根箭矢还在颤巍巍地晃动，每一下都拍打在它的大腿上。

只差一点儿，大黑就被去了势，再不用担心毁容的问题了。

小九无辜地站定在叶萧旁边，它是被箭矢集射最多的一个，偏偏只是一个骨架子，全身上下空隙太多，侥幸命中的几支箭全从它骨头缝隙里洞穿了过去，毫发无损。

至于白袍祭司小白，叶萧看都没看一眼，从小九身上收回目光后长舒了一口气，喊道："继续跑。"

一人，一骷髅，一狗，电射而出。

在经过小白身边的时候，叶萧很是"好意"地拽了他个趔趄，旋即跑在他正前方，一边跑一边扭头解释："小白你帮我们挡着点儿，后面是你自己人，不会射你的。"

……拿人当挡箭牌这种事，竟然就这么说出来了。

小白都震惊了，脚步一个趔趄，差点儿就没能加速起来。

隆隆……

隆隆隆……隆隆隆……

小白没来得及表示抗议，没来得及喊出心声说后面的猪头人也会要他的命，拿他当挡箭牌是没用的……天地间忽有巨响声音传出，回荡，盖压下了所有雷霆轰鸣，暴雨肆虐。

"这是什么声音？"

叶萧脚步不稳，觉得脚下的大地都在晃动，如踩在棉花上一般，骇然地望向前方远处……

## 第五六章　迪迪的心慌

"这是什么声音？"

迪迪停下动作，侧耳去听。

他一停下打铁的动作，铁匠铺中登时安静了下来，他闷声闷气的声音在回荡，好像有很多人在同时发问。

"打雷！"

铁匠坐在铁匠铺的另外一头，淡淡地应道。

话音刚落，"轰隆隆"又是一声，雷声震动空气，耳膜鼓荡，连铁匠铺的屋顶上面沉积了多时的灰尘都在洋洋洒洒地落下。

迪迪缩了缩脖子，从裸露在外的皮肤上看，鸡皮疙瘩都起来了，一副瑟缩样子。

铁匠语气还是淡淡的，总算难得多说了一句："你怕打雷？"

语气平淡，神情却古怪。

那可不是，好大的个子怕打雷，说到哪里都要被人笑话。

迪迪撇了撇嘴，小声嘀咕："俺怕打雷有什么奇怪，从小俺就怕，不行吗？"

铁匠的耳朵动了动，牛魔人的话一字不差地落在耳中，冷冷一笑，道："行是行，但你停了，就不行。"

"呃？"

迪迪擦牛角，擦拭灰尘的动作顿时一僵，目光落到身前。

他手上握着铁匠名扬天下的碎颅锤，面前铁砧上搁着一柄长达丈二的铁枪雏形，通体火红，旁边炉火正旺。

铁枪从材料到打造技法全没有什么特殊之处，连淬火也是一般般，让迪迪很是怀疑拿这家伙一上阵，是不是捅人个对穿的同时自个儿也得断成两截。

不过这玩意儿本来就不是用来上阵的，这是铁匠给他安排的修炼。

迪迪跟叶萧分别之后来到铁匠铺，就再没能走出去，大半天都跟这柄铁枪干上了。

"那个啥，铁匠师父，这柄枪叫什么来着？俺又忘了。"

牛魔人一脸憨厚的笑,除非叶萧在场,不然其他人怕是不能从这张憨厚的脸上看出转移话题的目的来。

"丈二龙枪,练力第一。"

铁匠淡淡地道:"小牛犊子你以后要是有机会去小石城,还可以尝试一下铁胎弓,练劲第一。"

这是他第几次提及小石城了?

迪迪算不出来,总之十根手指全加上都不够了。腹诽归腹诽,他早就决定磨也要磨着叶萧带他走上一趟不可。

牛魔人正庆幸小心思成功,铁匠师父把他擅自停下这茬儿给忘了呢,"啪",一声脆响,铁匠手上多出一条漆黑长鞭,霍地一下抽了过来。

长鞭子抽出的速度奇快无比,在铁匠铺满室红光中都带出残影来,在触地瞬间如有了生命一般,飞速反弹起来,狠狠地抽在迪迪后背。

而且还是奇准无比地抽在皮褂子防护不到、疙瘩肌肉块块凸起的裸露处。

顷刻之间,脆响声方散,迪迪身后就浮出了一条鞭痕,肉眼可见地飞速红肿、鼓起,好像一条长蛇一般。

"嘶嘶嘶……轻点儿轻点儿。"

迪迪龇牙咧嘴的,暗暗哀怨终究还是逃不过去。

他肚子里不知道嘀咕了多少次,深深地怀疑叶萧的判断是不是出错了。铁匠师父这哪里是太久没有教人,心痒难耐,分明是太久没有揍人了,手痒难耐好不?

一柄丈二龙枪没打完,他后背倒是每一寸地方都被打到了……

还真别说,铁匠这一手鞭子玩得出神入化,深到出则鞭中、入则无踪的精髓,鞭子一收回就不知道藏到哪里去了,下一次再出现定然又是在迪迪的后背上。

他光着膀子,坐在铁匠铺角落,大半个身子皮肤黝黑映照在火光中,泛出油亮精壮的光,好像一尊铁塔在镇压着什么一般。

他的身子永远绷得紧紧的,双手自然落在膝盖上,一整天全无松懈。

或许只有这个姿态,以及教徒弟的一些习惯,能够照见当年碎颅教头小石城第一教头的几分风采。

风采不风采的迪迪体会不到,他就知道后背火辣辣地疼,偏偏又摸不到,龇牙咧嘴都半天了。

"不用装了,死不了的。"

铁匠师父又一次打破了迪迪的如意算盘，道："某家这根鞭子抽过上千人，从来疼而不伤，快打你的龙枪去。"

"真的疼嘛。"

迪迪一边嘀咕，一边问着："铁匠师父，这丈二龙枪为什么要叫龙枪呢？像神龙一样威风？"

"够长，能够用来屠龙。"

铁匠师父言简意赅，又扫兴无比，听得迪迪直撇嘴，郁闷地抡起碎颅锤，一下下打在渐渐成型的丈二龙枪上，发出"哐哐当当"的巨响，呼应铁匠铺外天上雷霆的轰鸣不绝。

每一声惊雷炸响，迪迪忍不住就会缩一下脖子，他这怕打雷的毛病连小道士都不太知道，今天算是暴露了个干净。

不过有了鞭子的威慑，他好歹学乖了，手上动作不敢停，胳膊上肌肉一次次地鼓起，艰难地举起碎颅锤，再重重地砸落下去。

碎颅锤太过沉重，迪迪用着铁匠师父教授的呼吸法门，运劲法门，每一次都要用尽全身力气才能锤动数下，然后就得吭哧吭哧地停下来回劲。

牛魔人最奇怪的是，每次当他真的精疲力竭休息就会没事，只要有一点点儿偷懒的念头，鞭子就一定下来，且屡试不爽。

迪迪只得被逼着榨干每一点儿潜力，往死里抡锤子，好在铁匠不禁止他说话，总算有点儿透气的地儿。

他越想越是觉得后背火辣辣地疼，牛魔人嘀咕道："俺要告诉俺哥，说你打俺。"

铁匠的声音适时地从身后传来："要说就去说，只要你能完成训练，活着爬下来。"

铁匠铺外，雷声愈发密集，迪迪脖子都要缩进腹腔里了，无心抱怨，只顾着瑟缩了。

"两脚分开，八字站立。

"要用劲儿，不要用蛮力。

"劲儿就是气，可贯不可断。

"力从地上起，以腰腹为枢纽。"

迪迪沉浸在指导声中，没有注意到铁匠淡定神情上，亦有掩盖不住的惊讶。他的目光落在迪迪的后背上，确切地说，是在刚刚鼓起蛇状鞭痕的地方。

这才多大一点儿工夫，鞭痕竟然已经平复了下去，平平整整的，若不是还有点儿淡淡地血红色残留，任谁也看不出半点儿痕迹来。

今天一整天，迪迪挨鞭子不知道多少次，傻傻愣愣地学不乖，换成别人早就瘫软到地上了，他却行若无事，后背上连鞭痕都消散得干干净净。

用不了一会儿，新增的鞭痕就会跟它的前辈们一样，丝毫痕迹不留。

"这是什么样的体质？"

铁匠的震惊掩盖在平淡神情下，只有他自己知道，"即便是昔年在小石城教授战士学徒无数，也没有人的体质能强到如此地步。

"这头小牛犊子，在他们牛魔人当中，怕也不是寻常的。"

他这个念头刚刚冒出，打定主意不说，免得这头胸无大志的牛犊子骄傲，突然——

隆隆隆……隆隆隆……

闷响声声，不似雷霆轰鸣自天上来，而是大地震撼从地下起，整个铁匠铺在隆隆声中摇摆，仿佛随时可能倒塌下来将所有东西掩埋。

迪迪这回反而不怕了，不自觉地停下了碎颅锤，挠着脑袋问道："这是什么声音？"

铁匠皱起眉头，望向某个方向，目光好像能穿透铁匠铺，看到远处的龙脊火山一样，道："山崩了。"

"山崩？"

迪迪惊讶地张大嘴巴，跃跃欲试地想去看个新鲜的模样。

铁匠淡淡地瞥了一眼丈二龙枪，迪迪立马儿领会到了意思，往掌心吐了口唾沫，继续抡锤子，同时问道："铁匠师父，山怎么就能崩了呢？"

"雨云沉积，上百年都难得遇到这样的大雨，雨季积累，土层饱饮了水自然松软，山体滑坡以致山崩，没什么好奇怪的。

"那边的雨，比村里要大得多。"

铁匠说完，迪迪咋舌不已，心想："比村里还大呢？这村里都起大水了，最深的地方都没过俺膝盖了，那得大成什么样？"

他想着想着，那种跃跃欲试的心情消散一空，开始担忧了起来："俺哥会不会跑到村子外面去了？一定是的吧，不然他早就来找俺了。"

按说只是暴雨，寻个地方猫着躲雨，没什么大不了的，可是迪迪越想越是不对，没滋没味地又敲打了几下，无意识地停了下来。

"嗯？"

这一回，铁匠没有抽出鞭子，平静地问道："怎么不继续了？"

"心慌。"

迪迪拿着手按在胸口处，茫然地道："不知道怎么的，俺心里慌得厉害，好像有什么事要发生一样。"

"铁匠师傅，"迪迪转过身来，问道，"铁匠师傅，我是不是该去找下俺哥，虽然俺哥说了不让俺跟着，他会来找俺的，可是……"

可是半天，牛魔人也说不出个所以然来，一只粗糙的大手按在胸口就没有再挪开，好像不按住心脏就会从胸腔中蹦跶出来一样。

铁匠长身而起，高大的身躯几乎就要顶到铁匠铺的顶，沉声道："小牛犊子，要不要做某件事，你不要问我，去问你的心。"

"问我的心？"

迪迪茫然，在苍月岛时候，他父亲说什么他就做什么；出了岛，小道士说什么他就做什么。

他从来没有试着问过自己的心，想要做什么？

"当年某家在小石城教战士学徒，想要从某家的营地里走出去，成为真正的战士，就要找到自己的战士之心。"

"你找到了吗？"

迪迪依然茫然，他不懂得什么叫作战士之心，只知道心里慌得厉害，他要到叶萧的身边去。

"嘭"的一声，碎颅锤落地……

## 第五七章 "我不想变成阿金纳"

"嘭！"

一声闷响，紧跟在碎颅锤落地发出的巨响声中，那是迪迪一拳捶在自己的胸口发出的响动。

一拳过后，迪迪长长地呼出一口气，似乎轻松了起来，又仿佛是做了某个决定。

一直是别人给他做决定，难得他自己做一回决定！

铁匠对他这个动作视如不见，望向龙脊火山方向，铁匠铺厚厚的墙壁仿佛什么都阻隔不了。

他面露缅怀之色，悠悠地道："某家早年在小石城，从少年开始，经常就要在腰间绑上水葫芦，浮过海峡，与那些半兽人战斗。"

迪迪不知道铁匠怎么突然在这个时候提起这个，脚下有些迟疑，很想马上往外冲入雨幕当中，去找小道士，就算回头被叶萧骂上一顿，他也准备傻笑到底认了。

铁匠没有放人的意思，继续说道："海峡也是海，时不时地就有风浪，怒涛中要在偌大海峡中找到同样浮海而来的半兽人，谈何容易！

"久而久之，某家就练成了一个本事，任凭再大的风雨风浪声音，某家都能将其听如不闻，去把握里面更细微的声音。"

迪迪挠头的动作一顿，他有些听明白了。

外面，不正是风雨交加，雷声轰鸣，风雨声淹没所有吗？

铁匠，听到什么了？

面对迪迪探询的目光，铁匠叹息一声，道："某家听到了喊杀的声音！"

迪迪面色"唰"地一白，脑子里第一个浮现出来的就是叶萧灿烂的笑容。

这个时候，遗人村外，喊杀声音，说跟叶萧无关，连迪迪都不信，这世上哪里有那么巧的事情？

"想做，就去做。"

铁匠的声音在迪迪出声的时候，继续传入他的耳中，充满了抱憾的味道：

"免得落得遗憾,说不准哪一天,你就再也做不了了。"

他说的是俺吗?是铁匠师父自己吧?

迪迪有着自家小聪明地想道。

"嗯!"

他重重地一点头,就要去解身上的皮褂子,还没解开呢,铁匠淡淡地说了三个字:

"穿着去。"

"哦。"迪迪摸摸头,乖乖地同意了,紧接着一对牛眼又开始在铁匠铺里四下搜罗,尤其是在碎颅锤上停留的时间最长。

盯了好几眼,他还是恋恋不舍地移开了,嘀咕着:"太重,抡不动。"

迪迪现在的气力跟铁匠还差得很远,抡着碎颅锤打打铁还差不多,想要跟人战斗得小心砸了自己脚指头。

搜寻了半天,他一把抓起打得差不多的丈二龙枪,就是它了。

铁匠静静地看着迪迪动作,眼中有说不清道不白的遗憾之色,在迪迪就要出门的时候,他又开口说了一句:"小牛犊子,从村西头去,那边快,山崩方向。"

"嗯。"

迪迪从善如流,立刻准备往那头走,临到要出铁匠铺子了,他想起什么似的顿住脚步,从背影处传来声音:"铁匠师父,等俺回来,再来跟你打铁。"

"等俺!"

话音刚落,铁匠铺外惊雷炸响,迪迪一把推开门,执丈二龙枪,大踏步地走了出去。

难得以他粗线条的心思、心慌慌的状态,竟然还记得给铁匠带上门,防止风雨涌入。

在迪迪身后,铁匠走到火炉前,拎起碎颅锤,叹息出声:"老伙计,你还得寂寞一阵子。"

碎颅锤沉默,一如他的主人往日模样。

铁匠今天分外地健谈,说的话怕是比平日里一年还要多,对着不能言语的碎颅锤接着说道:"那小牛犊子不是怕打雷吗?这会儿就不怕了?"

"哈哈哈哈,他天生就有一颗战士的心。"

"在那里,就在那里,哪怕不用问,他也说不出来,还是在那里。"

"这小牛犊子,是天生的战士啊!"

铁匠的言语和笑声被铁匠铺子牢牢地拦在里面,传不到冲入雨幕里的迪迪耳中。

他听话地从遗人村的西头出,雨幕宰割天地,却掩盖不住庞大的龙脊火山的一侧出现巨大疤痕般的豁口。

庞大山体在大雨中缓缓地滑坡,有屋子大小的山石滚滚而下,大地震动,地滚闷气,皆由此而来。

迪迪一把抹去脸上雨水,大踏步地向着山崩方向奔去……

"山崩了。"

叶萧目瞪口呆,刚发出"这是什么声音"的疑问,前方风雨中沉默盘踞的龙脊火山就给他来了这么一出。

大片大片的山体在滑坡,大块大块的巨石在滚落,这就是还有一点儿距离,要是就在龙脊山下,是一条龙都会给埋了。

天威之下,人力有时而穷。

叶萧他们震惊于山崩的一幕,被他们抛在后面的虹魔教徒是不知道呢还是没看到呢,还是被怒火蒙了眼睛,连脚步都不带停地继续追杀过来。

嗖嗖嗖……

叶萧等人身后,利箭破空的声音夹杂着风雨声而来。

有了之前被攒射的惊魂一幕,小道士反应迅捷地抱头,尽可能地缩小面积,免得一不留神儿就被射成了箭靶子。

在这暴风雨中,说实话能射中纯粹靠蒙,叶萧也的确没有那么倒霉,毫发无伤。

雨迎面打在脸上,好像越靠近龙脊火山就下得越大,小道士满脸雨水都看不清楚附近了,只能依稀听到"哎哟"的声音。

"你们怎么样?"

他大声地吼,声音传不出一丈远。

"汪",这是大黑在报平安;一只冰凉的手骨伸过来,牵住他的衣袖,这是小九在说"我还在"。

叶萧登时放心了,同时自失地一笑,心想:"我真是昏头了,除了小白之外,其他人就是想'哎哟',也得'哎哟'得出声音啊。"

他难得关心了一把白袍祭司,扭头看了一眼。

白袍祭司咬着牙,脸色煞白,吃力地跟着他们在向前狂奔,动作一瘸一拐的，好像被打折了一条腿。

叶萧第一反应是大黑的杰作，仔细一瞅白袍祭司一条腿的确有狗咬的痕迹，腿肚子都快给咬烂了，另外一条腿上却扎着一根箭矢，这头进来，那头出去。

鲜血顺着白袍祭司的毛大腿往下流，还没流到地面就被雨水冲散了。

"小白，他们还真不在乎你啊。说说，你犯了什么错了？"

叶萧一边狂奔，一边回头大喊。

他不太担心后面的箭矢了，在这暴风雨中能被射中，怨点儿背就是了，只要不被追上就行了。

"不要叫我小白，我有名字！"

白袍祭司怒吼着，双臂挥舞，要不是嘴上獠牙之前被口塞给弄断了，还真有点儿仰天咆哮的猛兽气势来。

状如疯虎。

"反应这么大？有鬼？"

叶萧好奇心起，一边向着山崩方向跑去，一边接着问道："好吧，你说说是怎么从一块宝变成一棵草的？"

虹魔祭祀时候，白袍祭司还能召唤阿金纳降临身上，甚至刚刚做戏时候也行，怎么现在就沦落到当诱饵，外加不被虹魔教徒顾及生死的地步了？

白袍祭司沉默了一下，就在叶萧以为他不会回答的时候，他低沉的声音夹杂在风雨中传来：

"因为……

"我、不想变成、阿金纳！"

## 第五八章　与迪迪会合

"你不想变成什么?!"

风急雨骤的,叶萧耳朵有些不好使了。

"我说!"

白袍祭司忽然爆发了,大吼出声,将周遭所有的风雨声响全盖了下去。

"我不叫小白。"

"我、不想、变成、阿金纳!"

吼叫声到最后都扯破音了,好像是一头受伤的孤狼在月下嗥叫,与白袍祭司猪头人当中算得上是清秀的形象大相径庭。

叶萧这回听清楚了,心想:"这倒奇怪了,猪头人不是都奉阿金纳为虹魔教主、为神吗?还有不想成为阿金纳的?"

"还有,他的意思是,阿金纳将从他的身体中归来?"

小道士越想越出神,奔跑中抬头望天,恍惚间似乎觉得能从天上看到一只巨大的手伸下来,拈起棋子下棋……

真实情况是,他只看到了风雨中的乌云翻滚,雨竟然还在加大,一整条的水线从天上一直连到地面。

"怪不得龙脊火山会山崩,这样的雨下个十天半月的,整个赤月半岛都得沉了。"

叶萧脑子里转着各种念头,又在埋头狂奔当中,没心思跟白袍祭司继续计较,随口应道:"不想就不想吧,小白你就想开点儿。"

"……说了我不叫小白。"白袍祭司一个踉跄,觉得满腔悲愤都做给了瞎子看。

小道士完全意识不到他给小白造成了多大伤害,脚步半点儿不见停,埋头向前跑个不停,让小白想要控诉一下都没机会,还险些岔气掉了队。

一行人在暴风雨中又跑了几个呼吸时间,身后虹魔教徒紧紧咬着,风雨声的间隙里,总有喊杀声不依不饶地传来。

只是雨实在是太大了,弓弩估计在这样的风雨中就是摆设,他们再不能从后面将叶萧等人当作兔子来射了。

一时间,他们的压力大减。

然而,到了这个时候,他们的疲惫却是大增。

叶萧施展完"乾坤一掷之烽烟相望"后,就落到两只手撑在膝盖上大喘气吐舌头的地步了,后来的支援配合小九,现在又夺命狂奔,全都是透支着体力在做,眼看着就要支撑不住了。

小九固然不声不响,不离不弃,始终在他左右,但是狂飙突进,再是杀出重围,岂是等闲?这一点从它默默地拽过大黑,翻身上狗,就能知一二了。

至于大黑的抗议,没人听得懂,犬吠后,还是认命地驮着小九。

现在箭矢的威胁暂时没了,叶萧等人不由得放慢了几分脚步,紧绷得就要断掉了的心弦,好歹有了个放松的机会。

没有了那种命悬一线、随时可能被攮上剁成百八十块的危机,小道士终于有心思注意周遭的情况了。

不知不觉中,他们已经跑到了距离龙脊火山脚下不远的地方,远远望去经历了山崩犹自庞大的龙脊火山好似一头史前巨兽,盘踞在大地上,充满着压迫力。

暴雨如幕,依然掩盖不了龙脊火山庞大的身影。

突然——

"咦?"

叶萧忽然惊疑出声,压迫出体内积攒的一点儿力气,向前紧赶了两步。

冲过小黑与小九,身后落着小白,小道士跑到了队伍的最前方。

大黑在翻着白眼,被小九揪着脖子上没剩下多少的毛,只得加快脚步跟上,狗肚子里不知道咒骂叶萧多少回了,跑那么快干吗?

叶萧哪里有心思去猜度一只大黑狗,他的心神全被先前所见牢牢地吸住了。

"刚刚那是……"

小道士使劲儿地睁开眼,雨幕将周遭变得浑浊一片,模模糊糊什么也看不见。

他用力地回想,确定刚刚没有出幻觉,他的确是看到了一个熟悉的身影在风雨中狂奔,一边跑还一边回头看,生怕被后面的人追上来一般。

那个熟悉的身影跑过来的方向正好跟叶萧他们相反,俨然是从山体滑坡的龙脊火山方向跑过来,在风雨中与叶萧他们擦肩而过。

"那是谁呢?"

叶萧都有敲自己脑壳的冲动了，终于将熟悉的身影与记忆中的那人对上了号。

"是他！"

那人身材纤细，单纯看身影窈窕可人，一副淑女范儿，然而满满都是惊惶之色的脸还能看出男人样貌来。

不阴不阳的长相如此有特点，赫然是遗人村里就住在孙大娘隔壁的那个裁缝。

"好像是叫作鹰眼的吧？"

叶萧不太确定地想着。

"这种大雨天他跑出来干吗？"

"又是谁在追他？能把他一个遗人村人吓成那个模样？"

"喂喂喂，他这么跑过去，不会正落入猪头人的手里吧？"

叶萧脑子里诸般念头纷至沓来，有疑问有担忧，唯独没有掉头去找鹰眼裁缝的心思，半点儿也没有。

开玩笑，又不熟。

"只是……真奇怪。"

小道士如此想着，旋即就把这个小插曲抛于脑后了。

在这一刻，如果有人能飞上雨云，从高处俯瞰下来的话，会发现肆虐天地的暴风雨中，一个诡异的景象正在发生。

叶萧一行人向着龙脊火山而去，间隔不足三丈远的地方，裁缝向着遗人村跑去，身后还有十余人破开雨幕在追赶，近在咫尺。

在风雨中，两行人如两条龙，冲开雨幕，交错而过。

明明只有三丈距离，正常时候一眼望尽，在此时此刻，除了叶萧惊鸿一瞥外，竟然没有人发现对方的存在。

交错之后，各自狂奔，渐行渐远。

"我去。"

叶萧忽然叫了一声，一个踉跄整个人差点儿飞了出去摔个狗啃泥，好在他反应快跟跄了几下站稳了身子。

"是什么东西？"

他眯着眼睛，想要从雨幕当中看清楚刚刚绊了他一下，同时也被他踢飞出去的是什么，却怎么也看不真切。

隐隐约约地，小道士记得在他差点儿摔飞出去的时候，看到那好像不是石头之类的东西，倒像是出自人的手笔。

潜意识里，他觉得那东西似乎有些重要。

"大黑，上！"

叶萧大喊了一声，在小九的催促下，黑背大狗"汪汪汪"不情愿地冲过去，将绊了叶萧一跤的东西叼住。

这下，整个世界都清静了，大黑嘴里叼着东西"呜呜呜"地吠不出声来。

雨，在这一刻似乎终于下得疲惫了，略略小了一些。

"杀了他们。"

"渎神的罪人！"

"为了阿金纳！"

叶萧连往大黑嘴里那个沾满了泥泞黑乎乎一片的东西张望上一眼的工夫都没有，带着众人向着前方狂奔而去。

雨刚刚小了一点，虹魔教徒已然追近。

这时候追上来的虹魔教徒全都骑着大蜥蜴，在泥泞当中如履平地，越追越近。

隆隆隆……

天上闷雷依旧在滚动，仿佛在酝酿着下一轮更大的暴雨。

就在这时候，叶萧脚下踩入一片愈发泥泞的地方，坡度向上，原来已经跑到了山体滑坡处附近。

"不能再跑下去了，不被追上砍死也得累死。"

小道士的脑子拼命地转动着，以此分散注意力，忘掉两条几乎不是自己的腿，以及眼看就要炸开的肺。

越到了这样的地势，虹魔教徒们的大蜥蜴就越是跑得快，眼看用不了多长时间，他们就将要被追上了。

留给叶萧的时间不多了。

"论跑一定跑不过他们，刚刚在风雨中不辨方向，想要跑回遗人村靠那些大神帮忙也不可能。

"既然跑不过，那就不要跑了。"

叶萧想到后来，不觉间气喘吁吁地说出了口。

身后的小白、身旁的大黑，连小九都扭过头来诧异地看着他。

开什么玩笑？不跑，拼命吗？那也得拼得过啊。

就连大黑都觉得叶萧的脑子是不是因为雨水太大，进了水的时候，小道士喘着粗气，大声道："我们找地方，躲、躲起来。

"就是躲不掉，也得找个有利的地形来打。"

叶萧又补充了一句，大黑一颗狗心脏终于落回了狗肚子里，不是拼命就好。

若不是嘴巴里叼着东西吠不出来，它非得"汪汪汪"几声表示赞同不可。

小道士逃着命，说着话，一对眼珠子转个不停，周遭的地形尽收眼底。

后面不用说了，那是虎口；两侧一片开阔，冲着那些地方跑早晚被追上的命，这是鬼门关。

唯一有希望的就是继续向前，山体滑坡造成的复杂地形。

叶萧挪动着灌铅一样的腿，在厚达膝盖的泥泞里跋涉，时不时还得越过滑坡下来倒伏在前面的树木，趴窝的石头……

短短几十个呼吸时间，他走得比在暴风雨中前行还要困难得多。

在他们身后，虹魔教徒的吼叫声铺天盖地而来。

时间，更少了。

"那是……"

叶萧霍地一下止步，载着小九的大黑差点儿一脑门撞上去，止步太急整个狗脑袋差点儿没埋进淤泥里憋死。

往前百丈开外，滑坡开的山体中露出一个黑黝黝的洞口，上缘砌着被切削得整整齐齐看不出真切纹路的青石……

匆忙一眼看不真切，叶萧还要再看，一个铁塔般高大的身影，从斜对面方向迈着大长腿冲了过来。

人未到，声先至，落在小道士耳中动听得不行：

"哥，你是俺亲哥。

"可找到你了。"

# 第五九章　急中生智

"迪迪！"

叶萧又惊，又喜，大叫出声。

惊的是迪迪怎么没有待在安全的遗人村里，跑到这里来蹚什么浑水？

喜的是紧要关头还是兄弟靠得住，这不巴巴地冒着大雨冒着山崩，过来帮忙了吗？

迪迪身上穿着皮褂子，从牛角开始一直往下滴水，在远远看到叶萧他们那一瞬间前，脸上堆满了担忧之色，好好的憨憨牛魔人，脸差点儿没皱成苦瓜。

"哥！"

"可找死俺了。"

迪迪抹去一脸雨水，缩了缩脖子，头顶上正打着雷，闷雷声吓死牛犊子了。

他冲着叶萧挥舞着丈二龙枪，冲着他们大喊，拔脚就要冲下来接人。

刚把蹄子从淤泥里面拔出来，他脸色忽然大变，将龙枪遥指叶萧等人身后，枪头都在颤抖。

不是吓的，是怒的。

"呔，你们这些猪头人竟然敢追杀俺哥，俺捅死你们。"

迪迪骂骂咧咧地就要持枪而下，叶萧脸色大变，大喊道："别下来。"

"啥？"

牛魔人蒙了，顿了顿，抬头再看，"唰"地一下，神色就变了。

一排排的虹魔教战士，青铜甲胄森然，挥舞着兵刃，座下骑着大蜥蜴，成群地冲杀过来，行经处雨幕冲散，威势惊人。

"吓，这么多？"

迪迪咽了口唾沫，双手握紧龙枪，吼道："人多又怎样，不准追俺哥，有种冲俺来。"

"嘭嘭嘭"，他迈着大步，挺着龙枪就要往下冲。

别说，一骑当千的架势是出来了。

叶萧哭笑不得，心想："这憨货，没看人多成这样吗，下来送死啊！"

感动归感动,他还是再次大吼:"迪迪,回去,先藏进……"

小道士一边狂奔着向前,一边吼叫着,吼到一半戛然而止。

倒不是箭雨又来,也不是雷声掩盖,是他自个儿咽了回去。

叶萧本来想让迪迪先躲进那个塌陷出来的洞口里去,也好有个接应不是,最不济也不要冲下来送死,再来十个迪迪也不够用。

问题是,话都到嘴边了,小道士才反应过来,不行,根本进不去。

先前就是角度问题,叶萧没注意到只露出半边的洞口,足足有大半被掩埋在厚厚的土层下面,层层叠叠还有石头,留下的缝隙估计所有人当中,只有大黑能囫囵个儿钻进去,连小九都得卸几块骨头。

捡石,挑泥,挖开口子,谈何容易?

别说后面还有人追,就是什么事儿都没有,所有人卷起袖子一起上,没个把时辰也弄不好。

"怎么办?"

叶萧脑子里一团糨糊理不清楚,只是坚决地又喊了一声,制止了迪迪下山。

"哥!"

迪迪声音里满是委屈,是不甘,又不敢直接往下冲,生怕坏了叶萧的事儿。

他一双大手将丈二龙枪紧了又松,松了又紧,不知不觉出了一手的汗,都要捏不住枪柄了。

"轰隆隆……"

天上银光乍现,一声炸雷轰落,本来在山体滑坡下就半倾倒的一棵大树挨了雷劈,"噌噌噌"地起了火,又"哧哧哧"地熄灭,整个树被打成了焦炭状,周遭土石飞溅。

这棵被雷劈的大树距离迪迪就是十余丈距离,崩飞的碎石擦着他的脸和手臂过去,留下一道道血口子。

迪迪却浑然不觉,只是死死地盯着叶萧,等他说出个一二三来。

连最害怕的打雷他都听不到了,更不用说一点儿皮外伤了,他铁塔般纹丝不动,就等着小道士告诉他怎么做,或者忍无可忍的时候,一冲而下。

"大家死在一起就是了。"

"呸,呸。"迪迪往两只手掌上轮流吐了一口唾沫,紧紧地握住丈二龙枪。

这回握得紧紧的,不打滑了。

叶萧脑子里的一片混沌,在那一声惊雷炸响后,猛地破散开来,仿佛抓住了一点儿灵光。

他纹丝不动地站着，忘掉了身后追兵，忘记所有一切，小九和大黑站在他身边，小白冲了过去，又停下脚步，焦急地望向小道士。

"应该可以，还差了点儿东西。"

叶萧回过神儿来，才发现嘴唇都被自己咬破了，有股咸咸腥腥的味道。

他的目光从挨雷劈的大树上移开，左右搜寻了一圈儿，又落到迪迪身上，确切的是，落在丈二龙枪上。

"有了！"

小道士的眼睛在发亮，亮过一道道划破夜空的闪电，内心有巨响轰鸣，盖过了天上雷霆。

身后百丈外，大蜥蜴吐着舌头，渐渐逼近。

再过片刻工夫，他们就将如山崩一般，将叶萧他们淹没，撕成碎片。

"很危险，但是……"

叶萧一咬牙，一跺脚，"……只能拼了。"

"迪迪！"

他冲着前方的牛魔人大喊出声："把它，插在那里。"

叶萧的声音被重新变大的风雨吹得支离破碎，落到迪迪耳中只有只言片语，任凭他怎么竖起耳朵都听不真切。

牛魔人只能看到小道士一脸焦急地指着半露出的洞口，示意着什么？

一直到这会儿，迪迪才发现身后有个半掩盖的洞口，隐约明白叶萧是想带着大家躲进去，只是……

……怎么弄？

迪迪一头雾水，叶萧比画得自己都快给绕进去了，眼看虹魔教徒愈发逼近，没有时间了。

"呼！"

叶萧深吸了一口气，强忍住回头的冲动，向着小九一伸手，"斩马刀。"

"……我忘掉了。"

他猛地想起什么，就要缩回手来。

小九在突出重围时分，不是把斩马刀掷向了后面的追兵吗？

叶萧刚刚收回动作，准备另外想办法，就听到身旁传来异响，扭头一看，只见小九伸手探入虚空当中，拽出一柄斩马刀。

刀身看不出骨头质地，反倒是更像玉器，坚实无比的感觉，其上还有雨水和血水混杂在一起的痕迹，毫无疑问就是之前小九倚仗狂飙突进的斩马刀。

"怎么回事?"

叶萧脑海当中疑问一闪而过,小九身上神秘的地方多了去了,不差这一件,连忙将斩马刀接过。

入手就是一沉,好悬没把小道士拽到泥里面去,他深吸一口气,用尽全身力气,先是对着迪迪挥舞斩马刀,然后奋起余力,将斩马刀笔直地插在面前,长长的刀刃直没入淤泥当中,屹立不倒。

"俺明白了。"

迪迪一拍脑门,顾不得雷声几乎就在耳边炸开,双臂一震将丈二龙枪舞出一朵花来,倒转过来,以枪柄重重地插在洞口之前。

轰隆隆……

雷声隆隆,银蛇乱舞,时不时地落下来击到倒霉的树上,或是落在坡地上滚滚而下。

半掩的洞口前,迪迪抱头鼠窜而去,丈二龙枪倒插在地上,枪头冲天直指……

## 第六〇章　那一掷的风情

"他竟然……"

白袍祭司就在叶萧的边上，全程看到了小道士和牛魔人做的每一个举动，脸上全是震惊和不敢置信之色，"……想要引雷炸开洞口！"

"这怎么可能？"

他是真的尖叫出声来，只是在雷声和风雨声里被掩盖得连他自己都分辨不出来。

身为虹魔教祭司，小白还是有些常识的，知道在平原上树木容易引雷，在聚居处高高的飞檐上很容易引雷，但那只是容易而已，不是必然！

且不说真的引雷下来了，威力是不是足够炸开洞口，那么就只有去问阿金纳了。

"疯狂，他简直疯了！"

白袍祭司看了看身后，虹魔教徒们飞速逼近，眼看最多差个十个呼吸时间，他们都不用动刀子，直接拿大蜥蜴就可以将他们踩死。

他一边想着，一边不由自主地后退，想要另寻个出路什么的，退了几步才想起来附近皆是旷野，要是真的有路，他岂会一直跟叶萧等人混在一起。

"竟然只能期望这个疯子成功……"

白袍祭司想死的心都有了。

迪迪、小九，从来不会质疑叶萧的任何一句话、任何一个决断，哪怕在这般凶险的情况下，依然只有两个字：奉陪。

牛魔人抱头鼠窜跑了十余丈，回头满心期待地望向半掩的洞穴处那杆倒插的丈二龙枪上。

从小怕打雷的迪迪，生平第一次如此期待让雷打得更猛烈些，越猛越好。

小九催着大黑，与叶萧并肩而立，看它紧张的模样，似乎随时准备挡在小道士面前，拨打开雷霆炸开迸射过来的碎石。

大黑最夸张，两只前爪子抱在脑袋上，浑身瑟瑟发抖，好像天都要塌下来了似的。

"隆隆隆……隆隆隆……"

一道道雷霆从九天之上击落下来，炸开淤泥，破碎巨石，击中枯木，引得火起四处，坑陷各方。

轰鸣之声震耳欲聋，雷光闪烁晃得人眼睛都睁不开了。

此时此刻，潦水沼泽中雨季达到最巅峰，又以龙脊火山之上雨云最浓，积蓄了不知道多少时日的风雷之力轰然爆发，最密集处就在叶萧、迪迪、虹魔教徒们所在的这方圆数百丈间，真真是落雷如雨点一般。

与眼前这一幕相比，叶萧当日一记"乾坤一掷之雷动九天"，简直就是小孩子过家家。

"可惜……"

叶萧无比惋惜沈凡没在这里，那只娇俏的小狐狸也不在这里，不然他真有豁出去再重伤一回，再施展一次"乾坤一掷之雷动九天"的冲动。

眼前这般的天威，百年难得一遇。

在这个当口施展"乾坤一掷之雷动九天"，引动天上积蓄的恐怖雷霆之力下来，估摸着别说虹魔教徒，将方圆数里之地犁一遍，让龙脊火山矮半截也问题不大。

小道士只是想想罢了，真要让他做，那是打死也不干，打不死更不能干。

如此恐怖的天威岂是人力所能全部操控的，真的一记引雷下来，虹魔教徒们是死绝了，他自个儿连带着小九、迪迪，那也是死定了。

这种赔本生意岂是能做的？

"歪了。

"又歪了……"

"你能不能正一回？"

"……"

叶萧在嘀嘀咕咕，竭力地睁大眼睛，从扑面而来大雨的罅隙里望向丈二龙枪。

他还能用碎碎念来排解压力，旁边小白却是浑身上下都在抖，都快口吐白沫了。

别说是白袍祭司了，即便是迪迪抱头在旁边等得都不耐烦了，恨不得自个儿将丈二龙枪拔起来，伸到天上去够一道雷霆下来。

至于那样自己会不会被击成焦炭，急得不行的迪迪却是想都没往那个方面想过。

此时崩塌下来的山体的确是雷电汇聚的中心，是整个潦水沼泽，整个赤月半岛，甚至在这一刻，可能是整个玛法大陆上雷霆最密集的所在。

只是，叶萧他们，差了一点儿运气。

一道道紫色充满着毁灭气息的雷霆弯弯曲曲地从九天之上劈落下来，整个高处但凡突出的地表，无论是木头还是石头，乃至于迪迪要不是抱头快差点儿都被当头一雷。

唯独……唯独……唯独……

他们用来引雷的丈二龙枪上，像个羞羞答答待字闺中的小姑娘，却怎么都引不来雷霆扑上来肆虐凌辱。

"这样下去不行！"

叶萧深吸一口气，也不嘟囔，身子一寸寸挺直，缓缓探到腰间神龙道书。

嗖嗖嗖……

从他们的身后，一柄单手的青铜手斧旋转着，带着凄厉破空之声，从叶萧的脑后袭来，眼看再来两个旋转，就要砍到他的后脑勺上。

叶萧耳朵抽了抽，他听到了，但他就是不动。

小道士不仅纹丝不动，连半点儿闪躲的意思都没有，甚至还夸张地放松了浑身上下一直紧绷的肌肉，闭上了眼睛。

在一旁，小白眼珠子都要瞪出来，他还离着点儿距离呢，就有懒驴打滚的冲动了。

眼看着叶萧后脑勺上就要开起了酱油铺，红的白的黑的……小九动了。

"嗖嗖嗖！"

比起单手斧破空而来还要凄厉十倍的呼啸声爆起，斩马刀从地上飞出，落入小九伸出的掌中，然后横扫。

"哐！"

一声金铁交击的脆响，单手斧斜飞一边，无力地坠落到地上。

小九一横斩马刀，与叶萧背向而立，静静地站着，仿佛正在不断逼近，近得像单手斧这样的兵器靠点儿运气都能直接击中的份儿上，它犹如不见。

只是，守候。

有小九在一旁，叶萧从头到尾没有担心过身后，他的心神沉入回忆当中，倏忽之间，一幅幅景象碎片般飞来……

"娃儿，你知道爷爷为什么非要让你当道士吗？"

大下雨天的，老道士拎着小道士的脖子上了房顶。

一老一小两个道士支着把小破伞，看着淫雨霏霏，看着不远处有人同样在屋顶上——放风筝。

小小道士正是对风筝无比感兴趣的年纪，看得目不转睛，随口回答："爷爷你不是说我是抱着道书被你捡到的，天生就是当道士的吗？"

"这你也信？"老道士莫名惊诧。

小小道士嘴巴一撇，看着自家爷爷说不出话来，从未见过如此不靠谱的爷爷。

"你看你看，好玩儿的来了。"

老道士看小小道士要哭了，连忙手忙脚乱地向着放风筝的人一指。

小小道士年纪还小，轻易地被岔开话题，眼巴巴地望过去。

只见风筝高高地飞起，在狂风中扶摇直上，先是电光一闪，再听轰鸣一声，小小道士眼睛差点儿瞪出来。

他看到放风筝的人浑身抖如筛糠，头发一根根竖立起来，紧接着浑身焦黑，硬邦邦的，如同木头一样从屋顶上摔下来。

"啊！"

小小道士是个好孩子，就想去救人，但还没爬起来脑袋上先挨了一巴掌。

"啊什么啊，不用去，那人死不了。"

老道士在小小道士柔软的头发上揉着，道："娃儿，你明白了吗？"

小小道士摇头，含着大拇指表示没有听懂。

"爷爷让你当道士，就是要让你掌握道术，以后万一养成个什么研究这个、研究那个的习惯，至少不能被电成一坨。"

"懂了吗？"

小小道士脸上写满了两个字——懵懂。

现在叶萧懂了。

道士、道术，说到底就是能用各种手段来达成目的，不用动不动就拼命。

战士掌握着肉身力量，从而媲美天生强大的生灵，面对他们的时候，不用再用生命去填；法师掌握着规则力量，能将不可抗拒的天威，化为可以掌控在手的威能；道士就像是万金油，它的力量在一个"变"字。

没有办法，只能去拼命的，那就不是一个合格的道士。

时隔多年，叶萧终于懂了老道士跟他讲的到底是什么了。

霍地，小道士睁开眼睛，眼中有精光迸射而出，风雨中亦不能挡。

他的指尖，多出了一张符箓，在风雨中顷刻被打湿，其上纹路在一寸寸地亮起，通体无风颤动，好像在呼应着什么似的，发出噼里啪啦的声音。

第一眼，叶萧就看到迪迪摩拳擦掌，跃跃欲试，很有当年那个风筝哥的风范。

他深吸一口气，一声暴喝："让开！"

两个字，吐尽了小道士胸腹间所有的气，肺部抽痛，声音炸雷般响起，清晰地传入了迪迪耳中。

"吓！"

迪迪下意识地缩手，茫然地回头看，看到叶萧接下来的动作脸色猛地一白，连滚带爬，"呼啦啦"一下滚出去十几丈远。

算你憨货反应快。

叶萧指间夹着紫光盈盈而动、风中猎猎作响的符箓，一个箭步冲起。

在他冲出的时间，有箭矢数支斜斜地飞过，距离直中他的背心只有数尺距离。

在他身后，"哐哐当当"的声音不绝，小九斩马刀利攻不利守，终于护不住叶萧整个后背，只能放过没有什么威胁的过去。

时间，紧迫到了点燃睫毛的地步。

"哈！"

叶萧冲势最猛的时候，整个人腾空而起，恰有闪电划破苍穹，将跃起的小道士映照得纤毫毕现。

在这一刻，后方的虹魔教徒，左近的小九、大黑、小白，前方的迪迪，所有人的目光全都汇聚到叶萧的身上，闪电似将这一刻的风情清晰地烙在所有人的眼中、心中。

一切犹如时间也被放慢，他的动作舒展到极致，身体几乎与地面平行，在去势将尽，高度极限的时候，右手收回到左肩上，再竭尽全力，一掷而出……

## 第六一章　我不要，我还要

"嗖！"

众目睽睽之下，一道紫光从叶萧指尖迸射出去，犹如轰天雷般，笔直地直冲丈二龙枪而去。

符箓出手，小道士还保持着一只手前伸到极限，身上的道袍在劲风怒吹下贴身欲裂，而他却目不转睛，犹如被磁石吸住般牢牢地盯着紫光轨迹不移。

"嘭！"

他重重地砸落在地上，本就不合身，且鏖战一夜撕裂多处的道袍，彻底成了泥水里捞出来的模样。

叶萧依然昂着头，死死地望过去。

包括虹魔教徒在内，不管明白不明白小道士意图的人，注意力全被这一幕吸引，望向了同一个地方。

"哧……"

一声异响，明明应当被掩盖在风雨与雷霆声当中湮灭，偏偏清晰地落入所有人耳中，清晰得好像睡梦中一声耳边锣鼓敲响。

紫光的尽头，丈二龙枪颤动，枪头晃出无数的枪花，仿佛有人挺枪在邀战苍穹。

在枪头与枪柄连接的地方，一张被雨水打湿的符箓软塌塌地贴在上面，通体紫色的符文在闪动，紧接着发出那一声"哧"的异响，烂泥般融化了下来。

"打中了。"

叶萧在烂泥里连起身都没有想起来，狠狠地挥舞了一下拳头。

他最怕的是这么大风雨，这么差的视线，这么长的距离，一掷而不中！

那样的话，符箓很快会被雨水打湿，小道士压根就没有第二次机会。

幸好，中了。

再来十次，叶萧也不敢拍着胸脯说能手拿把掐地成功一次。

这种事情就像是有人行那个房，一次就中标不得不奉子成婚，又有的人连连耕耘数载，牛都累死了，田里还没发芽。

时也，命也，谁人能逃？

叶萧他们无疑是有命的，至少有命了一半。

"我仿的引雷符，就算没有狐月岛那群祭司那么强，但该有的作用也是一样，麻雀虽小，五脏俱全。"

叶萧紧张中带着得意地想着。

他掷出去的，赫然是一张引雷符，是仿造狐月岛引雷符的伪劣产品。

小道士的思维在不断地发散。

他不能不想，紧张的气氛，生死一线悬于一发的压迫感觉就像是一只手在虚握着他的心脏，他不能不看，又不能不分散注意力，生怕再紧张一点儿，心脏就直接从喉咙眼儿中蹦出来了。

"我的风筝，能引来想要的结果吗？"

叶萧忐忑着，凝神等待着，明明只是千分之一刹那的短暂，在他这里几乎是如隔三秋般的长与久。

他甚至来得及在脑海当中回忆一遍引雷符的前因后果。

当日"乾坤一掷之雷动九天"后，叶萧重伤归重伤，对"引雷符"还是产生了巨大的兴趣。也正因为重伤走路基本靠背，他有了足够的空余时间，结合无名道书与老道士传承，再参照狐月岛引雷符，开发出了属于他的"叶氏引雷符"。

叶萧在绘制完成后，连试验的工夫都没有，就纠缠进遗人村一系列事情里了，只能凭着经验感觉大致无错，更是只有唯一的一张。

唯一的一次机会！

就在叶萧等到觉得自己快要烂在泥里面了，眼珠子都要瞪得掉出来的时候，"噼啪"一声从丈二龙枪处上空传来，入耳犹如天籁。

迪迪看过去，小白看过去，大黑直立而起，连小九都用眼窟窿对着丈二龙枪。

只见在龙枪的枪尖上，有一道纤细的电弧闪动，"噼啪"声由此而来。

这道电弧是如此的纤细，简直就像是女儿家出嫁时从脸上绞下来的绒毛。

霎时间，叶萧险些一口啃回泥里，迪迪双手抱头，小九斩马刀一顿，大黑仰天便倒，小白已经在转身跑。

"不是吧？

"这是不入虎穴焉得虎子，结果入了虎穴，老虎没看到只是看到老鼠吗？"

叶萧的心不住地往下沉，仿佛已沉破胸腔，沉入泥塘。

"尝试失败，那就只能……"

小道士神色一沉，轻浮散去，双手将自身从烂泥里支撑起来，脸上尽是决然之色，"……想要我的命，拿十倍来填。"

他要起身，要转身，要去厮杀。

不知不觉间，在谁也没有注意到的时候，叶萧胸中已经养出了一股血气，事到临头须放胆，放胆不成咬也要咬一口的刚烈。

在这个绝望气息连空气中湿润水汽都要给掩盖过去的时候，谁也没有想到的一幕发生了。

"噼里啪啦……噼里啪啦……"

接连不断的电弧在丈二龙枪的枪尖上头冒出来，犹如一个二八少女欲拒还迎，犹抱琵琶半遮面，小手什么的肯定是不让摸的，却也不走，就是拿着水汪汪的眼睛勾着你。

勾着勾着，总会起火的。

在叶萧等人绝望中抓住一根稻草，眼巴巴看过来的当口，"轰隆隆"一声，一道粗如儿臂的雷霆从九天之上直落下来。

这一回，欲拒还迎什么的全省了，直冲着丈二龙枪而来，仿佛是从一个待字闺中少女，化作了牢里刚出来的精壮汉子急吼吼的样子。

有一就有二。

那一道粗如儿臂的雷霆打落犹如一个信号，紧接着众人头顶的雨云通体泛出紫光来，无数闪电划破，不尽闷雷滚滚而来，好像积蓄了无尽水量的河堤终于找到了一处豁口，马上就要一泻而下万里泽国。

叶萧脸色瞬间大变，几乎要跟头顶上天变的速度同步。

这变化的脸色里有豁然大亮，从绝望中看到曙光的狂喜；有惊骇欲绝，惊骇到猛地一下让小道士弄明白了心中一个巨大的疑问。

老道士某次喝完花酒回来，曾感慨无比地拉着小道士唠叨个不停，说要传授男人的经验。

说了什么小道士全忘掉了，只记得一句话变成谜团，久久得不到解答也不能忘。

老道士是这么说的："娃儿，这世上最让人绝望的词是'我不要'，比这个更让人绝望的只有'我还要'。"

"你懂了吗？"

"不懂就对了，长大你就懂了。"

当时气得小道士恨不得再往老道士的酒葫芦里撒尿玩儿。

不过现在，叶萧懂了。

他依然不懂得"我不要和我还要"之间哪一个绝望，以及为什么绝望，但他懂得那种从没有过的太多的恐怖。

"趴下！"

叶萧大吼一声，扯破了嗓子，凄厉的叫声旋即被无尽轰鸣的声音掩盖得半点儿不剩。

轰隆隆、隆隆隆、隆隆隆……

无穷无尽的雷霆倾泻而下，水桶般粗细的雷电只作等闲，被引动汇聚而来的雷霆在丈二龙枪顶上，形成了一个巨大的旋涡，轰然而落。

## 第六二章 开山，悬浮

"成了！够了！

"但要不要这么成，这么够啊！"

叶萧抱着脑袋，整张脸都捂在烂泥当中，后背上一阵阵麻木，仿佛是先浇上一桶热水，再泼上一盆冰水般的刺激感觉。

这不是水，是电。

他不用抬头也知道方圆数百丈里，一定尽是闪电在游走，在肆虐。

包括叶萧在内，所有人全都抱着头，恨不得把脑袋摁进土里连呼吸都不要，自然没有人能知道在以丈二龙枪为中心的方圆数百丈里，无尽的闪电在游走形成了一个封闭的区域。

在这个范围内，雷霆不住地倾泻而下，除此之外，任何事物，任何力量都不能进入分毫。

肆虐天地的风雨不能进，虹魔教徒的攻击不能入，在这短暂的时间里将一切隔绝。

突然——

整个天地骤然安静了下来。

仿佛无穷无尽的雷霆轰鸣声戛然而止，好像一头在半夜叫春的猫儿被愤怒的单身汉给掐住了脖子。

"结束了？

"开了吗？"

叶萧忍不住想抬头，忍不住想要知道借天威来开山这种创举到底能不能成。

可区区一个抬头的动作，小道士用了好几次劲儿，竟然完成不了，全身上下都处在一直连麻木都感觉不到的麻木当中，木头一般，全身上下哪怕一根汗毛都指挥不动。

……这是要变成砧板上的肉的节奏吗？

叶萧心里刚刚"咯噔"一下，"嘭"，异变突生。

"啊！"

他不由得发出一声惊呼，惊诧地看到自己整个人悬浮而起，好像有无形的人在下面托着，上面拎着。

一尺高，一人高，一丈高。

叶萧目瞪口呆地发现自己不住地悬浮起来，总算在一丈左右悬停住了，目之所及，周遭连破碎的石头、树枝、沙土全都悬浮了起来，中间有电弧在不住地激射出去，彼此湮灭或消散在远处。

左右，大黑在狗刨，小九在尽力地想靠近过来；远一点儿，迪迪头下脚上，竭力地缩头想要避免牛角戳到地上的泥泞。

"好奇特的感觉。

"电，竟然能让人悬浮起来。"

叶萧无法理解眼前发生了什么，眼花缭乱地看着一块石头飞起来，一根树枝沉下去，还看到一滴滴的水珠独立悬浮着，偶尔碰撞相融合成大水珠，时而又分散成一颗颗小水珠，晶莹而美丽。

这就仿佛偌大的天地，变成了浮力巨大的水域。

任何一本道书里都没有讲过类似的现象，他怀疑任何一个通识球里也不会有这样的景象。

小道士终于有些明白，当年那个在雷雨夜放风筝，一次次被电击得从屋顶上栽下去的人，到底是在追求什么了。

这个时候，他的手脚终于能动了。

小道士第一个反应不是去捞浮动的树枝石块，不是去接应"游"过来的小九，而是紧张无比地望向丈二龙枪的位置。

洞口依然半掩，龙枪通体紫黑色，无尽的电弧不住地从它身上激射出来，弥漫在方圆数百丈的电光区域里。

它，赫然是眼前一切的源头。

"嘶。"

叶萧忽然倒抽了一口凉气，心想："不会吧，还来？"

他一个念头都没转完呢，便见丈二龙枪从枪头开始，一寸寸地湮灭，一寸寸地消散，笼罩方圆数百丈的电域力量陆续崩溃，先是各种石头树木，再是水滴滴落，几乎在同一时间叶萧等人"嘭嘭嘭"地重重摔了下去。

"抱头！"

叶萧只来得及喊上这一声，一声轰鸣炸开，犹如开天辟地般的巨响，胜过之前所有的总和。

在死死抱住脑袋之前，小道士用眼角余光瞄到坍塌到极限，紫黑色亦浓郁到极限的龙枪轰然爆开，掀起了大片大片尘土、大块大块的石头。

"哗啦啦"，这是土落声音盖过了雨落；

"隆隆隆"，这是巨石坠地压过了天上闷雷。

良久良久，叶萧挣扎而起，差点儿没能起来，身上盖着的土层太厚，差一点儿就被活埋了。

紧随他之后，小九、小白、大黑，一个个灰头土脸地爬起来，抬头就看到迪迪在跳，在叫，看到原本只是半掩着的洞口，豁然大开。

洞口大半原本全在土层之下，深达丈许，边缘处有雕花青石颜色冰青，好像是海里面凝结了万年的冰。

原本就有些残破的洞口再经过雷霆开山的摧残，显得愈发古旧，几乎摇摇欲坠，不过好歹是一条路。

叶萧等人看到这一幕，心中的狂喜几乎就要把他们淹没。

突然，迪迪僵住了跳与叫，骇然大喊："哥，快跑，快跑！"

叶萧眉头一挑，旋即想起了什么似的怪叫一声，连头都不敢回，拔腿就跑。

他身边那几个一个个不落人后，狗也好，人也好，这一刻的遗憾全都是恨爹娘不多生出两条腿来。

虹魔教徒追上来了，电域一散，他们一杀而入。

没有回头叶萧也知道要老命了，在这雨水重新冲刷下来的当口，他竟然还能闻到大蜥蜴嘴巴里的腥臭味，这该有多近？

"咦？"

叶萧刚迈出几步，忽然惊疑出声，若不是追兵就在身后，他几乎有停下来抬抬腿伸伸腰的冲动。

经过刚才电域的经历，他发现逃起命来感觉都不同了，浑身上下不知从哪里冒出一股股劲儿，好像每一滴血肉里都有电弧在激射一样。

"这种感觉太好了，太及时了。"

叶萧心里美滋滋的，刚想问问身边的所有人是不是也都是这样，一抬头，脸色忽然又是一变。

不仅仅是他，原本赤手空拳就要赶过来接应的迪迪猛地顿住脚步，满脸狐疑之色，扭头望。

下一刻，叶萧、迪迪，隔着数十丈，一起破口大骂："尼玛！"

洞穴左右受漫天雷霆合力一击，深深凹陷了一个大坑，洞口就在坑旁。

这还不算什么，到了地头往里面一条就是了。要命的是拔出萝卜还带出泥呢，叶萧他们这么一炸，周遭土层几乎尽数被掀飞了出去，唯独那些巨大无比的石头还保持着原本样子，立在原来位置。

比如，在洞穴正上头的那一块！

足足有一丈多的巨大石头摇摇晃晃，颤颤巍巍，伴随着沙土的滑落，山崩雷动，它，要掉下下来了……

## 第六三章　鼎石

"不……"

白袍祭司声嘶力竭,脸上绝望之色如暴涨的洪水,直要满溢出来。

巨石一落,洞口被封,前无路,左右无道,只能转身一战,不是被大卸八块,就是被一群大蜥蜴撕咬、践踏成肉泥。

"阿金纳,这是你要亡我吗?"

"亡就亡吧,即便都是死,我宁愿就这么死。"

"至少,我,还是我。"

白袍祭司癫狂着,吼叫着,眼睁睁地看着巨石一点儿一点儿地滚落,束手待毙!

叶萧等人则不然。

"生生不息,落地生根!"

"疾!"

小道士将神龙道书打开,天女散花般地撒出一堆符箓,每一张符箓上都泛着碧绿色光,生机勃勃的样子,裹挟着一颗颗不知名的种子落向身后的淤泥里。

淤泥肥沃,天正降水,生机磅礴,种子破土。

各种各样的荆棘、蔓藤、食人花……用惊人的速度生长着,仿佛一条条碧绿色长蛇从淤泥里舒展开身躯,疯狂地舞动着。

大蜥蜴也好,虹魔教战士也好,所有人一时间都被各种蔓藤缠住,荆棘绊住,花粉入鼻,瘴气笼罩,甚至还有那刚刚绽放开来的食人花自不量力地将虹魔教徒和大蜥蜴一口吞下……

"今天老天爷一直站在我这边。"

叶萧看着这一幕,自己都有暗暗咋舌之感。

这些草木纠缠不了虹魔教徒们太久,但只要能纠缠片刻,那也是惊世骇俗,以一己之力,困住了数十倍于己的敌人。

这是由于淤泥土壤环境,充沛的雨水浇灌等诸多因素组合在一起,叶萧方能如此施展。

叶萧只是瞥了一眼,飞速地一扭头,压根不管虹魔教徒如何挣脱束缚,瞳孔骤缩如针尖,死死地盯着巨石滚落。

与此同时,他第一时间举步,用尽剩下的所有力气,大踏步地向着山上奔去,向着迪迪奔去,向着即将被巨石挡死的洞口奔去。

"跟上!"

叶萧低喝一声,声音沉稳和坚毅,浑然没有往日的佻薄与轻浮,坚定如磐石一般。

"就是死定了,也要睁着眼睛死。"

"别放弃。"

他在大吼着,不知道是吼给自己听,还是给身边的人听,只知道在这一刻风雨渐歇,似乎倾泻下来那么多雷霆,连继续下雨的力气都随之泻空了一般。

天色不再晦暗,风雨不再朦胧,不知是星光,还是月光,亦或是习惯久了黑暗稍稍有点儿微光就能视物,叶萧迈步的每一个动作,背影的轮廓,皆清晰地映入了身后所有人的眼中,占据了所有。

小九当仁不让地跟上,紧紧地随着叶萧,挡住了他的身后;大黑快步跟上,落水狗模样惨兮兮的,却一步不敢落下;小白咬牙,再咬牙,最终还是一咬牙,迈动着灌铅了一样的腿脚向上。

哪怕所有人都知道,他们不可能赶上了。

"沙沙沙。"

"啪啪啪。"

沙土、碎石,随着巨石的晃动在倾泻而下,越来越急,打在洞口青石边缘上,发出清晰的响动。

巨石每一次晃动都带出闷响,都牵动了跋涉向上所有人的心。

来不及的……来不及的……来不及的……

白袍祭司机械地迈着步子,心里在绝望地吼叫着。

"十个呼吸,我们至少还要十个呼吸的时间才能赶到。

"巨石倾斜到这个角度,最多一个呼吸就会坠落下来,彻底地将洞口封堵住。

"完了……一切都完了。"

小白想要回身杀入虹魔教徒当中,死也要拉个垫背的,可是莫名地,他就动不了,下意识地跟着前面那个背影继续向上跋涉。

"差了九个呼吸的时间!"

叶萧在迈步的时候，就已经估算得清清楚楚，他们赶不上，差得很远。

九个呼吸的时间，在平日里就是发个呆、愣个神儿的工夫，在此时，在此刻，赫然就是生与死的差别与界限。

他依然没有止步！

不到最后一个刹那，亲眼看到巨石将洞口封堵得严严实实，叶萧就不会放弃。

往日里阳光般灿烂笑容，机灵百变性子掩盖下的血气与刚烈，在这一刹那尽数爆发了出来，如无形的火焰，将他整个人燃烧。

就是要死，也要站着死，睁着眼睛死，坚持到最后一刻去直面。

叶萧是这么想的，也是这么做的，他一直睁大着眼睛看着巨石一点儿一点儿地滑落，一个呼吸后，终至极限，轰然坠落。

"轰！"

巨石滑落瞬间带出闷响之声，犹如龙脊火山活转过来，发出了一声叹息。

为叶萧等人一叹。

突然——

出乎所有人意料的是，众人眼前一黑，视线被什么给挡住了一般，旋即耳边听到的不是想象当中的"隆隆"巨石落地巨响，而是一个竭尽全力的暴喝！

"哈！"

叶萧浑身一震，一直坚定的身影晃动了一下，险些栽倒，脱口惊呼出声："迪迪！"

挡住他们视线的是迪迪；大喝一声的是迪迪；此刻，弓着身，驼着背，奋力扛着巨石不让它落地的还是迪迪……

# 第六四章　断龙

"迪迪……"

叶萧从脱口惊呼,到声出喃喃,低如蚊蚋,唤的都是同样的名字。

他想过很多情况,做好了最坏打算,却怎么也没有想到在最关键的时刻,迪迪竟然会用这种方式站出来,用自己的肩膀,扛起了所有人的命。

浑身肌肉鼓胀成平日两倍,一团团血雾与汗气喷薄而出,迪迪在咆哮嘶吼着,一点一点地被巨石压着向着地上缓缓跪落下去。

面对这突如其来、出乎所有人意料的一幕,叶萧只能怔了一下,动作稍稍一滞,旋即吼叫一声,仿佛迫出体内最后的潜力,本来已经到了极限的速度,生生又快了一截。

"迪迪在拼命,不能让他的拼命白费。"

"啊啊啊……"

叶萧全部心神都在巨石下显得渺小、并且愈发渺小的牛魔人身上,浑然没有注意到体内无数血管在崩裂,有细小的电弧在游走,在每一个不可能的时候,生生又迫出潜力来。

一息,两息,三息。

三个呼吸的时间过去,他们身后传来的咆哮声愈近,铺天盖地的箭矢乌云压顶般射来。

渐弱的雨水,渐清明的视线,再不能成为虹魔教徒弯弓搭箭的阻隔,偶尔还会有飞斧、标枪一类的东西呼啸而来。

飞斧一类重兵器,叶萧他们还会闪躲一下,小九会拿斩马刀将其斩落,箭矢实在是太多,太密,为了保持速度,所有人连闪避都不敢做。

闷哼之声,时不时地响起,要么是叶萧的,要么是白袍祭司的。

二人狂奔中的身影时不时地颤动一下,身后洒落的血水混入雨水中,洒遍了这十个呼吸不到就能跨越的土地上。

"快了,快了。"

"迪迪,你再坚持一下。"

叶萧清秀的脸都在扭曲狰狞，半是身后疼痛，半是心中剧痛。

他知道，迪迪要是坚持不住，他会死在所有人前面……

越是靠近，叶萧越能清楚地看到巨石的情况。

这块巨石不知道从哪里滚落下来，大得吓人，形状奇特，并不是圆形，而是棱角分明，好像经过刀砍斧凿一样的四方体。

正因为其形状，它滚落下来时候，几乎就是笔直向下的，既能将好不容易引雷开山的洞口封闭得严严实实的，也能将下面的迪迪压成一团肉糜。

还有好几个呼吸的时间，叶萧他们才能赶到，迪迪能撑得住吗？

叶萧不知道，甚至连迪迪自己都不知道。

"哥！

"哥！哥！哥！"

迪迪托石的动作，给他身上带来了山一样的重压，生平扛起的任何东西都没这块小山般巨石的十分之一重量。

"再撑一下，再撑一下。

"他们就能得救了。"

迪迪的意识渐渐地恍惚，浑身骨骼都在脆响，仿佛承受不住重压，不住地发生着龟裂的响动。

"啊……"

迪迪张开口，无意识地咆哮着，碎颅教头所教的所有东西在恐怖重压下，全都在他的身上爆发出来。

牛魔人在肉身方面冠绝玛法大陆的潜力，一点儿一点儿地被逼了出来。

他的意识早就混沌了，只剩下一个坚持下去，一直坚持到叶萧等人到来的执念，控制着他死也不能放弃。

他看不到自身的惨状、变化，叶萧可以。

"迪迪！"

叶萧心脏仿佛被揪了一下，目眦欲裂。

他看到被巨石压迫得就要跪倒下来的迪迪，在无意识地吼叫着，又一点儿一点儿地挺直膝盖，直起后背，如远古巨人支撑天地一般，站得笔直撑着巨石。

叶萧丝毫感觉不到开心。

在当前不远的距离下，他能看到迪迪面目扭曲分明是陷入了混沌状态，浑身上下汗水被不住地迫出来，瞬间被自身产生的热量蒸成了白雾萦绕。

时不时地，白雾中染上一层血色，化作粉红色烟霞雾霭一般的形状。

迪迪生生被那块巨石恐怖重量压出来的不仅仅是汗水，还有血液，骨骼不堪重负的呻吟脆响，隔着十余步清晰可闻。

"撑住，撑住，哥马上就到了。"

叶萧在狂奔中一次次地在神龙道书里面掏取符箓，他的手都在抖，连掏摸了数次，才分别两手各抓住了一把符箓，仿佛抓住了命根子一样。

身后的如蝗般箭矢，不知何时停了下来，一个浑浊含糊的声音，从后面传入叶萧的耳中。

"射那头牛！"

叶萧拼尽了全力，连脑子转动都慢了半晌，等他理解了其中意思后，脸色瞬间大变："不要！"

他喊声方出，"嘣嘣嘣"的弦动声传入耳中，密集如一响。

"不……"

叶萧在狂奔中，看到头顶有密密麻麻箭矢越过他们，攒射向巨石下那个顶天立地的身影。

"嘭嘭嘭……"

绝大多数箭矢射在巨石上，射在土地上，或被弹开，或斜斜地插在地上。

在叶萧瞪大得眼角都欲崩裂的眼睛里，依然倒映出了迪迪身上插着数根箭矢的凄惨样子。

"迪迪！"

在叶萧的大喊声中，在箭矢带来的剧痛中，迪迪反倒从无意识里清醒了过来，冲着狂奔而来，越来越近，越来越近的叶萧扯着嘴角，露出一个难看的笑容，如在安慰。

旋即，迪迪的目光越过叶萧等人，望向在大蜥蜴身上下来，稳稳当当地站在地上，再一次弯弓搭箭的虹魔教徒们，咆哮着："来啊，你们再来啊！

"俺就站在这里，快把你们的牙签都弄过来，给你牛爷爷止止痒。"

"哈哈哈哈……"

迪迪在大笑，浑身肌肉一块块地鼓起，在巨石重压下，每一块鼓胀起来都有平时的两倍。

他豪爽的大笑声中，周遭水汽愈浓，好像每一滴液体，不管是汗水，还是精血，全被彻底压榨了出来。

"你个憨货！"

叶萧不知不觉中两颊都是泪水，迪迪的小心思，什么时候瞒得过他的眼睛。

"你以为自己死定了，想让他们都射你，给我们增加活命的机会！"

"你，问过我了吗?!"

"你要死，我、不、同、意！"

"啊啊啊……"

叶萧大吼着，整个人不像是奔逃了一夜，倒像是生力军一般，以将自身砸在山体上之势，狠狠地扑了过去。

"放箭！"

还是那个含糊浑浊的声音，一声令下，弓弦绷动之声再次响起。

"老子记住你了。"

叶萧不敢回头看，现在每一个呼吸的时间，全是迪迪用血换来的，但这不妨碍他心中发狠，誓要记下这个声音。

"啊！"

小道士最后一声大吼，整个人合身扑出，扑向了迪迪，扑向了他撑起巨石保护下来的洞口。

在半空中，他看到一根又一根的箭矢，将迪迪覆盖，没有闷哼，没有惨叫，有的只是迪迪的大笑声，箭矢咬进肉里面发出的闷响。

转眼间，迪迪身上布满密密麻麻的箭矢，犹如被黑色的蚂蚁覆盖了全身。

"不！"

叶萧扑到了，后背剧痛，有箭矢狠狠地扎了进去。

在替迪迪挡下了这一箭后，他去势已尽，整个人直接用滚的方式，自迪迪的身侧，滚入了洞穴当中。

白袍祭司，小九，大黑。

所有人在一个呼吸里，全自迪迪拼死撑起来的曙光中连滚带爬地进入了洞口。

"迪迪！"

叶萧触地同时，一声闷哼，背上箭矢全断，箭头更深地咬进了背后肌肉。

他不管不顾，掉头回扑向笑声不知何时戛然而止的迪迪，只顾得上一声大喊："小九！"

叶萧连一个眨眼的工夫都不敢耽搁，唤了一声后，双手连抓，将一直死死抓了一路的两把符箓尽数飞起。

他两只手挥舞得留下一道道残影，符箓中过半直拍在了迪迪裸露出来的后背上。

符箓落下，牢牢地粘在遍布血汗的迪迪后背，旋即有碧绿光华不住地流转，仿佛要给这个铁塔般的身躯重新注入生机。

"哈！"

叶萧两只手霍然拍落下来，连带着剩下的符箓，一起拍在迪迪身边的地面上。

他用力是如此之大，发出的闷响不像拍在地上，倒像是拍在鼓面上，手骨都在呻吟着似乎随之折断了数根。

"轰！"

数根石笋从地上，从叶萧两手之间拔地而起，粗竹笋般粗细，转眼间有两人高下，顶端直接撞碎在巨石上。

支撑！

同一时间，几乎在他话音刚落的时候，小九合身扑上，斩马刀倒转，一头抵着地面，一头顶在巨石下，共石笋一同支撑。

"快放箭！"

十余步外，乌云般铺天盖地而来的密密麻麻箭矢再现，夹杂着飞斧，其势像要将巨石连同迪迪加上叶萧等人一起破碎。

含糊浑浊的声音里，带出几声气急败坏。

"救人！"

叶萧只来得及一声吼，双手艰难地抱住迪迪的后腰，用尽全身的气力，猛地向后一拖。

小九、白袍祭司，乃至于大黑狗尽数扑上，抱住手臂、大腿，叼住皮褂子，同时用力。

"嘭！"

一声闷响，几乎完全失去了意识的迪迪被齐心合力地拽倒，巨石当头落下，其庞大身量带出来的恶风，压得其下众人连呼吸都不能。

"咔嚓！"

石笋在崩碎，斩马刀寸寸粉碎。

它们只是坚持了一个眨眼都不到的工夫，便在巨石惊人的重量下化为齑粉。

这一点点儿时间，就是生与死的差别，巨石几乎是擦着迪迪的脚底板轰然落下。

"轰！"

惊天动地的巨响，大地晃动，洞口里所有人眼前霍然黑了下来，仿佛天塌了一般。

在那个瞬间,叶萧似乎看到了虹魔教徒在疯狂地扑来,看到跑在最前面的大蜥蜴半个脑袋都探入了巨石范围,旋即被压成了肉糜,一切都暗了下来。

自此,内外隔绝,虹魔教徒们不甘心的吼叫声,亦被厚重的石头死死地隔绝在外,好像在从无限远的地方传来,渐至不闻。

洞内,只有众人粗重的喘息声音在回荡。

"迪迪!"

叶萧顾不得浑身如要散架了一般,挣扎着爬起来要扑向躺在地上纹丝不动的迪迪,恰在这个时候,一个微弱的呻吟声传入了他的耳中。

"哥!"

## 第六五章　山海错

"他没死……没死……没死……

"迪迪没死！"

叶萧僵住动作，心里有一个声音在回荡，欢喜得不能言语不能动。

"哥，你没事吧。"

迪迪憨憨的声音微弱，躺得平平的，连胸膛起伏都不明显，要不是声音熟悉，语带关切，怕是谁都会跟叶萧一样，以为他死定了。

"疼……

"疼死俺了。"

迪迪似乎想动，庞大身躯颤动了一下，顿时"哎哟"出声。

叶萧"噗"地一下笑出声来，一把鼻涕一把眼泪，爬过去道："憨货你不是很能吗？吼什么牙签，有种冲我来，现在知道叫唤，不能了？"

他说归说，爬过去的动作不见慢。

在小道士旁边，小九、小白、大黑，一起凑过来，好奇地望向迪迪。

牛魔人刚刚的表现，镇住了所有人，连敌我不明的小白都不例外。

那样的巨石，哪是血肉之躯能扛起来的？

被箭矢扎得跟马蜂窝一样，这还能不死？

偏偏现在躺在地上，死狗一样叫唤的家伙就能。

靠近过去，叶萧艰难地用两条胳膊撑起身体，顾不得自己全身骨头都要散架的痛楚，连忙察看迪迪情况。

看了第一眼，小道士眼泪差点儿掉下来。

迪迪头上还好，四肢、躯干上密密麻麻都是箭矢，有的箭杆已经折断，有的则还在颤颤巍巍地晃。

"这样都不死？"

白袍祭司脱口而出，换来叶萧怒视，大黑狗仗人势地咧开一口白牙龇着，上下摇晃着狗头，似乎在寻着什么地方好下口。

小白缩了缩脖子，本着好汉不吃眼前亏的原则，双手交叠在胸前喃喃自语：

"阿金纳，我的主人，我的神。

"您忠诚的仆人在这里向您请求……"

他越是念诵，声音越是含糊浑浊，连近在咫尺的叶萧都有些听不清楚了。

小道士眨了眨眼睛，忽然让出一个身位来，让小白能更直面迪迪。

下一刻，小白双手放出浑浊暗红的光，有一股淡淡腥臭的味道弥漫了出来，引得叶萧都有了捂鼻子的冲动。

"哧！"

白袍祭司汗如雨下，仿佛在抗拒着什么，将血色暗红光球按到了迪迪脸上。

"哎哟！"

迪迪惨叫一声，跟受了酷刑一般，然而声音听起来仿佛多了一分中气。

小白收回手擦擦汗，得意地望向叶萧，却见小道士将"过河拆桥"四个字践行到了极处，一把拽开他，俯身去察看迪迪。

因靠得近的缘故，白袍祭司甚至还能听到叶萧在嘀咕："虹魔教不愧是连真神都陨落的过气教派，堂堂一个祭司叽叽歪歪半天，人都没站起来，差劲儿。"

……良心呢？天理呢？人性呢？

白袍祭司眼睛突出，嘴巴长大，一口气好悬没能喘上来。

他还想说什么，叶萧已经拿背在对着他了，嘟嘟囔囔地在跟迪迪说话："迪迪别睡着，来，跟哥说话。

"你说为什么要说话？我也不知道，反正我家老头子讲故事时候，但凡有人重伤都有这段，你说他偷懒不偷懒？

"对了，你快点儿好起来，我看游前辈那里草药不少也是香料，回头我给你做千里香烤肉、熟地飞龙汤……"

一边分散着注意力，叶萧一边用掷符的手速，双手一阵忙，将迪迪四肢上的箭矢拔了个干干净净，带血扔到了一旁。

天知道是白袍祭司刚刚治疗的功效，还是小道士分散注意力美食引诱大法好，迪迪已然精神大振，正想问是不是真的给做，拔箭的剧痛就让他惨叫一声，险些晕了过去。

"哥，你是俺亲哥，轻点儿，轻点儿。"

叶萧手上不停，撕下反正也不成样子的道袍，扎在迪迪的四肢上，好歹先止个血。

等他停下来，脸上都被喷出来的鲜血染红了。

小道士都顾不得擦脸，咽了口唾沫道："迪迪你忍下，我看看你身上的……"

他有些不忍心往下说。

比起四肢的箭矢,胸腹间密密麻麻一片,感觉就像是钉板一样的恐怖,这才是真正的重伤,致命的重伤。

"这样的伤压根不可能活人,迪迪还能活下来,一定是皮糙肉厚有命,不会有事的,不会有事的。"

叶萧连声安慰着自己,颤颤巍巍地伸手要去拔箭矢。

第一次伸过去,刚刚触碰到箭尾,箭杆颤动一下,吓得小道士触电一样地缩手,心脏差点儿没从嗓子眼儿里跳出来。

第二次……第三次……

叶萧最接近的一次将手握到了箭杆上,便死活不敢用力。

"只要歪上一点儿,伤了内脏什么的,在这荒山野岭,迪迪就死定了。"

"怎么办……怎么办……"

叶萧额头上黄豆一样的冷汗一滴滴地冒出来,一道道地滑落下来,满脸都是酸涩疼痛,不知道是汗水,还是泪水导致。

就在他准备一咬牙拼了的时候,迪迪忽然动了。

"哥,你在干什么呢?"

他一把拨开叶萧的手,用充满疑惑的语气问道:"怎么还不把这些累赘给俺拔了,重死了。

"对了,哥,你说的肉啊、汤啊,还算不算数?"

说话间,迪迪攥住胸膛前的箭矢,一攥一把,猛地一拔。

动作之粗暴,之利落,简直非人。

不仅仅是叶萧,白袍祭司都看傻了,大黑两只爪子捂在眼睛上不敢看。

小道士也不敢看,别过头去,双手颤动着,时刻准备去堵喷涌而出的热血,虽然那样压根没有什么用。

"迪迪真是一条好汉。

"他看我不敢下手,怕误杀了他,竟然自己拔箭……

"我……"

叶萧正在惭愧,正在悔恨时候,忽然觉得好像有什么不对。

"等等……"

小道士脸上现出狐疑之色,心想:"'哧哧哧'的喷血声呢?喷到一头一脸的滚烫热血呢?"

想到了某种可能，叶萧脖子僵硬，一点儿一点儿地扭过去，睁眼一看。

"呃。"

叶萧傻了，白袍祭司傻了，小九浑身颤动，似乎是笑的。

在小道士纠结得千回百转的当口，迪迪一阵拔，胸腹间一支箭矢都没有了，全"乒乒乓乓"地扔了一地，箭头干净锃亮，半点儿血色都没有。

"……果然。"

叶萧目光落到迪迪胸前，入眼的是千疮百孔的皮褂子，上面一个个窟窿眼儿全是箭矢痕迹，一点儿血迹都不曾有。

"这皮褂子……"

他刚刚开口问，迪迪便愉快地接口道："铁匠师父让俺穿来的，死沉，好悬没能赶上。"

"你还嫌沉，它救了你的命！

"你还不吭声，我还以为你……哈哈哈……

"你没死，太好了。"

叶萧一巴掌拍在迪迪的脑袋上，语气开始还是气呼呼的，敢情被蒙骗了一样，后来忍不住咧开嘴，放声大笑，抱着迪迪的脑袋使劲揉，使劲儿地笑。

看着他们的样子，白袍祭司无声无息地退后了两步，脸上满是落寞，以及羡慕。

好半晌，叶萧平静了下来，放开迪迪的脑袋，惊疑出声："咦？"

一晚上的惊弓之鸟，所有人的心弦都绷得紧紧的，被他这一惊一乍的，顿时紧张了起来。

"怎……怎么了？"

小白的上下牙齿都在打架，紧张地问道。

叶萧摸着下巴，疑惑地道："你们不觉得奇怪吗？这山洞里怎么这么亮，而且，越来越亮。"

"啊？"

所有人都反应了过来。

那块大石头落下时候，洞里面分明一下子黑了起来。

等到叶萧缓过气，去查看迪迪伤势时候，已经可以视物了。

到了现在，幽幽的冷光充盈，左右彼此看看，俨然是纤毫毕现。

"哪里来的光？"

抱着这个念头，叶萧龇牙咧嘴地站了起来，放松了对迪迪生死的担忧，他才觉得自家状况比起迪迪也好不到哪里去，哪里都在疼，尤其是身后。

等他站起来了，达到一个人的正常高度，再向洞里深处望去的时候，顿时看到了光的源头。

在洞里深处，一人高下，从上往下悬着一块巨大的钟乳石。

钟乳石呈现出奇特的明黄色，通体由内往外地放着光，越是中心处越是光亮，且越来越亮，照亮了整个山洞。

其最中心处，有数行字铭刻着，看上去像极了天生就长在钟乳石里面一样。

叶萧不由得前行两步，凝神其上，一行行地辨认着：

山海几经翻覆，

为谁留，为谁注？

毕竟龙门凿，沧浪歌，

错，错，错！

四行字，有流光如泪光，在其上流转着，反复着，犹如一个人在一遍遍地将目光注视其上，来回睇望。

不由自主地，叶萧念了一遍又一遍，隐隐地能感觉到其中的无奈、凄凉、悔恨，尤其是最后"错错错"三个字，仿佛一把锤子，一下下砸在他心口上。

字迹上光辉流转到某个时候，霍然一闪，所有字迹隐没下去，有三个大字浮现了出来。

"山、海、错！"

"山海错……"叶萧喃喃重复了一遍，心里猜测，"原来那几行诗，叫作《山海错》吗？"

一阕《山海错》，铭刻于钟乳石，放着毫光，照入在场所有人的心中，仿佛是一声叹息，隔着不知道多少年，传入耳中……

## 第六六章　误入宝藏，山腹钟乳

"山海几经翻覆……山海错……"

"山海主！"

几乎不用联想，"山海主"三个字就从在场每一个人的心中冒了出来，如明黄石笋中的字一般清晰醒目，闪闪发光。

白袍祭司下意识地向前几步，脚下一沉，低头一看发现大黑叼住他的裤腿，虎视眈眈的样子。

不用想也知道，他只要再向前一步，叼住的就不是裤腿那么简单了，没看大黑涎水都流淌下来打湿一地了吗？

"你这走狗，放开！"

白袍祭司叫唤了一声，看看叶萧、迪迪、小九全都注视过来，讪讪然道："我只是想到了一些事情……"

"我也想到了，不如一起说。"

叶萧抱着胳膊，望着熠熠生辉的"山海错"三个字，脑海中闪过老道士曾经跟他讲过的一些掌故。

小白看到大黑在小道士示意下，终于松开了嘴，长出了一口气，道："山海之说，源自神龙帝国，相传是神龙帝国远古时候，大地上最大的湖泊，不是海而近于海，故称：山海。"

"……远古大湖啊，"叶萧微微颔首，接口道，"相传远古先民在山海上开凿出了一个口，谓之龙门，泄山海水，在下游形成沧浪江，又称沧澜江。其水势如咆哮，如长歌当哭，有沧浪之歌的说法。"

原本概念还有些朦胧，在二人你一句我一句的讲述中，《山海错》这阕诗词里面的含义就呼之欲出了。

当山海还是山海的时候，是为谁注，为谁而留？

无论如何挣扎，怎样努力，终究难免一生功业，付诸东流，化作一曲沧浪悲歌。

到头来，错、错、错，三个字道尽了"魔道"山海主的一生。

沉浸在这阕《山海错》的意境当中，感悟着"魔道"跌宕起伏的经历，叶萧等人不由得发出一声叹息。

停顿了一下，叶萧和小白齐齐想到了什么，脱口而出：

"这里是'魔道'留下的宝藏？"

迪迪也想来着，天生反应慢半拍，等他要开口的时候，二人已经说完，他只有在那大眼瞪小眼，悻悻然地闭嘴继续哼哼。

"不，不对。"

叶萧摇了摇头，道："这应该只是宝藏的一部分。"

"嗯？"

小白、迪迪、大黑，连带着小九都扭过头来看着他。

小道士指了指地下，道："你们别忘了这个地方是怎么来的？"

"啊！"

这回连迪迪都反应过来了。

百年一遇的大雨，以至于龙脊火山山崩，山体滑坡，这才让这个地方出现在叶萧他们的面前。

"但凡宝藏、墓穴一类东西，应该是建在山体稳固，不容易出现塌方的地方，整个宝藏一起滑坡下来，应该不至于。"

叶萧话是这么说，然而他一双眸子都在放着光，明显是抱着侥幸心理。

……万一，滑坡下来的正好是宝藏核心部分呢？

……退一万步说，有个汤汤水水的先喝了不也蛮好。

老爷子总说什么否极泰来，福祸相依，现在我信了。

叶萧如是想着，身上的伤痛竟然给忘得差不多了。

这么几个呼吸的时间过去，当他们重新将目光落向铭刻着"山海错"三个字的明黄石笋时候，异变突生。

水波一样的纹路在明黄石笋当中流转，"山海错"三个字渐渐隐没下来，石笋通体放光，光柱破出石笋，向着叶萧等人冲来。

"这什么情况？"

在本能的惊呼声中，叶萧等人摔成了滚地葫芦，避开了破石笋而出的光柱。

光柱贯穿了十余丈距离，投在封堵住洞口的巨石上。

"咦？"

叶萧他们才回过神儿来，知道这是他们一晚上惊心动魄留下的后遗症，一个个神经都绷得太紧了，典型的反应过度。

扭头一看，他们看到在巨石上，有三个字在浮动中渐渐清晰了起来。

"断、龙、石！"

眨了眨眼，再眨了眨眼，叶萧脸上浮现出恍然大悟之色。

"我明白了。

"原来是这样。"

他凝望着"断龙石"三个字，一巴掌拍在大腿上，道："敢情那块石头不是什么地方滚落下来的，而是原本就安放在那里，作为封闭洞口之用。

"断龙石下，内外隔绝。"

叶萧算是想清楚了，这里原本应当是有什么机关，当有人进入宝藏，而又非是山海主属意的人，那么断龙石就会下来，让来人给宝藏陪葬。

想来是山体崩塌导致机关失效，或是误触发，这才有了迪迪担山扛鼎的一幕。

叶萧将这些想法说出来，小白脸色一变，迪迪挠着头问道："哥，那我们是不是出不去了？"

他倒没什么惊骇恐惧的意思，按牛魔人单纯的心思，只要叶萧也在这里，那就没什么好怕的，大不了一起生、一起死就是了，豁达得不行。

叶萧没有马上回答他的话，而是趴伏在地上，用耳朵听了听，一无所得地摇头爬起来，道："我倒不担心这个，这部分是山崩而下的，并不是正常出入，我担心的是会不会只有这么一处出入口。"

"什么？"

小白下意识地反问，旋即回过味来，脸色煞白。

叶萧苦笑，道："我刚听了一下，外面没有动静。"

好家伙，这话一出来，小白脸色更白了，人如其名，学着叶萧样子伏地贴耳，站起来后整个人都摇摇欲坠了。

"哥……"

迪迪要让哑谜给折腾疯了，委屈地叫唤。

叶萧走过去，拉扯着他站起来，顺口解释道："没有动静就是最大的动静了。

"虹魔教徒那群疯狗没那么容易放弃的，喏，有这位在这儿戳着呢，狗改不了吃屎的。"

小白一开始还点头来着，紧接着品出味来，整个人就都不好了。

这是骂人吧？你说谁是屎来着？

他没有抗议的机会，叶萧接着道："他们既然没有在外面乒乒乓乓地挖掘，那么十之八九就是跟我们想到一块儿去了，分散去各处找其他的入口。

"山崩而下，结构崩坏，这里不管是不是'山海主'的地盘，有其他入口的可能性不小。

"麻烦。"

叶萧说话同时，使了好几回劲儿，终于将迪迪搀扶了起来，这还是在小九默默地走过来帮忙的情况下。

"迪迪你这憨货，没事吃那么多干啥，重得跟什么似的。

"你该减肥了，刚刚说的什么烤乳猪、枫糖鸡、山菇炖猪肉、芭蕉香饭……全别吃了。"

迪迪如丧考妣，哀号出声："不要啊……"

声音在山洞里回荡，久久不息，在石笋的光影下，叶萧一行人拉着长长的影子，向着洞内深处走去。

越是往里走，他们脸上的震惊之色越浓，一个念头不住地从心底浮现出来："不愧是山海主。"

脚下石板一块块皆是四四方方，隐现出金丝纹路，一看就是珍贵石材，随着道路越走越宽，石板也越来越大，到最后每一块都是方圆丈许。

叶萧他们的鞋子掉的掉，破的破，泥泞的泥泞，早就全脱下来打着赤脚在走。

踏足在金丝石板上，他们竟然不觉得冰凉，反而是温温热热的，从脚底板一直暖和到头顶上。

隐隐地，随着前行，还能听到潺潺的水声，若隐若现，似近又远。

"好大的手笔啊。"

白袍祭司边走边感慨："这是死海金石板，相传在海之深处有死海，生灵绝迹，浮力巨大，即便是不会游泳者在其中也不会溺毙。

"在死海之地，盛产一种金石板，极难获取，往往用来记录珍贵文献，谓之'死海金书'，永世不磨，无比珍贵。

"在这里竟然用来铺地板。"

小白的感慨还没有结束，踏了踏脚道："石板下面应该流着火山温泉，隔着石板散发热量，这应该是狐月岛上那群灵狐族的风俗，在温泉沐浴后，躺在这样的石板上小憩，最是舒适。"

他一边说着一边摇头，潜台词还是说：竟然拿来当普通的石板路，也忒奢侈了。

叶萧别看一声不吭，实质上一个字都没有漏过，这样的见识，倒真不愧是虹魔教当中曾经的大人物，不愧是一个白袍祭司。

一边想着，他一边低头，躲过从顶上倒垂下来的石笋。

别看路越走越宽，实质上却是越来越难，从山腹穹顶上倒垂下来的明黄石笋越来越多，让他们走路时候不得不弯腰低头，免得一不留神儿就来个头破血流。

不好走归不好走，这样的景致堪称别有洞天，走在其中看看这个，看看那个，不知不觉间就往深处走了不短的距离。

整个过程中，叶萧在龇牙咧嘴，迪迪在哼哼唧唧，小白不得不靠说话分散精力。

之前伤势紧张时候不觉得，现在放松下来，一阵阵地涌上来，简直让人无法忍受，尤其是迪迪扛石时候爆发出来的潜力太大，现在意识陷入了半迷糊状态。

他死沉死沉的重量压下来，就是有小九的帮忙，叶萧也觉得浑身骨头要散架了，让牛魔人给压的。

在叶萧就要支撑不住了的时候，眼前豁然开朗。

山腹之顶骤然拔高，倒垂下来的普通石笋还是密密麻麻的，却是不需要再低头了。

在最中央处，有一柱数十倍于其他的巨大石笋倒垂而下，好像一根上粗下细的柱子，戳在偌大空间的正中。

巨大石笋下，有一泓乳白色的液体，被束缚在用白玉构建出来的池子里，激滟水光，沁人心脾的清香浮动着，充盈着。

在叶萧他们的注意力全被石笋和其下乳白色液体吸引时候，一滴同样乳白的液体缓缓地从石笋尖处沁出，恋恋不舍地滴落下来。

## 第六七章　池中惬意山中笑

"石钟乳？"

叶萧、小白全都瞪大了眼睛，一副不敢置信的样子。

"不可能的……"

小道士脑子里晃来晃去都是石钟乳的掌故，一概是老道士穷极无聊在他小时候讲故事哄他睡觉留下的记忆。

"传说中石钟乳有神秘效果，是天地灵液，只是基本上都是蕴含在特殊的钟乳石内，基本难得一见，不知道多少年才能形成那么一点儿。

"眼前这个不断地往下滴，都聚成池子里，又是什么情况？"

叶萧一边疑惑不解，一边不住地抽动鼻子，仅是闻着弥漫在空气中的清香，他就有一种浑身上下轻了脊梁一样的感觉。

他们刚来就正好看到一滴石钟乳滴落，这真是传说中那么多年才能凝聚一滴出来，又那么巧正好让他们看到吗？

反正叶萧不信有这种巧事。

小白状似无意地向前一步，两步地走着，随口说道："山海主是道士当中的绝顶之才，又另辟蹊跷号称'魔道'，兴许是用了什么不同寻常的手段吧。"

叶萧点了点头，也只能做此解了。

"等等。"

小道士只是迷糊了一下，立刻反应过来。

这么三两句话工夫，小白距离他都有一丈远了，这是无意识向前吗？骗鬼吧！

叶萧冷笑一声，应对只需喊出了两个字"大黑"，做了一件事——放狗。

汪汪汪……

大黑吠叫着扑了上去，迅疾如黑色闪电，冲着小白的小腿就是一口。

"哎哟，放开，放开，你这死狗，老是与我作对。"

一人一狗在金丝纹路石板上又纠缠开了，跟夜里人狗互咬的场面相似。

叶萧则施施然地与小九一起搀扶着迪迪，一步步地向着石钟乳池子走去。

他算是反应过来了。

管他眼前这一泓乳白色月光凝成的石钟乳是怎么来的，反正看着像是好东西就行。

现在他们一个个身上带伤，说不准就能用来治伤。

池子不大不小，估摸着是两个人并排躺下去恰好能伸开腿脚，不互相触碰的极限。池子里的石钟乳差不多是一人身体宽厚的深度，一个人平平地躺下去，正好没过胸膛。

这样说多不多的量，怎能让白袍祭司抢先了？

小白说不准也是抱着这样的想法，这才想来个偷渡，没想到叶萧反应快，等小道士与小九去掉迪迪身上的皮褂子，扶着牛魔人下到池子里去的时候，小白还在跟大黑纠缠着呢。

"哧！"

迪迪意识都不太清楚了，连自身被放入池中都没有知觉，然而叶萧有啊，他刚把牛魔人放下去，池子里的石钟乳就如沸腾般发出一声声异响，接连翻滚着拍打着、汹涌在迪迪身躯左右。

"咦？"

叶萧惊疑出声，连语调都在向上扬，充满着欢喜味道。

按说迪迪浑身上下都是血污，这一入水整个池子还不都给染红了？

小道士原本想着还觉得怪可惜的，毕竟乳白色的钟乳多少年才聚成这么一泓，白得讨喜，周遭围成一圈的石头也是白玉质地，晶莹白皙得像是要升腾出烟霭来。

不承想，迪迪入水之后，周遭一开始是泛出点儿红色泡沫来，旋即就被乳白色的液体同化、稀释，湮灭得干干净净的。

一片石钟乳翻滚当中，迪迪胖大的身躯沉沉浮浮，伤口如婴儿嘴巴一样翻开，一阵蠕动，"扑哧扑哧"，一枚枚断在伤口里的箭镞就被挤了出来。

乳白色液体如手一样在伤口处抚摸着，肉眼可见迪迪四肢上密密麻麻的伤口在不断地收口，平复，再结痂，痂皮消融露出新长出的红嫩皮肤来。

"我去……"

叶萧给震惊得一塌糊涂，眼前所见的这一幕就好像是浓缩数十天的光阴在这一瞬。

"这，这就好了？"

他还真发呆，小九伸出胳膊来，在小道士腰间的软肉上一捅、两捅……

"呃？"

叶萧扭过头，看到小九伸手向着池子里面一指，眼眶里灵活之火一闪一闪的，意思再明白不过了，两个字：下去！

"喂，死狗快放开我，让我过去。"

小白远远地瞄着看到效果，愈发挣扎起来，偏偏大黑没啥其他用处，就一点，咬住就不松口了。

那边狗咬狗一嘴毛，叶萧却已经站起来了，连道袍都懒得脱，扑腾一下就迈入了池子里。

"憨货，让个位置出来。"

看到迪迪好得差不多了，甚至仰面躺着时候嘴巴还一张一张地跟鱼一样，"咕噜咕噜"地往下吞咽着石钟乳，脸色眼见红润了，叶萧登时就不客气了，连推带踹的，总算让他给腾出了点儿位置来。

全身没入石钟乳中，小道士"哎哟哎哟"地叫唤、呻吟起来，不是疼痛，而是舒服的。

那种感觉像极了在冬天，泡入比体温高个五六摄氏度的温泉水里面，全身都在放松，惬意到不行。

这个时候，叶萧觉得他让大黑纠缠住小白的主意当真是英明神武，迪迪多大块头啊，再加上他，小池子里挤得不行了，没位置了。

只是浸泡进去几个呼吸的工夫，小道士就觉得浑身伤口处，尤其是后背上，一阵阵地麻痒，紧接着"当当当"，伤口处箭矢就被肌肉蠕动给尽数挤了出来，漂浮在池子里，随波在四面玉石上碰撞着。

"舒服！"

叶萧活动着身子，让石钟乳浸泡得更彻底一点儿，惬意得不要不要的。

这会儿他觉得道袍碍事了，想着这里有一个算一个，连大黑都是公的，脱光光也没啥大不了，三下五除二在池子里就把衣服给脱了。

没了阻碍浸泡在石钟乳里，果然更是舒服了数倍，他伸手在后背上摸了摸，只觉得光滑得跟女孩子一样，什么箭创早就没了影子。

"哈欠！"

叶萧闭着眼睛享受呢，耳边忽然传来打哈欠的声音，扭头一看只见迪迪迷迷糊糊地睁开眼睛，半睡半醒地对小道士说道："哥，天亮了吗？俺饿了。"

……还天亮，还饿了，你当这是在家里刚睡醒吗？

叶萧气乐了，刚要伸手揉揉牛头，耳边忽然传了一阵诡异的声音。

"咔嚓、咔嚓……"

石头错位，木头碰撞，机栝被启动的响动。

"隆隆隆、隆隆隆……"

大地震动，石破天惊一般。

在叶萧为前面声音所吸引，侧耳倾听之际，一个狂放恣意的笑声轰然响起，回荡不息：

"哈哈哈……"

## 第六八章　挖出的心脏

"谁在笑？"

叶萧霍地一下从池子里面坐起来，侧着耳朵去听，想知道这么难听的笑声是从哪里传出来的。

天上有，地下有，既像是在极远，又似在极近。

没等他分辨出笑声的源头，只剩下震动整个山腹的轰然回荡声音存在，笑声本身消弭得无影无踪。

"砰砰、砰砰……"

叶萧刚回过神儿来，忽然听到周遭都是怪异的响动，频率极高，恰似两只小猫直立而起，两只前爪闪电般地拍来拍去地在打架。

他扭头一看，傻了。

小白浑身在抖，脸色惨白，迪迪激灵灵地打着寒战，大黑咬着尾巴天知道它是怎么够着的。

叶萧听到的诡异响动，就是他们所有人牙齿打架发出来的。

"小九呢？"

小道士心里"咯噔"一下，四下寻找，在十余步外倒垂的钟乳石下找到了小九身影。

他诧异地问道："小九你跑那儿去干吗？"

小九从钟乳石后面期期艾艾地走出来，看了叶萧一眼，"嗖"地一下又缩了回去，全身上下每一根骨头都在泛着粉红色的光，盈盈可人。

"呃？"

叶萧循着它看的方向望去，才发现自己刚才猛地从石钟乳池子里站起来，浑身上下还光溜溜的。

"这就害羞啦？啧啧啧。"

小道士脸皮明显不是小骷髅能媲美的，毫不在意地撇着嘴，攀着白玉池沿爬了出来，寻着破破烂烂的道袍就穿了起来。

身上的石钟乳液不用擦拭，几乎在他刚刚爬起来的时候，就在飞速地风干，只觉得全身舒适，神清气爽，一夜激战、逃命留下的疲惫跟伤势一扫而光。

一边穿着道袍，叶萧一边好奇地问道："喂，你们在怕什么？"

大黑不会说话，小白不一定说实话，小道士看的是迪迪。

迪迪有样学样地从池子里爬出来，穿上皮褂子，挠着脑袋道："俺也不知道，就是害怕。"

大黑连连点头，一张狗脸上竟然能挤出一副心有余悸的样子，让叶萧啧啧称奇不已，很想回到遗人村去问一下君莫笑大村长这狗是怎么调教出来的。

"那一定不是普通人。"

小白声音近乎尖叫，一改平时的含混不清，"太可怕了，不像人，完全不像人。"

叶萧挑了挑眉头，脑子里浮现出在虹魔教祭祀时候，小白身后阿金纳庞大身影笼罩整个营地样子，腹诽道："我瞅着你也不像人。"

……我为什么没有感觉？小道士天生乐天派，疑惑了一下就算了。笑声已停，周围又没有什么异状，他暂时就把那个笑声先抛于脑后，管它像不像人，反正没冒出来就好。

他扭过头，略带几分担心地问道："迪迪，你觉得怎么样？"

牛魔人好像才注意到不同，摸摸身上没有用劲一样高高突起的肌肉，咧开嘴巴笑："哥，俺觉得从来没有这么好过，烤全羊至少能吃八只。"

"我不是问这个……"

叶萧以手捂额，有些无力的感觉。

"哦。"迪迪挠挠头，笑得更开心了，"俺觉得可以把铁匠师父的锤子拿来玩儿了，俺可以抡动了。"

说着，他弯起两边手臂，一股劲儿，肌肉鼓胀欲裂，充满了爆炸一样的力量。

……我想问的是伤势，身体有没有觉得什么地方不对……

叶萧摇了摇头，将在脑海中盘桓不去的迪迪在断龙石重压下，浑身血气都被逼迫出来形成雾霭的惨烈模样，狠狠地摇了出去。

"看来是没事了。"

"这石钟乳是山海主留下的吗？看来很不一般嘛。"

一边想着，叶萧下意识地低头看了一眼池子里面。

他之前心思完全被蓦然响起的狂笑声吸引住了，还真没有注意到石钟乳池子里的变化。

瞥了一眼，叶萧脸色变了变，打了个哈哈，冲着小九一招手，拽着迪迪就走。

"那个啥，我们先去前面探探路，小白你好好泡泡，看你身上脏的。"

"先走了啊。"

小九沉默地跟上，自从叶萧穿上衣服后，它立刻就正常了。

迪迪一头雾水，下意识地听话。

大黑一向狗腿就更不用说了。

只剩下白袍祭司有些丈二和尚摸不着头脑，将心思从莫名恐惧中收了回来，一边走向石钟乳池子一边脱衣服。

"算他们有点儿良心。"

他如是想着，白袍都褪到肩膀那儿了，动作忽然顿住。

前方，叶萧的脚步越走越快，好像有什么东西在后面追赶一样。

紧接着，一声凄厉的惨叫从身后传来，飞速地追上了他们的耳朵："小道士，你好歹给我留一点儿啊，啊啊……"

小白趴伏在地上，整个上半身都探入池子里，声嘶力竭地惨叫完，犹豫了下，还是伸出舌头，舔了舔池子底。

就剩下池子底了。

在迪迪大口大口咕噜噜喝的时候，在叶萧惬意地浸泡过后，浅浅池子里的石钟乳水位就在飞速地下降。

等叶萧注意到的时候，就剩下薄薄的一层湿润艰难地残留在池子底，估摸着也就只能舔一舔了。

"可怜的小白。"

叶萧在心中为白袍祭司默哀了一下，真实心情是无比的庆幸，幸好没有让那货抢先喽，不然现在舔池子底的就要换成他了。

"咦，前面有路。"

小道士眼前一亮，连为小白默哀的心思都抛于脑后了，与迪迪等人快步向着前方通道走去……

龙脊火山脚下，漫天雷霆宣泄尽了最后的气力，乌云散尽，任凭狂风怎么呼啸鼓噪，后继无力地再也降不下雨水。

天尚未放晴，雨已停。


"嘭！"

"嘭嘭嘭……"

一个个虹魔教徒软软地倒在地上，胸膛处一个大窟窿，鲜血飞速地涌出，染红了甲胄，浸透了地面。

一头头大蜥蜴趴伏在地上，呜呜哀鸣，一动不敢动。

当最后一个虹魔教徒，还是一个须发皆白的白袍祭司发出凄厉的惨叫声倒下后，一个黑影在尸体前面毫无征兆地出现。

"哈哈哈哈……"

笑声张扬、恣意，有一种压抑了无数后的疯狂宣泄。

在黑影高举的手上，一颗新鲜的心脏在有力地跳动着，紧接着被紧紧地攥住，塞入口中大嚼……

只有这个时候，响彻在龙脊火山下狂笑声音，方才有一刻的停止……

## 第六九章　遗失的心脏

"那是什么声音?"

叶萧竖了竖耳朵,疑惑地问道。

迪迪摇头、小九摇头,大黑有样学样地跟着摇头。

"怎么好像听到有人在笑……"

小道士嘀咕一下,也就罢了。

这个时候,从他身后传来一个咬牙切齿的声音:"那是我的心脏在滴血的声音。"

"吓!"

叶萧被吓一跳,扭头一看,白袍祭司黑着一张脸,大喘着气,胸膛起伏得像涨落潮似的跟了上来。

他的心脏有没有滴血小道士不知道,倒是他的后背还在滴血,滴答滴答的声音在安静的甬道里清晰可闻。

"小白,好久不见。"

叶萧热情地招呼,毫不见外地上前钩着他的脖子,一副"我是为你好"的语气道:"怎么这么不小心,后背上的伤都没好就赶上来了。

"你不用担心我们。

"这里几条甬道我们都走遍了,就差这边一条了,没有什么其他入口,不会有你们虹魔教的人进来。安啦安啦。"

白袍祭司从被叶萧搭着肩膀开始,上自头发丝,下到脚指头,全身上下都在发僵。

——伤?我倒是想好来着,你倒是给我剩下点儿石钟乳哇!

——担心你们?鬼才担心你们,你们怎么不去死?

——安个头头,谁怕虹魔教的人,我怕的是你们!

小白内心是崩溃的,是怒吼的,可在迪迪、小九、大黑的强势围观下,只有难看地在脸上挤出一抹笑容来,用险些能把舌头吞下去似的假话违心说道:"看到你们没事,我就放心了。"

"呼！"

他长长地吐出一口气，决定不纠缠这个话题，不然简直有心脏骤停的危险，岔开道："你们怎么不往前走了？"

"全都堵死了。"

叶萧摊开手，无奈地耸肩，"只剩下这条道儿还没走，一起吧。"

甩下白袍祭司，趁着他舔池子底的工夫，小道士他们走遍了各条道儿，尽头全是无尽的土层和岩石封堵。

正如他们之前判断的一样，这果然是一片从山海主宝藏中随着山体滑坡撕扯下来的部分，前头压根儿就没有路。

叶萧的手从白袍祭司肩膀上拿开后，他觉得浑身都轻松了，连前面无路这种事情都没有影响到他的好心情。

白袍祭司一抬脚，就要往最后一条道上走。

他赶这么着急，气都喘不匀了，一来是因为舔池子底舔的，二是生怕叶萧他们找到了出路，恶从胆边生，给他堵在里面来个活埋。

在虹魔教祭祀里，没少玩这种手法的人牲，白袍祭司不能不防。

小白的脚抬起来，还没有来得及落下，肩膀上又是一沉，整个人都僵住了。

他脸色难看，扭头一看，迎面看到的就是叶萧阳光灿烂的笑容，让他很有一拳头闷过去的冲动。

"来来来，小白咱们走慢点儿，让他们先走，咱哥儿俩好好聊聊。"

叶萧好像完全感觉不到被他搭着肩膀的人浑身僵硬，自说自话地揽着小白的肩膀，跟在迪迪和小九后面往前走。

谁跟你是哥儿俩？咱没那么熟好不？

白袍祭司都快哭了，只是人在屋檐下，不低头难道还碰个头破血流吗？没看到大黑虎视眈眈吗？瞅着那一口白牙就觉得自家小腿分外疼。

不知道为什么，越往前行，甬道当中就越是黑暗，明黄石笋散发的光无法穿透前方黑暗，反倒是被黑暗所吞噬了一般。

一行人沉默下来，只有脚步声和心跳的声音在回荡。

憋了半天，白袍祭司忍不住了，没话找话地说道："说起来还没有感谢尊驾的救命之恩。"

"救命之恩？"

叶萧侧过头，光线晦暗，小白没有看清楚他的神情，听声音似乎满是疑惑的样子，"有吗？我过去的时候他们明显人还没有全到位，想要伏击我又怕我跑了，连小白你都被当成了诱饵。

"敌人的敌人就是朋友，小白你不用放在心上。"

白袍祭司惊诧极了，这小道士说话这么正经好不习惯。

一个念头没有转完，叶萧就意犹未尽地补充道："只要顺手救了你，假设对面埋伏的人有一百个，你就能帮我解决一半。"

……在他心目中，我有这么厉害？白袍祭司不敢置信，一直到小道士的下一句话飘入耳中：

"五十个打我，五十个打你。"

……这就习惯了。

白袍祭司叹了口气，觉得自己找小道士说话就是个错误，回头不是流血而死，就是活埋而死，更大可能是被活生生气死。

叶萧似乎来了兴致，主动开口："小白，说说你是怎么落到这个地步的？"

"这个……"

白袍祭司有些犹豫。

叶萧趁热打铁，提出了交换条件："这样吧，你说说你的故事，然后我说我的。"

白袍祭司有些心动，这个小道士以一己之力，先是引导虹魔教和海贼杀个两败俱伤，再来个螳螂捕蝉黄雀在后，翻云覆雨都称得上了，要说对他不好奇是假的。

再说有些事堵在胸口，没人可讲，难道是件好受的事？

白袍祭司深吸了口气，点了点头道："好，我先说……"

随着他的诉说，叶萧眼睛一点儿一点儿地亮了起来，总算解开了心头的疑惑。

原来，小白当真是来历不凡。

在虹魔祭祀当中，之所以选他来召唤阿金纳残魂显圣，是因为小白是虹魔教里定下的圣子。

他天生就能沟通阿金纳的残魂，随着一次次祭祀，阿金纳就会一步步地在他身上复苏，甚至最终可能出现在他的体内重生。

小白这样的人，在虹魔教当中并不仅仅是他一个，总有一些人带着阿金纳的血脉，容易召唤到阿金纳的残魂，这样的人便称为圣子。

血脉越浓者就越适合作为阿金纳复苏的躯壳。

当今虹魔教里，小白就是最合适的那一个。

"但是，我不愿！

"我就是我，凭什么天生就要成为别人复苏的躯壳？就算那个人是阿金纳，也不行！"

小白脸上狰狞，青筋毕露，已经忘记了他是在跟叶萧讲故事，完全沉浸入不甘不愿不忿的情绪当中。

他的每一句话，每一个音节里，都有浓浓的恐惧在不可抑制地溢出来。

"特别是最近，我越来越能感觉到阿金纳的意志，他在不断地复苏，在不断地召唤我，我很害怕，怕每一个天黑，怕每一次祭祀，生怕哪一天一觉醒来我就不是我了。

"每天看到太阳升起来，我都会感动得流泪，又多活了一天。

"所以……"

小白讲述着他在恐惧下疯狂地反扑，以及即便是死，也不愿意落到成为别人复苏躯壳的故事。

在叶萧布局出手，将海贼与虹魔教徒一网打尽的那一天，小白用暗中布置的手段控制住了所有大蜥蜴，导致虹魔教徒的实力大减，先跟海贼拼了个两败俱伤，再被叶萧暗算。

随后，他驱使着大蜥蜴将一直控制他、监视他，好不容易在"乾坤一掷之雷动九天"下活命的老祭司撕成了碎片，再一路逃亡。

昨天，小白终于逃不动了，于是一头撞入刘华捕头的队伍，自投罗网，来了个祸水东引。

刘华捕头一行人全部战死，小白想要浑水摸鱼的想法也没能实现，被虹魔教徒抓住，准备带回去活祭阿金纳。

恰在那个时候，虹魔教徒的另外一个目标——叶萧来了……

"竟然是这样……"

叶萧感慨着，拍了拍他的肩膀。

他不着痕迹地又问了不少，包括虹魔教徒盯紧他的原因，等等。不知是小白身份尴尬知道得并不多，还是不愿意说出，总之小道士并没有能得到更多的收获。

然后……就没有然后了。

小白等了半天，忍不住问道："我的说完了，你的呢？"

他很好奇叶萧的来历，他的故事。

"我的？"

叶萧声音低沉，满是失落、遗憾，用尽了所有沧桑道："我没有什么故事啊。"

他拍着小白的肩膀，叹息道："我很怀疑我是不是真的是被我爷爷捡来的，我们太像了，一定是亲生的。"

……喂喂喂，这什么跟什么啊？白袍祭司在抓狂，说好的故事呢？

"所以……"叶萧接着道，"我只能用我爷爷经常挂在嘴上的一句话来回复你，他说：

'真羡慕那些有故事的人啊，不像我，一个帅字竟贯穿了一生。'"

"扑哧！"

前面迪迪没忍住笑，岔了气，一个踉跄险些扑到地上去，捂着肚子笑得肠子都抽搐了。

小白也在抽，不过抽的是脸上肌肉，不是因为笑，那是气的。

"你你你"了半天，小白一口气憋在胸口，怎么顺都顺不过来，囫囵话都说不出来了。

恰在这个时候，阴暗的甬道到了尽头，眼前豁然大亮，从黑暗中一路走过来的叶萧等人有些不习惯，下意识地拿手挡在了眼睛前面。

稍稍适应后，他们才看清楚眼前情况。

甬道的尽头，赫然是一间宽敞的石室。石室长宽约等于一般人家天井大小，空荡荡的什么摆设都没有，只在石室的最中间有一个两三人合抱的柱子顶天立地。

柱子前，有一座到人胸口高的石台矗立着，顶部放着白炽的光芒，照亮了整个石室。

"咦？"

叶萧、小白他们凑过去，在石台上看了半天，神色一点儿一点儿地变了。

石台顶部并不是平坦的，而是有一个凹陷，仿佛它的作用就是用来承托着某样东西，而现在那个东西遗失了一般。

"有没有觉得，这个形状很像是……"

叶萧咽了口唾沫，喉结上下，竟然发出"咕噜噜"的声音。

小白也觉得口干舌燥，艰难地点头。

对视了一眼，叶萧和小白异口同声地惊呼道：

"心脏！"

## 第七〇章 龙鳞柱，赶上了

石室内，陡然安静了下来。

石台在放着光，辉耀斗室，所有人脸上表情纤毫毕现地呈现在彼此的眼中。

茫然、震动、惊骇……

即便是反应最慢的迪迪，脑子里也浮现出当日听到的传说，他狠狠地咽了口唾沫，喉结上下的响动在落针可闻的石室里是那么的刺耳。

"这该不会就是阿金纳的心脏吧？"

叶萧忍不住问道，目光落到白袍祭司的身上。

在场所有人当中，就是这货跟阿金纳牵扯最深，若不是他自己不愿意，按他所说早晚他就是阿金纳本人了。

小白从看到心脏凹陷痕迹后，整个人就有点不对了，失了魂魄一般，在喃喃自语："昔日阿金纳得到了神秘存在帮助，其灵魂从沉睡中汇聚、复苏，寻到了心脏所在，欲要血祭潦水沼泽中所有生灵，重生人间。"

……血祭整个潦水沼泽生灵！

这句话一出，叶萧脸色瞬间就变了，惊骇中铁青。

跟这位虹魔教主相比，虹魔教徒们以人族为"两脚羊"的祭祀简直就是小儿科的东西。

白袍祭司神情恍惚地继续道："神秘存在是哪一位没有人知道，连阿金纳都不知道。

"他要重生的行为，惹恼了两位当时正好在潦水沼泽的存在，也没有人知道他们到底是有意来此，还是偶然碰上了。

"那两位后来在愚民口中传为仙人的存在，一个是老迈的道士，一个是华贵黑袍人。

"在阿金纳复苏的最后关头，两位出手了。

"华贵黑袍人隔空夺走了阿金纳深埋封魔谷中多年已经石化了的心脏；

"老道士一张金符不仅仅将阿金纳的残魂打散，而且永久地铭刻在其灵魂深处。"

白袍祭司深呼吸了数次，双手拳头紧握，让人无法分辨他此刻的情绪究竟是来自他本身呢，抑或是阿金纳血脉的缘故涌出的悲愤，好不容易平复下来，沉声道："后来虹魔教发动所有力量，想要将这两位神之敌挖出来。"

"然后呢？"

叶萧忍不住插口问道。

对传说中的老道士，他心里一直硌硬着，怎么看怎么都像是自家老爷子行事风格，偏偏老爷子哪里有那么威风那么猛，一张符箓过去复苏的阿金纳就能伏低做小。

小白接着的话让小道士失望了。

"那位老道士就好像人间蒸发了一样，任凭虹魔教动用了所有资源都没能挖出他来。

"没有过去，没有现在，没有未来，就好像不存在。"

叶萧失望之下，就有些漫不经心，这说了跟没说一样，自家老爷子本来就神神秘秘的，说是也行，说不是也行。

紧接着，小白的下一句话又让他"咯噔"一下，心脏都跳快了半拍。

"不过那个华贵黑袍人的特征却很是明显，第一时间就锁定了身份。"

白袍祭司几乎是一字一句地道："黑袍人夺走阿金纳心脏的手段分明就是召唤神兽，以这个手段称雄一时，独步天下的只有'魔道'山海主！

"下手的两个人之一，是山海主！"

叶萧不由得将目光又落到了石台上，脑海中回荡着小白的话，不知道为什么，那种心脏痕迹残留气息引来的悸动消散无踪，仿佛透过石台，可以看到一个巍峨背影漫不经心的手在掂着阿金纳的心脏。

白袍祭司的话还在继续："山海主威慑天下，莫说是虹魔教，就是当时的比奇城、沙巴克城主，都不愿意招惹他，后续的所谓天诛神敌自然无疾而终。

"正因为这次调查，虹魔教中留下了记载，山海主最后一次出现在世人眼前，就是在封魔谷，神兽只手拿捏神之心。"

说话间，他的目光与叶萧的聚焦，尽皆落在了石台上。

小白下意识地伸出手去，在石台凹痕上抚摸着，叹息道："它原本就在这里。"

"它？"叶萧反问一声，"阿金纳的心脏？"

"是的！"

小白用力地点头，剩下那只手按在自己心脏上，道："我能感觉到那种气息,让我心跳加速,想要找到那颗心脏,嵌入自己胸膛的冲动。"

叶萧眯了眯眼睛,他看到小白的手掌一攥,仿佛透过白袍,隔着胸肌,紧紧地攥住了自家心脏一般。

"刚刚的机栝开启声,狂笑声音,难道……"

小道士脸色忽然难看了起来,难看过将近一个月前,他听到老爷子极其敷衍的翘家行为,看到自家连床板都让人搬走的时候。

"……我们放跑了阿金纳的心脏?"

说话时候,叶萧每一个声音好像都是从牙齿缝里在往外冒,冷森森的。

那可是鬼豚族古往今来最牛的人物,已然是神的存在,陨落以千年为单位的时间,还能够兴风作浪的恐怖存在。

他会做什么?

没有人知道。

"哥!"

迪迪听了半天,忍不住插口道:"这里放的阿金纳心脏,山海主为什么要这么安排,这不是要让煮熟的鸭子又飞了吗?"

牛魔人说得含含糊糊的,然而叶萧第一时间就明白了他的意思与疑惑。

无非是阿金纳是栽在山海主之手,那为什么会出现被他封印的心脏,还会出现被放出来的乌龙?

事实的真相除非是山海主这位惊天动地的人物活转过来,当着大家的面一五一十地说清楚,不然又有谁能够断言?

叶萧不能断言,但他能猜测。

他摸着下巴,目光一点点儿上移,从石台上移到了后面柱子上,缓缓地道:"我想,山海主只是没有想到他安排下来的宝藏,会在百年不遇的暴雨当中滑坡下来,更没有料到我们会借天雷崩山从而得以进入。

"简单点儿说,这里并不是入口,而是——出口!"

"出口"二字一出,迪迪反应这么慢的人都愣了一下,旋即也反应了过来。

叶萧他们所处的区域,从断龙石一直到这个原本安放着阿金纳心脏的石室,很可能只是山海主宝藏的出口部分罢了。

宝藏的新主人将里面席卷一空后,会出现在这里,顺势收走阿金纳的心脏。

外面如果没有敌人的话,就直接从出口出去;如果有敌人在虎视眈眈的话——以山海主的赫赫威名,十之八九会放下断龙石阻隔敌人,用另外一个方式离开。

不管是哪一种情况，那个时候阿金纳的心脏应该都是处于被收走的状态才是，自然也就不会出现当前这个结果。

"啊，哦……"

迪迪挠着头，茫然脸，无意识地发了几个音节后，问出了在场所有人最关心的一个话题："哥，那咱们怎么出去？

"俺饿了。"

叶萧很难得地没有骂吃货。

受了那样的内伤，拜石钟乳之赐因祸得福，但不代表就不需要食物补充了，迪迪狠狠地山吃海喝一顿是免不了的。

更主要的原因是，小道士在死死地盯着石台后面的柱子，两眼都在放着光，好像要从里面看出一朵花儿来。

柱子几人合抱那么粗，上面有一片片如同龙鳞一般的纹路，从石台前的角度凑近了看，隐隐能看到含而不露的光芒孕育其中，有淡淡的云气萦绕在外。

"你们说，从山海秘藏中来，又该往哪里出去呢？"

叶萧这个时候按自家猜测，理顺了思路，一边说话，一边向着来时的路一指，道："那几条断了的路，应该是来路。

"断龙石是常规出口。

"那么，非常规出口在哪里？

"阿金纳的心脏，是怎么消失的？"

小道士一个个疑问，与其说是在问，不如说是在讲，既讲给自己听，也讲给其他人听。

迪迪还在茫然，脑子里绕的全是这纹路有点儿像鱼鳞，紧接着就跳转到了是吃蒸鱼呢还是吃炸鱼，上次叶萧做过的香茅烤鱼貌似也不错。

白袍祭司反应就快多了，在叶萧刚说完，霍然抬头，跃跃欲试时候，他一个箭步就冲了上去。

小白的动作很诡异，看上去就好像整个人蜷缩起来，小腿都要跟大腿叠在一起，要一头扑在柱子上撞死一样地决绝。

下一刻，叶萧脱口而出的两个字就看出小白这诡异架势有多么明智了。

"大黑！"

小道士一声令下，大黑狠狠扑过来，咧开白森森牙齿冲着白袍祭司小腿就咬了过去。

别看小白蜷缩成那个样子，真让大黑扑到了，还是逃不过一阵好咬。

"咔嚓"一声，大黑咬了个空，上下牙齿撞在一起，发出让人倒牙声音的同时，它落在地上，四肢抓地，好悬没有一个狗头撞到柱子上去。

它都没有来得及庆幸，"汪"的一声，狗脸上全是见鬼了一样神情。

"人呢？"

迪迪惊叫出声，下意识地摆出了防守姿势，整个人挡到了叶萧面前。

怪不得他如此，任凭谁看到一个鲜活的大活人在眼前消失得无影无踪，都不会比他好上多少。

时间倒退回大黑一咬之前，在小白扑到龙鳞柱子上，手指刚刚触碰到龙鳞纹路的一瞬间，他整个人就诡异地被"吸"入了柱子当中，凭空消失。

叶萧眼中震惊之色只停留了一瞬，下一刻他脸色大变，吼道："快！"

话音未落，脚下大地开始摇晃，有"隆隆"地动之声，"哐当"机栝在响，脚下虚浮，让人分不清楚到底是石室在动，还是柱子在晃。

叶萧一扑而出，一手拽着迪迪，一手拉过小九，裤腿一沉是大黑叼住了，齐齐以准备头破血流之势，撞到了柱子上。

下一刻，石室大放光明，一道道光从石柱上迸发出来，照透了蓦然间空无一人的石室。

最后一个刹那，叶萧处在一个半清醒半迷糊状态，脑子里只有一个念头："赶上了！"

## 第七一章　恍如一梦，药香满庐

唰唰唰……

一道道奇光自龙鳞柱中迸发出来，从一开始的七零八落，到最后的亿万道光柱充满斗室。

每一片龙鳞都在裂开，光线从中迸发，仿佛是神龙的一只只眼睛在张开，神光照彻。

在这个过程中，地面在剧烈地晃动，石台崩塌，烟尘洋洋洒洒而下，一道道裂缝在地上龟裂出来，好像一张张大开的口要将所有一切吞噬。

再远一点，断龙石以内，一柱柱石笋脱落，犹如一根根巨大的匕首从山腹穿顶落下来，贯穿大地，如被一拨拨箭矢犁过的战场。

先是小的石笋，最后连石钟乳池上的巨大石笋也在一声轰然巨响中脱落下来，毁灭了整个石钟乳池子，在地上砸出一个硕大的豁口。

山腹之间，崩飞的碎石，地陷的地面，倒伏的山石，坠落的穿顶……毁灭一般景象，纵然是千军万马进来，顷刻间亦要在其中灰飞烟灭。

叶萧在半迷糊、半清醒的恍惚当中，最后看到的就是这么一幕景象，哪怕只是这幕景象的一角，也足以让他庆幸不已。

庆幸判断准确；庆幸见机得快；庆幸不曾犹疑；……

"我要是山海主，既然留下了这条非常规通道，意思就是让得到'山海秘'的人，能够安然无恙地离开。

"不走断龙石通道，反而做出同归于尽姿态放下断龙石，证明宝藏得主危机四伏，不仅仅是寻常手段不能脱身，甚至可能已经被人追入了宝藏当中。

"在这种情况下，宝藏得主想要活命，只能是传送出去不走寻常路。

"可是单纯传送还是不够，苟延残喘罢了，还需要有后手。

"如果换成我来做的话，为了防止追兵有样学样，必然要毁去传送之法。

"同时，山海主一世之雄，怎会单纯地断去追踪途径那么简单呢？不狠狠地惩治一下追杀之人，怎能显露出'魔道'手段。

"那么，剩下的就很简单了，只要在传送开始后，极短的时间内毁去传送之法，再毁灭整个宝藏，那就可以让追杀者全部葬身在那里，给山海主陪葬！

"嘶……"

叶萧即便是意识在一点儿一点儿地迷糊，仿佛回归到了母体，在温暖的羊水中渐渐陷入了沉睡，浓浓的庆幸，小小的自得，依然在心中洋溢。

他，赶上了。

他，带着迪迪、小九、大黑，赶上了。

"我……这是被……送到了哪里？"

"迪迪、小九……他们在哪里？"

叶萧很想睁开眼睛，终不能够，最后的印象是一片光明——属于阳光的灿烂。

陷入最深的沉睡当中，小道士不知所往，不知所在，不知时间之流逝，只是能清晰地感觉到身体在被不断地撕裂，好像有七八个壮汉分别扯住他的手脚，在不住地向着不同方向撕扯一般。

诡异的是，叶萧感觉不到疼痛，连撕扯感觉都犹如隔了一层，不能精准地感受。

这种奇特的感觉恰似在半梦半醒之间，感觉到有人在用力地触碰自己，既睁不开眼睛，亦感觉不到疼痛，甚至等到醒来时候压根就不记得有这一回事。

叶萧恍惚间觉得自己在星空一般的黑夜里，不住地向下沉下去，再沉下去，一路沉到了最深地方，然后转而上浮，再上浮，头顶渐渐有了其他的颜色。

天光的亮，水光的激滟，越往上越明亮，感觉越是清晰。

不知道过去了多久，叶萧还是睁不开眼睛，但他能清晰地感受到自己被人抬手抬脚地抬着，能感觉到自己被放在硬邦邦的板子上——是床吧？

他还能听到窸窸窣窣的声音，是有人在给他收拾身体，以及窃窃私语似的听不真切的话语声音。

"迪迪！"

"迪迪怎么样了？"

"小九！"

"小九还好吗？"

叶萧猛地一下想起小伙伴们，竭力地挣扎着，要去睁开眼睛，要去找他们，要知道发生了什么事情？

"啊啊啊……"

他奋力地挣扎着，感觉就像是婴儿在挣脱襁褓，用尽了最后力气，忽然有一道缝隙裂了开来，光线汹涌而入，将一切混沌驱散开来。

眼睛裂开的缝隙。

叶萧，睁开了眼睛。

"啊！"

他霍地一下坐了起来。

"这，这是……？"

小道士四下张望，发现自己竟然不是在野外，而是在一间装饰简约的房子里，四面墙上挂着书画，不远处还有案桌，上面有笔墨纸砚等文房用品。

书香浓浓。

"难道……"

叶萧隐隐地有了猜测，忽然嗅到了什么味道，使劲地抽了抽鼻子，捕捉那一丝味道。

"药香。"

"有人在熬药。"

小道士在闻到这个味道后，整个人放松了下来，这才发现他虽然被放在床上，然而全身上下都被扒了个精光，连底裤都没有给他留。

"噌"，他扯过被子将自家裹上，目光落到床头边上。

那里，整整齐齐地叠着一打衣物，散发着新制衣物阳光一般的味道。

看形制，除了内衣裤外，最下面似乎是道袍样式。

"这是给我的？"

叶萧想来想去，也只有这个可能了，至于他原本破破烂烂的道袍，早就不知道被扔到哪里去了，反正房间里面没有。

反倒是他身上原本带的东西，无论是通识球还是孙大娘给的小包裹，亦或是游某人所赠帮了大忙的明黄绢帛，一样不少地全放在叠得整齐的衣物旁边。

"应该是自己人，没有恶意。"

"看来好运气回来了。"

叶萧如是想着，到底没有马上去试穿一下新衣服，心里始终挂着迪迪和小九，扯着被子将自身一裹，就蹦跶下了床，向着房门外走去。

房间不大，十余步后，小道士双手一推，"嘎吱"一声房门打开，阳光争先恐后地涌入，扑在他的身上那种干爽轻快劲儿，让他险些呻吟出声来。

门外是天井，熟悉无比的天井。

叶萧不用张望也知道左手边是一个静室，里面有千手猜拳圣像，往右边走就是药庐外头，各种草药想必正在大好阳光下晾晒。

  这里他再熟悉不过，甚至熟过遗人村老村长的家里，分明是村子东头——药庐。

  分辨出所处位置后，叶萧恍惚间就有一种恍如隔世的感觉，折腾了一圈儿，醒来竟然回到了遗人村，让他很是怀疑此前种种，是否就发生在一梦间。

  "你醒了？"

  叶萧还在恍惚呢，一个声音传入耳中。

  声音的主人背对着他蹲在地上，拿着蒲扇扇火，红泥药炉里，有药香不住地飘散出来，萦绕不散。

  "游前辈！"

  叶萧脱口而出，熬药扇火的人缓缓起身，转过来，正是：

  白衣王师，绝世游戏，游某人！

图书在版编目（CIP）数据

传奇编年史·攻沙.贰/泛东流著.-上海：上海文艺出版社.2017
ISBN 978-7-5321-6471-4
Ⅰ.①传… Ⅱ.①泛… Ⅲ.①长篇小说—中国—当代
Ⅳ.①I247.5
中国版本图书馆CIP数据核字(2017)第225622号

发 行 人：陈 征
出版统筹：陈 明 徐 鹏
特约编辑：龚 琛 沈亦杨 史文君
策划编辑：肖 博 王 波
责任编辑：望 越
责任校对：何行亮
特约校对：高玉君
营销编辑：姚 瑶
封面设计：TITI设计

书 名：传奇编年史·攻沙.贰
作 者：泛东流
出 版：上海世纪出版集团 上海文艺出版社
地 址：上海绍兴路7号 200020
发 行：上海文艺出版社发行中心发行
　　　　上海市绍兴路50号 200020 www.ewen.co
印 刷：崇明裕安印刷厂
开 本：700×1000 1/16
印 张：18.75
插 页：4
字 数：313,000
印 次：2018年1月第1版 2018年1月第1次印刷
I S B N：978-7-5321-6471-4/I·5167
定 价：39.80元
告 读 者：如发现本书有质量问题请与印刷厂质量科联系 T:021-59404766